KB271295

저주용병 귀환기

서정호 퓨전 판타지 소설
FANTASY EXCITING STYLE

저주용병귀환기 1

서정호 퓨전 판타지 소설

초판 1쇄 찍은 날 § 2007년 8월 13일
초판 1쇄 펴낸 날 § 2007년 8월 16일

지은이 § 서정호
펴낸이 § 서경석

편집장 § 김대식
편집책임 § 이환진
편집 § 조수희

펴낸곳 § 도서출판 청어람
등록번호 § 제1081-1-89호
등록일자 § 1999. 5. 31
어람번호 § 제1-0867호

주소 § 경기도 부천시 원미구 심곡1동 350-1 남성B/D 3F (우) 420-011
전화 § 032-656-4452 팩스 § 032-656-4453
http://cyworld.nate.com/bluebook_
E-mail § blue_book@hanmail.net

ⓒ 서정호, 2007

ISBN 978-89-251-0846-9 04810
ISBN 978-89-251-0845-2 (세트)

The Return of Doomed Mercenary

저주용병 귀환기

1

서정호 퓨전 판타지 소설

FANTASY EXCITING STYLE

BLUE BOOK

도서출판 청어람

CONTENTS

프롤로그

데브런 대륙 중앙의 드라칸 산맥. 이곳은 아주 오랜 옛날에 드래곤이라는 신수가 살았다는 전설이 전해지는 곳이다.

그 전설이 아니라도 각종 상급 몬스터들 덕분에 인간들은 감히 올라갈 엄두를 내지 못하는 곳이 드라칸 산맥이다.

드라칸 산맥의 중앙에 있는 슬레이산. 이곳은 드라칸 산맥에서도, 그리고 데브런 대륙에서도 가장 높은 산으로서 인간의 발길을 한 번도 허용하지 않았다고 알려졌다.

어느 달 밝은 밤. 긴 옷자락을 질질 끌며 누군가가 슬레이산의 정상으로 올라가고 있다. 인간의 발길을 허용하지 않았다는 얘기와는 달리 산을 오르는 자의 발걸음은 그리 힘겨워 보이지 않았다.

"히히히! 이제 다 올라왔군."

정상에 오른 자가 고개를 들었다. 긴 옷자락과 연결되어 있던 후드가 살짝 젖혀지며 나타난 것은 쭈글쭈글한 주름이 가득한 노파의 얼굴이다.

"이제 이것이 마지막이다. 더 구하려고 해도 더는 돈도 없고……."

어쩐지 처량한 소리를 하며 노파는 품에서 뭔가를 꺼냈다.

번쩍.

금인가? 순간 달빛을 받아 번쩍이는 그것은 금빛으로 빛나는 사람 얼굴만 한 크기의 사각 판이다.

두께는 대략 2센티 정도. 이것이 금이라면 그 가격도 만만치 않을 것이다.

"이놈의 오리하르콘이 진짜 마지막이다. 이걸 사기 위해 돈 될 만한 건 다 팔아버렸으니, 이젠 연구고 뭐고 다 끝이다. 앞으론 먹고살 걱정을 해야 하니. 히히히!"

아! 오리하르콘이란다. 금이라도 비싸다고 할 텐데, 오리하르콘이라니. 그렇다면 그 가치는 금일 때보다 대략 100배는 더 비싼 것이다. 웬만한 귀족도 저 정도 크기의 오리하르콘 판을 구하려면 전 재산을 털어야 할지 모른다.

노파는 오리하르콘 판을 커다란 바위 위에 올려놓고, 또다시 품에서 뭔가를 꺼냈다. 그것은 마법사들이 흔히 사용하는

저주용병
귀환기

마법 지팡이와 같은 모습이었다.

노파는 지팡이로 오리하르콘 판을 가리키며 입으로 중얼중얼 주문을 외운다. 아무리 봐도 그 모습은 마법사들과 똑같았다.

그런데 희한한 일이 벌어졌다.

톡.

주문이 끝나고 다시 한 번 지팡이로 오리하르콘 판을 가볍게 건드렸을 때다.

위이잉.

오리하르콘 판이 자체적으로 빛을 뿜어내더니 천천히 허공으로 솟아올랐다.

"가라."

노파는 흐뭇한 표정으로 그 모습을 보더니 짧게 외쳤다.

씨잉!

그 순간 천천히 움직이던 오리하르콘 판은 그 자리에서 사라지듯이 꺼졌다. 그리고 저 멀리 밤하늘 너머 우주를 향해 강력한 빛을 뿌리며 날아가는 무언가가 있었다.

"이제 드디어 10개의 텔레포트 마법진을 다 날려 보냈다. 저 우주 어딘가에는 이곳과 같이 생명체가 사는 곳이 있다고 나는 믿는다. 모든 마법사들이 헛소리라고 했지만 나는 확신한다. 그리고 그 다른 생명체들을 통해 나는 불가능한 9클래스의 마법에 대한 실마리를 찾을 수 있을 것이다. 그래야만 내게 미친 할망구라고 조롱하던 마탑 놈들의 콧대를 꺾을 수 있다. 그 나쁜 놈들에게 복수를. 그러니 반드시, 반드시 열 개 중에 단 하나만이라도 제대로 걸려야 한다! 히히히!”

노파는 마치 미친 사람처럼 하늘을 보며 소리쳤다. 순간 비라도 내리고 번개와 천둥이 한두 번이라도 쳐주면 분위기가 살았을 텐데, 밤하늘엔 그저 밝은 달빛만 가득했다.

그런데 노파의 말은 아직 끝나지 않은 모양이다.

“그곳이 어디든 또는 누구든지 살아 있는 존재가 오리하르콘 판을 만지는 순간 나의 던전으로 텔레포트 될 것이다. 나는 그것을 연구하여 꼭 9클래스의 마법을 정복하고 말 테다. 으히히히!”

노파는 한동안 그렇게 으스스한 웃음소리를 날리고는 다시 온 길을 따라 산 아래로 내려갔다.

그로부터 세월은 흐르고 흘러 어느덧 10년의 시간이 지났다. 노파도 점점 지쳐 갔다. 기다림은 그렇게 막연하고 괴롭다. 일방적인 기다림은 더 그렇다.

열 개의 텔레포트 마법진이 새겨진 오리하르콘 판중에 단 하나도 그 어떤 생명체도 텔레포트 되지 않고 있었다.

그러던 어느 날.

이 날도 노파는 매일 그랬던 것처럼 습관적으로 마법진이 그려진 동굴 가장 깊은 곳으로 갔다.

 **저주용병
귀환기**

역시 아무것도 없다.

"그렇지 뭐."

쓸쓸히 돌아서는 노파.

우우우웅.

그 순간 마법진이 웅장한 기음을 토해내기 시작했다. 노파
는 황급히 뒤돌아섰다. 빛이 난다. 마법진이 번쩍이며 금빛을
토해내고 있었다.

"드디어, 드디어!"

노파가 감격하는 순간, 빛은 폭발하듯 동굴을 가득 메웠다.

Chapter 1
말년 병장, 박태수(朴泰秀)

지구. 아시아의 동쪽 끝, 대한민국 강원도 전방. 지겨운 산들이 줄줄이 늘어선 곳.

어느 날, 이곳 하늘에서 뭔가가 땅으로 떨어졌다. 그리고 7년의 시간이 흘렀다.

대한민국 강원도. 모 부대의 어느 독립 중대의 행정반.

밝아오는 아침 해를 맞이하며 행정반의 최고참 말년, 박태수(朴泰秀) 병장은 어떻게 하면 오늘 하루도 보람차게 농땡이를 피울까 잔머리를 굴리고 있었다.

사병들이 아침 점호(點呼)를 취하는 순간에도, 행정반 쫄따구들이 걸레를 들고 본부를 청소한다며 설치는 중에도, 점호를 끝낸 중대 사병들이 아침을 먹기 위해 식판을 들고 식당으로 씩씩하게 줄 맞추어 걸으며 군가를 부르는 중에도, 박태수 병장의 고민은 계속됐다.

"으아아!"

갑자기 박태수 병장은 소리를 질렀다.

"아니, 왜 그러십니까?"

박태수 병장의 후임으로 행정반 둘째 고참인 연기홍(燕旗弘) 상병이다.

"뭘?"

"왜 소리는 지르세요? 애들 놀래잖아요?"

그의 말에 박태수 병장이 둘러보니 다른 행정반 쫄따구들이 모두 눈을 둥그렇게 뜬 채 굳은 듯 자신만을 바라보고 있었다.

"아, 일들 해. 신경 쓰지 말고."

"예."

알게 모르게 중대 행정반도 군기가 세다. 그 말은 즉, 잘못하면 뒈지게 욕을 먹는다는 말이다.

"왜 그러세요?"

연기홍 상병이 또 묻는다.

"후우!"

박태수 병장은 무슨 고민이라도 있는 양 한숨을 쉬고는 늘어지게 말했다.

저주용병
귀환기

“심심해.”

그러면서 책상에 털썩 엎어진다.

한동안 정신 나간 표정으로 멍하니 있던 연기홍 상병이 주먹을 꽉 쥔다. 군대만 아니면 한 대 뒤지게 내려치고 싶은 표정이다. 남들은 바빠 죽겠는데 심심하다니. 군대만 아니면 진짜 뒤통수를 내려쳤을 수도 있다.

연기홍 상병은 곧 같이 고민하기 시작했다. 어떻게 하면 심심하지도 않고, 고생은 고생대로 시킬 수 있으며, 일에도 방해를 받지 않을까하는 방법을 말이다.

“아!”

연기홍 상병은 곧 기발한 아이디어를 떠올렸다.

“좋은 수가 있습니다.”

“뭐?”

박태수의 머리가 책상에서 튀어 오르듯이 떨어졌다. 그런 박태수 병장의 눈망울이 반짝반짝 빛난다.

“소풍가실래요?”

“엥? 소풍?”

박태수도 깜짝 놀란다. 군대에서 소풍이라는 말을 사용할 일이 어디 있던가. 생소한 단어에 잠시 당황했다.

“며칠 있으면 군 재물 조사가 있지 않습니까?”

“그래. 그래서 애들이 저렇게 바쁘잖아.”

박태수는 흡사 남의 일처럼 말한다. 원래는 그도 재물 조사에 대비해 바쁘게 움직여야 하는데, 그가 담당하고 있는 병기계에 후배가 배정되어서 이렇게 심심해하는 것이다.

"중대 진지 탄약고나 한 번 다녀오시죠?"

"진지 탄약고?"

"좋지 않습니까? 날씨도 선선한 가을이겠다, 아직 식사 안 하셨잖습니까. 식당에 도시락 하나 싸달라고 하셔서 소풍이나 산책하듯이 천천히 올라갔다 오시면 되지 않습니까? 뭐, 더불어 진지 탄약고 재고 조사도 겸사겸사 하시고."

"에이, 귀찮아. 넌 그게 좋은 생각이라는 거냐?"

박태수는 다시 철푸덕 책상에 엎어졌다.

하여튼 일과 조금이라도 연관이 있으면 이 인간은 이렇게 게을러진다. 예전에는 빠릿빠릿했다는데, 확실히 군대는 말년이 되면 다 게으름뱅이가 된다는 말이 진실인 듯싶다.

"그래도 시간 때우기는 좋지 않습니까? 괜히 여기서 이러고 있다간 중대장님이나 인사계님께 걸려서 엉뚱한 일을 하게 될지도 모르는데……."

연기홍 상병의 말에 박태수는 다시 고개를 들어올린다. 그러고는 연기홍 상병을 보며 입을 연다.

"확실히 그렇지? 중대장님이면 바둑이라도 한 수 두자고 하실 테지만 인사계님은 노는 꼴을 보지 않을 거야. 아…… 젠장, 그럼 어쩌지? 한번 올라가 볼까? 그런데 도시락이야 식당에 말하면 된다지만 진지에 가려면 총하고 실탄까지 챙겨

 저주용병
귀환기

가야 하잖아. 그 무게가 장난이 아닌데 말이지.”

“뭐, 겨우 3킬로그램인데 K2 소총 가볍지 않습니까? 정 그것도 무거우시면 노리쇠뭉치 떨궈놓고 가십쇼. 실탄도 무거우면 그냥 가고 말입니다. 뭐 별일이야 있겠습니까? 그냥 수령했다 치고 서류에 작성만 하고 오시지 말입니다.”

“노리쇠뭉치를 빼면 조금 가볍기는 하겠지? 좋아, 오늘 소풍이나 한번 가 보자. 고맙다, 연 상병. 좋은 아이디어 생각해 줘서.”

“뭘요?”

연기홍 상병은 식당을 향해 가는 박태수를 보며 회심의 미소를 지었다.

원래 진지 탄약고 조사는 바로 그가 하게 되어 있던 일이었다. 아무도 하려고 하지 않는 일이어서 민주적으로 모든 행정계원들이 사다리를 탔었다. 물론 말년인 박태수 병장은 빼고 말이다.

그때 연기홍 상병이 재수없게 당첨됐었다. 안 그래도 바쁜데 그것 하나 만으로 꼬박 하루가 걸리는 일인 것이다.

그러니 ‘심심해’를 외치는 박태수 병장이 얼마나 꼴 보기 싫었는지 모른다. 어쨌든 어려운 일 하나를 떠맡겨 버린 연기홍 상병은 기분이 좋아졌다. 더불어 인사계에게 걸리는 것보단 낫다고 생각한 박태수 병장도 기분이 나쁘지 않았다.

하지만 과연 이렇게 된 것이 둘에게 마냥 좋은 일일까? 앞날을 모르는 이상 장담할 수는 없다.

과연 가을바람은 선선했다. 단풍도 마지막 아름다움을 토해내고 있어 경치도 그린 듯이 아름다웠다.

행정계원이라는 이유만으로 사실 박태수는 진지에 올라온 적이 겨우 한 번 정도였다. 그때는 계원이 되기도 전이었고, 고참도 아니어서 무거운 군장을 메고 있었기에 경치 따위는 눈에 들어오지도 않았었다.

그러나 그런 경치와 선선함도 잠시였다. 산에 오르는데 힘들지 않을 수는 없는 일이다. 그것까지는 미처 생각지 못했던 박태수 병장이었다.

"헥헥! 젠장, 내가 미친 거야. 소풍이라는 말에 내가 돌았었어. 아이고! 훅훅! 연기홍, 이 때려죽일 놈. 이런 것도 아이디어라고. 헥헥!"

급기야 진지까지 거의 다 왔을 때쯤엔 거의 기다시피 하고 있었다. 마냥 편한 행정반에서 탱자탱자 놀다가 가끔 중대장과 바둑이나 두면서 신선 같은 생활을 했던 박태수는 오늘 자신이 틀림없이 몸살에 걸릴 것을 예감했다.

"헥헥! 이참에 몸살로 제대할 때까지 후송이나 갈까?"

이 와중에도 이런 잔머리를 굴리는 박태수다.

부스럭.

바로 그때였다. 부스럭거리는 소리가 들렸다. 박태수의 짧은 머리칼이 바짝 곤두섰다. 여기는 부대의 진지가 있는 곳이다. 그리고 오늘 이곳에 올라올 부대원은 아무도 없었다. 그저 소풍이란 단어에 돌아버린 자기 혼자뿐이다.

'그렇다는 건 어쩌면 공비?

이곳은 언제든지 공비가 침투할 가능성이 있는 지역이었다. 그것이 지금이 아니라고 장담할 수 없다는 것이 박태수를 괴롭게 했다.

박태수는 얼른 어깨에서 총을 내려 지향 사격 자세를 취했다. 노리쇠를 당기려는데 헐렁했다.

'아차!

노리쇠 뭉치가 무겁다고 빼놓고 온 것이 생각났다. 이제 죽은 목숨이다. 진짜 공비라면 죽은 목숨이었다. 심장이 벌렁벌렁 뛰고, 팔 다리가 후들거렸다.

'이 미친 새끼야, 그거 좀 무겁다고 노리쇠뭉치를 빼놓다니, 너 정말 군인 맞아?

이제 와서 후회해봤자 이미 늦은 후회였다.

그는 떨리는 팔다리를 진정시키며 죽지 않기 위해 땅바닥에 엎드려 뒤로 기었다. 일단 수풀 속으로 들어가 몸을 숨기려고 했다.

부스럭부스럭.

소리는 점차 박태수가 있는 곳으로 다가왔다. 나뭇가지를 헤치며 다가오는 그 소리에 박태수는 바짝 얼어 숨도 크게 쉬지 못했다.

부스럭.

드디어 가까운 곳의 수풀을 헤치며 알 수 없는 검은 그림자가 불쑥 튀어나왔다.

"꽤애액!"

박태수는 풀썩 쓰러지고 말았다. 긴장이 풀리며 정신이 혼미해졌다.

"꽤애액!"

괴성이 울려 퍼졌다.

"이놈의 멧돼지 새끼가! 너 죽고 싶어?"

그랬다. 부스럭거리는 소리의 주인은 바로 멧돼지였다. 강원도 전방에서 가끔 볼 수 있는 바로 그 야생 멧돼지. 당연히 박태수는 멧돼지 따위는 무섭지 않았다. 공비를 만났다면 모를까 멧돼지 따위야.

"꽤애액!"

그런데 어째 분위가가 이상했다. 소리를 치면 도망칠 줄 알았던 멧돼지가 오히려 박태수를 노려보았다.

"어라? 야, 너 왜 그래? 나 아무 짓도 안 했어? 어, 야!"

멧돼지가 흥분을 감추지 못하고 땅을 구르며 달려들 준비를 했다.

박태수는 얼른 총을 들었다. 하지만 역시 노리쇠뭉치가 어디서 그냥 생기지는 않는다. 실탄도 가지고 오지 않았다. 후

 저주용병
귀환기

려칠 수 있는 무기가 있다는 것이 그마나 위안이 되었다.

총을 거꾸로 들고 휘두르며 멧돼지가 달려드는 것을 경계했다.

하지만 멧돼지는 그의 사정을 봐주지 않았다.

"꽤애액!"

크게 한 번 부르짖더니 땅을 박차고 박태수를 향해 달려들었다. 저기에 부딪히면 최하 사망이다.

"에잇!"

박태수는 멧돼지를 향해 K2 소총을 던져 버렸다. 반대쪽 어깨에 메고 있던 행정계원용 서류 가방도 집어 던졌다. 도망치는데 조금이라도 무게를 줄여야 한다.

그러고는 뒤를 돌아 죽을 기세로 내달렸다. 그렇게 도망치다 멧돼지가 왜 그렇게 그에게 화가 났는지 알게 됐다. 얼핏 작은 멧돼지 서너 마리를 본 것 같았다.

"이런 제기랄! 난 몰랐다고!"

이제 와서 그런 말을 해봐야 무슨 소용이 있을까.

강원도의 산 위에 만들어진 진지 주변엔, 옛날 군대 선배들이 나무를 잘라 X자 형으로 얽어서 만들어놓은 바리케이드들이 군데군데 있다.

이미 너무 오래된 것이라 제 기능은 잃었지만, 철사로 엮어 만든 것이기에 아직 원형의 모습을 유지하고 있다.

박태수는 죽을 똥을 싸며 달리다가 그 바리케이드를 발견했다.

"저거다."

그는 자기가 살아날 방법을 찾았다. 이제 다른 방법은 없었다. 다리는 풀려가고 있었고, 곧 자기는 멧돼지에 받혀 죽는 최초의 군인으로 신문에 날 판이었다.

훌쩍!

죽을 각오면 안 되는 것이 없다. 박태수는 겨우 바리케이드를 뛰어넘었다. 그리고는 몇 바퀴 굴러 완전히 뻗어버렸다.

쾅!

무식한 멧돼지가 바리케이드를 들이받는 소리가 들렸다. 슬그머니 걱정이 됐다. 바리케이드가 너무 낡은 것이어서 혹시 뚫리면 어쩌나 하는 걱정이었다.

"꽤애액! 꽥꽥! 꽤애액!"

광분한 멧돼지의 울음소리가 정신을 가다듬을 틈조차 주지 않았다.

"이런 지랄을 해요, 지랄을."

박태수는 고개를 들고 멧돼지를 찾았다.

"어라?"

멧돼지가 광분한 이유는 한 가지였다. 바리케이드의 중간에 멧돼지가 걸려 꼼짝을 못하고 있었던 것이다.

"오호! 이것 봐라?"

 저주용병
귀환기

박태수는 슬그머니 일어났다.

"잘됐다. 이 자식, 너 한번 죽어봐라."

그는 뭔가 무기가 될 만한 것을 찾아보았다. 하지만 쓸 만한 것이 보이지 않았다.

뭔가 무기 대용을 찾던 그는 어쩔 수 없이 바리케이드 끝으로 가서 군번 줄로 철사를 풀어 나무를 하나씩 빼냈다.

퍽!

"네가."

퍽!

"감히."

퍽!

"날."

퍽!

"죽이려고 해!"

퍽퍽퍽퍽퍽!

무려 두 시간 동안 박태수는 멧돼지의 머리통을 내려쳤다. 나무가 부러지면 다른 나무를 빼왔다. 그것이 다시 부러질 때까지 인정사정 봐주지 않고 있는 힘을 다해 후려쳤다.

"너 죽고 나 살자!"

중간에 멧돼지 새끼들을 보았던 것이 떠올랐지만, 그렇다고 풀어줄 수도 없는 일이었다.

"야생의 세계는 가혹한 법이다."

이렇게 혼자 되뇌며 힘껏 나무를 휘둘렀다.

"꽤애애액!"

그리고 드디어 멧돼지가 마지막 비명을 지르며 풀썩 쓰러졌다. 버티고 버티던 멧돼지도 한계는 있었다.

하지만 박태수는 아직 안심할 수 없었다. 그래서 죽은 멧돼지를 한 10여분 정도 더 후려갈겼다. 혹시 죽은 척 할 수도 있으니 말이다.

그러다가 진짜 죽었다는 것을 알고서야 그는 풀썩 주저앉았다. 한참을 그렇게 주저앉아 몸의 기력이 돌아오길 기다렸다.

"호호! 호호호!"

문득 웃음이 터졌다.

"살았다. 살았어. 난 살았다. 하하하하!"

살아 있다는 것이 이렇게 고마운 일인 줄 처음으로 느껴보았다.

기운이 조금 돌아온 뒤에 박태수는 바리케이드를 넘어 다시 달려왔던 길을 되돌아갔다. 다른 것은 몰라도 던져 버린 총은 찾아야 한다. 그것이 없으면 무사히 돌아가도 죽은 목숨이었다.

"내가 다시 노리쇠뭉치 빼고 다니면 사람이 아니고, 아까 죽은 멧돼지다. 제기랄!"

노리쇠뭉치만 빼놓지 않고, 실탄만 있었으면 지금과 같은

 저주용병
귀환기

죽을 고생을 할 필요가 없었다. 대대 일등 사수의 솜씨를 발휘해서 한 방이면 멧돼지 정도는 끝낼 수 있었을 것이다.

박태수는 드디어 처음으로 멧돼지와 만났던 장소에 도착했다. 멧돼지 새끼들은 어미의 죽음을 알았는지 눈에 보이지 않았다. 잘 숨었든가, 다른 곳으로 떠났을 수도 있다.

"총이 어디 있지?"

정신없이 던지고 뛰는 바람에 총이 어느 쪽으로 날아갔는지 알 수 없었다.

그는 그곳에서 총을 찾느라 사방을 정신없이 헤맸다. 그러다 먼저 서류 가방을 발견했다. 그 안에 도시락을 넣어 두었었는데 엉망이 되었을 것이다.

그러던 중 수풀 속 낙엽 더미 아래에서, 불쑥 튀어나와 있는 어깨걸이 끈을 발견했다.

"간신히 찾았네. 아, 진짜 힘들다."

그는 끈을 잡고 쑥 당겼다. 그때였다. 낙엽 더미 깊숙한 곳에서 뭔가가 반짝하는 것을 얼핏 보았다.

"어? 저게 뭐지?"

그는 총에 묻은 먼지를 털어내고는 그것으로 다시 낙엽 더미를 파헤쳐 보았다.

번쩍.

순간 금빛이 그의 눈을 부시게 했다.

"헉! 이게 뭐야? 그, 금인가?"

만약 진짜 금이라면 박태수 인생은 한 방에 풀리는 거다.

하지만 원체 의심 많은 박태수는 금이라고 단정 짓지 않았다. 희망 뒤의 실망이 더 가슴 아픈 법이니까.

총으로 당겨 꺼내는데 이것이 나오려고 하지 않는다. 무게가 장난이 아니었다.

"이거 혹시 진짜 금 아냐?"

금이 무겁다는 말을 들은 적이 있다. 하지만 그렇다 해도 너무 무겁다.

겨우 낑낑대며 건져 올렸더니 크기가 넓은 사각형의 모습을 하고 있다. 그런데 겉에 일부러 누군가가 새겨놓은 듯, 이상한 문양이 보인다.

"금인가? 아니면 무슨 기계 부속인가? 혹시 어떤 인공위성에서 떨어진 부속?"

별의별 상상이 동원된다. 하지만 고민한다고 모르는 것을 알게 되지는 않는다.

"일단 가지고 가자."

손을 뻗어 그것을 잡고 들어 올리는데 팔이 후들후들 떨린다. 무게가 장난이 아니다.

"제기랄! 이거 진짜 뭐야? 에이씨, 일단 여기 놔두고 가야겠다."

그는 할 일이 아직 남아 있었다. 진지 탄약고 재고 조사를 해야 하지 않는가.

 저주용병
귀환기

슬쩍 흙을 뿌려 덮어두고는 다시 진지 탄약고 쪽으로 올라
갔다.

일을 마치고 내려오다가 금빛 물체를 숨겨둔 곳에 다시 도
착했다. 올라가는 것이 힘들어서 그렇지 진지탄약고의 재고
를 조사하는 것은 그리 오랜 시간이 걸리지 않았다.
"하아! 역시 가져가야겠지?"
그는 그것을 들어 서류 가방에 넣었다. 탄약고에 가서 엉망
이 된 도시락을 대충 먹었었다. 가방의 빈자리를 그 정체불명
의 물체가 차지했다.
그것을 넣으니 서류 가방이 축 처진다. 가방 끈이 버틸지
안심이 되지 않는다. 겨우 손으로 가방 아래를 받쳐 주면서
아래로 내려가 행정반에 도착했다.
"어? 야 임마, 너 어디 갔다 왔어?"
인사계가 그때까지 퇴근도 안하고 행정반에 있었다.
"단결!"
박태수는 경례를 하고는 의자에 털썩 주저앉았다.
"어? 너, 왜 그래? 먼지투성이네. 어디서 누구랑 싸웠냐?"
"진지 갔다왔습니다."
"진지? 거긴 왜?"
"탄약고 재고 조사 하고 왔습니다."
"아, 그래. 하, 이 자식, 만날 노는 줄 알았더니 후배들을 위

해 힘든 일도 하고 그러는구나. 그거 기홍이가 하기로 했던 일인데."

"예에~. 누, 누구 말입니까?"

"기홍이 말이다. 연 상병. 그거 개가 하기로 했던 일 아니냐. 시간을 많이 잡아먹는 일이 걸렸다고 울상이던데. 몰랐냐?"

"연기홍! 이 자식 죽었어. 에구구!"

박태수는 벌떡 일어나지만 온몸이 쑤셔서 금방 주저앉았다.

"그런데 그 꼴은 뭐냐?"

"아 참, 인사계님. 진지 올라가다가 멧돼지 한 마리 잡아놨는데 어떡하죠?"

어떡하긴 뭘 어떡하는가. 가져와서 먹어야지. 인사계의 눈은 이미 돌아가 버렸다.

"뭐? 멧돼지라고?"

"멧돼지가 덤비기에 겨우 잡아놨거든요."

"그, 그래? 정말?"

꿀꺽.

인사계는 침을 삼켰다.

'하여튼 이놈의 인사계는 돈이 되는 거라면 정신을 차리지 못하는군. 역시 금빛 사각 판은 숨기는 것이 좋겠다.'

박태수는 그렇게 마음을 굳히고, 책상에서 메모지 한 장을

저주용병
귀환기

꺼내 멧돼지가 죽어 있는 곳의 약도를 만들었다.

"여기에 가면 멧돼지 한 마리 있을 겁니다. 제가 그걸 잡느라고 대략 두 시간 정도 고생한 생각을 하면……."

넋두리라도 하고 싶었지만 인사계는 이미 각 소대별로 사역병을 부르러 달려가 버렸다.

"제기랄! 저 인간이……."

뭐라고 하고 싶었지만 계급이 깡패인 곳이니 어쩔 수 없다. 그냥 잊는 수밖에.

그 순간 운이 좋게도 쫄래쫄래 거리며 연기홍 상병이 행정반 안으로 들어온다. 그는 아직 행정반이 자신의 무덤으로 변한 것을 모르고 있었다.

"어? 박 병장님, 벌써 다녀오셨어요?"

"흐흐흐! 죽어라!"

박태수는 서류 가방을 들고 연기홍 상병을 향해 휘둘렀다.

후잉~!

서늘한 바람 소리가 들릴 정도로 무시무시한 빠르기였다.

"으악!"

연기홍 상병은 들고 있던 서류를 팽개치고 행정반 밖으로 도망쳤다. 박태수의 성질이 보통이 아니란 것을 그는 잘 알고 있었다.

박태수는 끝까지 서류 가방을 휘두르며 그 뒤를 쫓았다.

그나저나 박태수 진짜 장사다. 뜬금없는 등산에, 멧돼지에

쫓기고, 또 멧돼지를 때려잡고, 또 무거운 서류 가방을 메고 산을 내려와 놓고도 저렇게 날뛸 수 있다니 말이다.

그런데 그걸 알까? 만약 정말로 그 서류 가방에 연기홍 상병이 한 대라도 얻어맞는다면, 최소한 뼈가 부러지고 어쩌면 죽을 수도 있다는 것을.

한동안 중대 연병장엔 아슬아슬한 살인 시도가 계속되고 있었다.

인사계가 멧돼지를 가지고 내려왔다. 그런데 멧돼지도 그렇지만 사역병들의 모습이 장난이 아니다. 인사계는 애초에 멧돼지의 크기를 잘못 예상했다.

아마도 혼자 때려잡았다고 하니 새끼나 아니면 다 자라지 않은 것을 잡았을 것이라고 여겼던 모양이다. 그래서 부담없이 소대별로 한 명씩 모두 네 명의 사역병을 뽑았던 것이다.

그러니 넷이서 그 큰 멧돼지를 끌고 오기가 얼마나 힘들었을까? 그냥 평지도 아니고 진지 거의 다 올라가서이니 아주 높고 길도 제대로 없었다.

멧돼지는 먼지투성이가 되었고, 사역병들은 땀과 먼지와 흙이 범벅이 된, 거의 거지꼴로 겨우 멧돼지를 가지고 내려왔다.

'뭐, 멧돼지 고기를 한 점이라도 더 주겠지. 수고한 만큼.'

이날 중대는 저녁 식사를 걸렀다. 어디서 소문이 퍼졌는지

몰라도 멧돼지 회식이 있을 것이라는 소식에 모든 소대가 저
녁을 굶은 것이다.

박태수는 텅 빈 식당에서 느긋하게 저녁을 먹었다. 인사계
와 오랜 시간을 같이 했던 그다. 인사계의 일하는 특성을 모
를 리 없다.

"회식? 홍! 돈될 만한 거 다 팔아먹고, 상급 부대에 다리 한
짝씩 돌리고 나면 먹을 게 뭐 있나? 기껏해야 일요일에 멧돼
지 고기 조금 들어간 김치찌개나 끓이고, 막걸리 조금 사서
중대회식이나 하고 말겠지."

이런 걸 선견지명(先見之明)이라고 한다.

이날 밤 중대원들은 배가 고파 밤새도록 라면을 끓여 먹느
라 중대 전력 소비량이 급증했다. 더불어 쓸데없는 소리를 지
껄인 불쌍한 사역병들만 고참들에게 밤새도록 갈굼을 당하고
말았다.

*　　　*　　　*

중대 행정계원들의 내무반.

인원이 적기 때문에 여기는 따로 불침번을 두지 않는다. 그
래서 행정계원들의 내무반은 화기 소대와 막사가 붙어 있다.
물론 붙어 있다고 해도 출입구가 따로 있어 방해가 되는 것은
없다.

그런데 오늘은 이상하게 행정계원의 내무반에도 불침번이 있다. 말년 박태수 병장이 바로 그 주인공인데, 그는 피곤하면서도 잠들지 못하고 침낭 속에 푹 파묻힌 채 뭔가를 살펴보고 있었다.

"이걸 어디다 보관하지?"

문제는 그것이었다. 워낙 번쩍거리는 물건이다 보니 숨길 곳이 마땅치 않았다. 누가 보더라도 금처럼 보이는 것이기에, 다른 사람의 눈에 띄면 큰 문제가 될 소지가 다분했다.

'그렇다고 껴안고 살자니 무겁긴 더럽게 무겁고 말이야.'

가장 좋은 방법은 몸에 지니고 다니는 것이다. 빛이 새어나오지 않게 잘 감싼 다음, 항상 가지고 다니면 걱정할 필요가 없지만 무게가 무게이니만큼 너무도 벅찬 일이었다.

'어쩔 수 없다. 일단 빛이나 막자.'

수건을 꺼내 감쌌다. 빛은 그것만으로도 충분히 줄었다. 잠도 자야 되니 언제까지 그것을 끌어안고 고민하고 있을 수는 없다.

박태수는 그것을 머리맡에 두고 그 위에 에어 베개를 올려 베고 누웠다. 침낭 속에다 그렇게 하고 누우니, 겉으로 보기에는 전혀 이상하지 않았다.

'일단은 침낭 속에 이렇게 두는 게 좋겠다.'

고참의 물건을 함부로 만지는 쫄따구는 없는 법이다. 한동안 들키지 않을 것 같았다.

 저주용병
귀환기

또다시 심심한 며칠이 지나갔다.

드디어 새 날이 밝아 일요일이 되었다.

박태수의 예상대로 인사계는 시내의 어떤 식당에 주문을 했는지, 엄청난 양의 돼지고기 김치찌개와 막걸리 열 박스 정도를 가지고 왔다.

드디어 기다리던 중대 회식이 시작된 것이다. 사병들이야 오랜만에 술을 마시게 되어 기분이 좋았지만, 박태수로서는 인사계가 괘씸하기 짝이 없다. 멧돼지를 잡은 것은 분명 자신인데 인사계가 그 이후 자신에게 어떤 것도 지불하지 않은 것이다.

술이 좀 돌고 얼큰하게 취기가 오르니, 박태수는 술을 핑계대고 인사계에게 그것을 따졌다.

"야, 임마. 내가 그걸 혼자 다 먹었겠냐? 엉? 대대장님 쓸개하고 뒷다리 한 짝 짜웅(아부의 군대 용어)하고, 대대 본부 애들한테 우리 중대 본부 잘 봐주라고 삼겹살 또 짜웅 했다. 그뿐인 줄 아냐? 중대장님 집에서 육사 동기들 모여 술 한잔 하신다기에, 또 다리 하나 주고 말이야. 끄윽! 어, 시원하다. 에…… 그리고 또 누구냐? 아, 연대 주임상사님도 다리 한 짝 드렸다. 그 양반 파워는 너도 알지? 그래서 내가 팔아먹은 건 겨우 다리 한 짝이다. 다리 한 짝. 그것도 식당에 찌개 만들어 달라고 넘기고, 막걸리 사고 나니까 하나도 없다. 오히려 내

돈이 더 들어가서 손해를 봤다, 임마.”

인사계는 오히려 이렇게 말하며 오리발을 내밀었다.

어쨌든 얘기를 들어보면 그럴듯하다. 그렇게 얘기를 들으니 과연 돼지 부위별로 따져 보면 남는 곳이 없었다. 다리 네 개에 몸통은 찌개를 만들었고, 삼겹살도 제 갈 길로 갔다.

“그런데 왜 이렇게 속은 것 같지?”

인사계의 말에 수긍을 하고 내무반에 들어와 잠시 눈을 붙이려고 침낭을 꺼냈다.

쿵!

깜박하고 무심코 당겼는데 침낭이 침상에 떨어지며 울리는 소리에 정신이 번쩍 들었다. 아차, 싶어서 주위를 돌아보니 다행히 모두 술 먹느라 정신이 없는지 아무도 없다.

“휴우!”

침낭을 쭉 펴서 지퍼를 열었다. 그 물체는 수건에 잘 싸여진 채 얌전히 놓여 있었다.

“이게 무슨 살아 있는 괴물도 아니고 왜 이렇게 긴장을 하는 거냐? 박태수.”

그는 혼잣말을 중얼거리며 베개를 그 위에 놓고 침낭 안으로 파고들었다. 오랜만에 마신 술 때문인지 머리가 조금 아파 왔다.

박태수의 잠버릇은 무척 얌전한 편이다. 그런데 오늘 침낭에 파고든 것은 아무래도 실수인 것 같다. 가뜩이나 술 때문

저주용병
귀환기

에 몸에 열이 난다. 그런데 오리털 침낭 속으로 들어갔으니 멀쩡할 리가 없다.

자다 말고 식은땀을 흘리고 저도 모르게 몸부림을 쳤다. 결국 더는 참지 못하고 꿈틀거리며 상의를 벗어 침낭 밖으로 던졌다. 러닝셔츠도 답답해서 벗어버렸다. 그렇게 상체가 알몸이 되니 조금은 편해졌다.

한 시간 정도가 흘렀다. 침낭의 지퍼가 다 벌어졌다. 몸부림을 심하게 치니 저절로 열린 것이다. 찬 기운을 받으니 자면서도 본능적으로 손을 저어 지퍼를 더 벌렸다.

괴로움에 고개를 휘젓다가 에어 베개는 밖으로 튀어나가 버렸다. 아무리 수건으로 쌌다고 하지만 그 단단한 금속판이 머리를 받치다 보니 뒤통수가 아팠다.

"에이씨!"

손을 올려 머리 밑에 있는 것을 빼려고 했다. 수건이 잡히니 그대로 당겼는데, 결국 무게 때문에 금속판은 그대로 그 자리에 남고 수건만 빠져 나왔다. 박태수는 그 수건을 옆으로 던져 버렸다.

번쩍!

그 순간 금빛이 아주 잠깐 내무반을 황금빛으로 물들였다.

수건까지 없어지니 이제 박태수의 머리는 직접 금속판과 맞닿았다. 더 아프고, 더 딱딱하다.

그는 결국 술과 잠에 취한 채로 벌떡 일어나서 두 손으로 금속판을 잡았다. 하지만 잠결에 제대로 자세가 잡히지 않았는지 그대로 앞으로 엎어졌다.

금속판을 가슴으로 덮쳤으니 그 고통이 얼마나 심할까? 그것도 아무것도 입지 않은 맨 가슴으로. 그나마 다행이라면 술기운이 고통을 덜어주었다는 것이다. 그래도 극심한 고통에 정신이 혼미해졌다.

그 순간!

우우우웅!

금속판이 떨기 시작했다. 그리고 지금까지와는 다른 푸른빛이 눈부시게 흘러나왔다. 그 푸른빛은 멀리 흩어지지 않고 둥근 원을 만들더니 흡사 풍선처럼 부풀어 올랐다.

화아악!

풍선이 터지듯 빛도 일순간 더욱 강렬한 빛을 토하고는 터져 버렸다. 그리고 빛이 완전히 사라졌다.

이날 중대 행정계원들이 잠을 자기 위해 얼큰하게 취한 채 들어와서 본 것은 빈 침낭과 박태수 병장이 벗어 던진 것으로 보이는 옷가지 일체였다.

그럼에도 그들은 신경 쓰지 않았다. 워낙 내놓은 고참이었기에 어떤 이상한 짓을 해도 전혀 이상할 것 없다는 생각을 했다.

그리고 월요일이 되었다. 군 재물 조사가 실시되는 날이다.

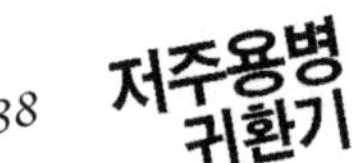

그러나 재물 조사는 실시되지 않았다. 군 초유의 말년 병장 실종 사건, 또는 말년 병장 탈영 사건이라 불리는 큰 사건이 그들을 기다리고 있었다.

탈영 사건 앞에서는 인사계가 뿌려놓은 멧돼지 고기 짜웅도 아무 소용 없었다. 중대는 한동안 바람 잘 날 없었다.

Chapter 2
마녀냐? 백작 부인이냐?

박태수는 금속판에 부딪힌 가슴의 통증에 정신을 차릴 수 없었다. 그러다가 문득 온몸이 싸늘해져 온다는 것을 알았다. 체온이 급격히 내려가고 급작스런 추위가 그를 덮쳤다.

쿠당!

"악!"

게다가 침상에서 떨어졌는지 무릎이 세게 바닥을 박았다. 일단 비명을 지르고 봤는데 생각만큼 그렇게 심하게 아프지 않았다. 오히려 가슴 쪽의 통증이 더 심했다.

"아이고, 아파라."

박태수는 가슴을 문지르며 고개를 들려 했다. 어쩐지 내무반이 많이 어두워진 것 같다.

그런데 이상한 일이 발생했다. 가슴으로 올라가야 하는 손도, 위로 들려져야 하는 고개도 마치 못 박힌 듯 움직이지 않았다.

"이건 왜 이래? 어라? 왜 몸이 움직이지 않는 거지? 그리고 이 어둠은? 벌써 밤이 된 건가?"

술에 취해 잠깐 눈을 붙이려 했었는데 어느새 어두워진 모양이다.

그런데 뭔가 이상했다. 아무리 밤이 되었어도 기본적으로 내무반은 이렇게 어둡지 않은 법이다. 항상 취침 등을 켜두는 것이 군대 내무반인데 말이다.

"여긴 도대체 어디야?"

그렇게 중얼거리는데 흡사 귀신같은 소름끼치는 웃음소리가 들렸다.

"히히, 히히히! 왔구나, 왔어. 드디어 연구 재료가 왔어."

웃음소리뿐이 아니었다. 뭔가 알아들을 수 없는 말소리도 들린다. 그 말소리는 웃음소리와 더불어, 소름끼친다는 것이 어떤 것인지 확실하게 알려주고 있었다.

"누구냐?"

그래도 대한민국 육군 병장이 귀신 따위에게 쫄 수는 없는 법. 용기를 내어 소리를 치자 웃음소리는 금방 사라졌다.

역시 귀신은 대한민국 해병만 잡을 수 있는 것이 아니다.

육군도 잡는다. 한 소리치니 금방 도망가지 않는가.

그때 어둠에 동화된 듯 쓰윽 앞으로 나서는 검은 그림자가 있었다. 박태수는 그것을 금방 발견할 수 없었다.

그 어둠 속에 뭔가가 박태수의 몸을 더듬었다. 처음에 팔부터 시작해서 다리와 몸의 이곳저곳을 만지는데 손을 뿌리치고, 다리로 걷어차려고 해도 몸은 여전히 움직일 생각을 하지 않았다. 급기야 그 뭔가는 박태수의 중요 부분까지 활동 영역을 넓혔다.

조물딱 조물딱.

"지, 진짜 귀신이냐? 처녀 귀신이야? 으아아악!"

저도 모르게 비명이 나왔다. 인간 박태수. 이렇게 귀신에게 순결을 잃는구나 생각하니 억울함과 설움이 끝없이 밀려왔다.

"내가 이러려고 순결을 지킨 것이 아닌데……."

진작 여자들을 많이 만나보지 않은 것이 후회가 된다.

딱.

그때 뭔가가 박태수의 머리를 내려쳤다. 비명 소리가 멎었다.

단단한 것이 머리를 친 모양이다. 그렇지 않으면 딱 소리가 날 리 없었다.

그런데 어딘가 이상하게도 아프지가 않다. 그냥 꿀밤을 맞은 정도랄까? 만약 이것이 귀신이 때린 것이라면 몸만 움직이면 싸워볼만 한 그런 정도의 충격이었다.

"시파, 제기랄! 다 덤벼!"

박태수는 용기를 내어 소리쳤다. 아니, 용기보다는 될 대로 되라는 심정이었다.

화악.

순간 어둠을 빠르게 물리치며 환한 불빛 하나가 허공에 만들어졌다. 순수하게 전기로만 이루어진 것처럼 작은 스파크를 일으키고 있는 하얗고 둥근 빛의 덩어리였다.

"전구도 아닌데 빛이 뭉쳐 있다니……."

박태수의 상식으로는 이해가 가지 않았다.

"히히히! 랭귀지(language)."

박태수가 알아들을 수 없는 말이 또 들렸다. 그리고 누군가가 그에게 말을 걸었다.

"히히히! 너, 인간이냐? 설마 처음으로 오는 놈이 인간일 줄 몰랐다. 히히히!"

빛을 뿌리는 전기 덩어리 아래에 검은 천으로 머리부터 발끝까지 가리고 있는 어떤 존재가 있었다.

"누, 누구냐? 그리고 여긴 어디지?"

일단 말이 통하는 것은 반가웠다.

하지만 그게 지금 중요한 것이 아니다. 일단 몸이 움직이지 않고 이상한 동굴 속이라는 것이 중요했다. 게다가 이 무슨 빌어먹을 일인지, 자신은 지금 옷을 홀딱 벗은 완전 누드 상태였다. 팬티까지 어느 놈이 홀딱 벗겨간 것이 분명했다.

'혹시 술에 취해 잠든 것을 보고 쫄따구들이 장난을 치는 건가?'

이런 생각도 들었다. 자신이 그동안 쫄따구들을 괴롭혔던 것을 생각하면, 술 취한 놈 약 올리는 것 정도는 애교로 봐줄 수도 있었다. 물론 옷을 홀딱 벗긴 것은 조금 심하지만. 추위도 장난이 아니다.

"인간이냐고 물었다."

상대는 얼굴에 뒤집어쓴 검은 천을 머리 뒤로 넘기며 다시 물었다.

"헉! 마귀할멈?"

그렇게 드러난 상대의 모습은 어린 시절 동화책 속의 그림에서 보았던 마귀할멈과 완전히 흡사했다.

주름이 가득한 얼굴 피부와 하나 건너 하나씩 빠진 이, 그리고 길쭉해서 당장 나이프로 쓸 수 있을 것 같은 기다란 손톱까지. 게다가 그럴듯한 지팡이도 하나 들고 있었다.

"난 마귀할멈이 아니고, 대 마도사 이린스 렌자느 미디아라 백작 부인이다. 그런데 네놈은 인간이냐 아니냐?"

박태수는 그 말도 알아들었다. 신기한 일이었다. 분명 귀에 들리는 것은 전혀 생소한 언어인데 그것의 뜻이 머릿속으로 떠오르는 것은.

어쨌든 스스로를 백작 부인이라 칭하는 이상한 노파는 아직 대답을 하지 않은 박태수에게 화가 난 것 같았다. 눈치 꽝인 박태수는 당연히 그런 기미를 알아채지 못했다.

"이렇게 생긴 게 백작부인이라고?"

파지지지직!

허공에 떠있던 빛 덩어리가 그에게 스파크를 쏘아 보냈다.

찌릿찌릿.

온몸에 전기가 통하는 기분이다. 아니 사실 정말 전기가 통했다. 그런데 이번에도 이상한 일이 발생했다. 찌릿하긴 해도 고통스럽지 않고 오히려 시원한 느낌이 드는 것이 아닌가. 그것을 눈앞의 이상한 노파도 정말 이상하게 여긴 모양이다.

손을 뻗더니 아직 움직일 수 없었던 박태수의 손을 잡고 뭔가 알 수 없는 기운을 일으켰다. 원하는 현상을 찾지 못했는지, 아니면 뭔가 화가 나는 일이 있는 것인지 주름투성이의 노파 얼굴이 거기서 더 일그러졌다.

"으아아악!"

그러더니 갑자기 노파가 광분을 한다.

"이럴 수는 없어, 이럴 수는. 어떻게 기다려온 시간인데, 하필이면 이런 불량품이라니. 어찌 이럴 수가 있단 말이냐. 어찌 이럴 수가……."

박태수는 노파가 화를 내고 광분하는 것을 보고 덜컥 겁이 났다. 아무튼 이상한 능력을 가진 할망구였다. 잘못하면 집에 돌아갈 수 없을지도 모른다는 위기감이 그의 뇌리를 차갑게 만들었다.

그리고 기분도 나빴다. 아무리 제대하고 당장 할 것이 없는 백수가 될 예정이었다고 해도 불량품은 너무 심한 말이다.

"저기요, 할머니. 무슨 사연인지 저도 좀 알면 안 될까요?"

필요할 때는 비굴해질 수 있는 것이 박태수의 특성이다. 아니, 모든 인간들의 특성이라고 하는 것이 맞는 얘기일까?

한참을 혼자 광분한 노파도 차츰 진정이 되었다. 노파는 지팡이로 박태수를 겨누고는 다시 물었다.

"너, 인간 맞나?"

"그럼요. 정말 인간입니다. 거짓이면 제가 벼락을 맞고 죽을 겁니다."

분위기가 너무 진지하다보니 이번엔 대답이 재깍 튀어나왔다.

"그런데 왜 네 몸엔 마나가 하나도 없지?"

노파의 물음이 있었지만 대답을 할 수가 없었다.

"저기, 그 마나라는 것을 어느 놈이 훔쳐갔습니까? 전 안 훔쳤는데요? 보다시피 아무것도 없는데……."

최대한 억울한 표정을 지으며 얘기했다. 그런데 노파는 오히려 고개를 갸웃했다.

"설마 마나가 뭔지도 모른단 말이냐?"

"글쎄, 그러니까 마나를 훔친 놈은 따로 있다니까요. 저는 아니라고요."

"어떻게, 마나가 없이 살아갈 수 있는 거지?"

"사는 거야 뭐, 숨 쉬고 먹고 마시면 별 어려움이 있겠습니까? 돈이 조금 필요하지만, 그것도 먹고 사는 것이라면 그렇게 많이 필요하지 않으니까. 대충 그렇게 살지요."

박태수의 얘기를 들은 노파는 호기심이 동했다. 마나가 없으면 인간은 살 수 없다는 것이 마법계에 전해지는 일종의 진리였다. 아니, 인간뿐 아니라 모든 것이 마나가 없으면 살아갈 수 없는 법이다.

그런데 마나가 전혀 존재하지 않으면서 살아가는 인간들의 세상이 있는 것이다. 이것을 발표하면 아마 마법계는 발칵 뒤집어질지 모른다.

"아니지, 그 마탑 놈들은 내가 이런 것을 주장해도 들어줄 리 없어. 어쩌면 증거가 되는 저 녀석을 죽이려고 할지도 몰라."

마탑과는 앙숙이었다. 원수지간이나 마찬가지다. 당연히 노파의 주장은 무시되거나 부정될 것이 분명했다.

노파는 더 이상 질문을 하지 않고 그 자리를 맴돌며 생각에 잠겼다. 그러더니 고개를 들고 다시 질문을 했다.

"네가 사는 곳의 인간은 다 그런가?"

정확히 뭘 묻는지를 알 수 없었다. 대충 알아듣기로는 '다 너 같이 생겼냐?' 정도인데 여기서 박태수의 기질이 드러난다.

저주용병
귀환기

"대충 그렇지요. 정확히 얘기하면 제가 조금 잘나긴 했지요."

손을 움직일 수 있었으면 제 얼굴을 쓰다듬으며 말했을 것이다. 이놈 조금 과대망상적인 기질이 있다. 자기가 대단히 잘난 줄 아는 놈이기도 했다.

박태수의 말을 노파는 편하게 알아들었다. 다른 인간들도 마나가 없다는 것으로 말이다. 잘난 척 한 것은 그대로 이해했다. 인간들 중에 그래도 잘난 인간이라는 것으로 말이다.

"이거 마나가 없으니 마법 실험용으로는 필요가 없고, 그냥 죽여 버릴까?"

혼자 중얼거렸는데, 실험이라는 것과 죽인다는 소리는 귀신같이 알아듣는다.

"자, 잠깐이요. 저 살던 곳에 신기한 물건이 얼마나 많은데요? 살려주시면 그런 것을 만드는 방법까지 알려드릴 수도 있어요."

이제 급해졌다. 죽지 않으려고 고분고분했는데, 그런데도 죽인다는 말이 나오지 않는가.

"신기한 물건?"

마법사는 애초에 호기심이 많다. 노파도 신기한 물건이라는 말에 죽이는 것을 잠시 유보했다.

"신기한 물건이라니 뭐가 있지?"

노파는 별것 아니면 죽여 버리겠다고 마음먹고 있었다. 그

다음 남겨진 오리하르콘 판의 좌표를 새로 고쳐서 다시 우주 저 멀리 날려 보낼 생각을 했다.

비록 마나도 없는 이상한 인간이 넘어왔지만, 우주의 저 멀리에 똑같은 인간들이 산다는 것을 확인했다. 그 덕분에 앞으로의 기다림은 막연한 기다림은 아닐 터였다. 희망이 생겼다. 9클래스의 마법에 대한 희망이.

그 뒤로 박태수는 단지 죽지 않기 위해 엄청나게 많은 얘기를 했다. 텔레비전, 냉장고는 기본이고 복잡한 컴퓨터, 자동차, 기차, 비행기, 그리고 거대한 배에 이르기까지 자신의 기억 속에 꼭꼭 숨어 있던 모든 단어를 다 동원하여 줄기차게 떠들었다.

중간에 배가 고팠지만 아쉬운 것은 자신이기에 밥 달라는 말도 못하고 쫄쫄 굶으며, 그렇게 오랜 시간 동안 수다를 떨었던 것이다.

드디어 박태수는 노파의 인정을 받았다. 혹시 거짓으로 만든 것인가 하여 노파가 질문을 간혹 던졌지만 대답이 일정했기 때문에 거짓으로 꾸며낸 이야기가 아니라고 인정을 받은 것이다.

그리고 몸의 움직임을 구속하고 있던 상태에서 드디어 벗어날 수 있었다.

벌떡!

구속이 풀리자 박태수는 벌떡 일어났다. 그가 가장 먼저 하려고 했던 행동은 민망한 물건을 가리는 것이었다. 비록 노파이긴 하지만 그래도 여자가 아닌가. 덜렁거리는 물건을 드러내고 있기에는 존심이 용납하지 않았다.

"으아악!"

그런데 이건 뭔가 몸을 일으켜 세우자마자 그의 몸이 공중으로 솟아올랐다.

쿵!

그리고는 동굴의 높은 천장에 머리통을 그대로 가져다 박았다.

"으아악!"

본능적으로 비명을 질렀는데 떨어지며 생각해 보니 별로 아프지 않다. 그리고 보니 이 동굴에서 받았던 고통은 전부 별로 아프지 않았었다.

"이게 어떻게 된 거지?"

박태수는 바보가 아니다. 그는 곧 하나의 결론을 간단히 이끌어 냈다.

"그래 맞아. 슈퍼맨이 지구에서 슈퍼맨이 될 수 있었던 것처럼 지구와 이곳의 중력 차이 때문일 거야."

이미 노파와 길게 얘기를 하며 이곳이 지구가 아닌 것은 알고 있었다. 그리고 자기가 어쩌다가 이곳에 오게 되었는지도 말이다.

　그 빌어먹을 금빛 나는 금속판 때문이라는 것도 이제는 알았다. 원망스러웠지만 단단한 금속판에 화풀이를 해봐야 자신만 손해였다.

　그렇다고 노파에게 화풀이를 하느냐? 절대 아니었다. 지구로, 집으로 돌아갈 수 있는 유일한 끈이 바로 노파인데, 어찌 그녀에게 함부로 하겠는가.

　어찌 되었든 지구와 이곳의 중력은 차이가 나는 것이 분명했다. 그것도 이곳의 중력이 지구보다 훨씬 낮은 것이다. 그러니 별로 가볍지 않은 자신의 몸이 허공으로 막 떠오르는 것이 아니던가.

　그러나 슈퍼 영웅이 될 수 있다고 기뻐할 수는 없다. 우주를 날 수 있다면 모를까, 그것이 집에 돌아가는데 별 도움이 될 것 같지 않았다.

　게다가 보라. 한 걸음만 걸어도 몸이 풍선처럼 두둥실 떠오른다. 이래가지고는 노파가 얘기한 이곳 인간들이 사는 곳으로 갈 수도 없다. 이곳의 인간들이 그냥 둘 리 없는 것이다.

　"어쩌면 사로잡아서 동물원에 가둘지도 몰라. 절대 안 되지. 그나저나 내가 제대할 날만 손꼽으시던 어머니께서 걱정이 이만저만이 아니겠구나."

　박태수는 잠시 감상에 빠졌다. 홀어머니 외아들을 군에 보내고 노심초사(勞心焦思) 무사하기만을 비신 어머님인데, 말년에 이런 꼴이 되다니.

 저주용병
귀환기

"허걱! 돌아가도 큰일이구나. 졸지에 탈영병이 되어 있을 것 아냐. 탈영은 공소시효(公訴時效)도 없는데, 이제 끝장이구나. 아이고, 어머니!"

탁!

신발이 없었던 관계로 박태수는 손바닥으로 동굴 바닥을 내려쳤다.

쑤욱~.

아차 싶은 순간, 그 반동으로 그의 몸은 다시 허공으로 떠오른다.

"이런 제기랄! 이래서야 어떻게 살란 말이야?"

하늘을 원망해 봐야 아무 소용 없었다.

"히히히! 잘 논다, 잘 놀아."

박태수의 하는 양을 그냥 두고 보던 노파가 뭔가를 가지고 오면서 이죽거린다.

"이거 입어봐라. 그나마 다행히 남자 옷은 꽤 많이 남아 있더라."

노파가 던져 주는 옷은 대단히 화려한 옷이었다. 자기가 백작 부인이라더니, 그 말이 마냥 거짓은 아니었던 모양이다.

그가 옷을 입는 동안 노파는 또 질문을 던졌다.

"그런데 아까 그 중력이라는 것이 뭐냐?"

"중력이요? 그거야 땅이 잡아당기는 힘이죠."

"땅이 뭔 힘이 있어서 잡아당기냐?"

"물건을 위로 던지면 아래로 떨어지지요? 그게 다 땅의 기운이 잡아당기기 때문이에요. 그런데 설마 그런 것도 모르셨어요?"

"중력이라고? 물건이 아래로 떨어지는 것은 위에서 공기가 누르기 때문이 아닌가?"

"아, 그런 힘도 있어요. 기압이라고 하는데, 그것도 중력이 공기를 끌어당겨서 생기는 힘이에요. 그러니 중력이 더 강한 힘이라고 할 수 있지요, 아마도 더 강하지 않을까요?"

바람 마법을 사용하는 마법사들이 들으면 분노로 이를 갈 얘기였다.

"그럼 이건 중력이냐? 기압이냐? 에어 프레셔(air pressure)."

철퍽!

공중에 떠오르지 않기 위해 아주 조심스럽게 옷을 입던 박태수의 몸이 바닥에 납작 깔렸다. 순간적으로 아주 강력한 기압이 그의 몸을 짓눌렀던 것이다. 그러나 별 어려움 없이 곧 일어나 주섬주섬 옷을 주워 입었다. 별로 충격을 받은 것 같지도 않았다.

"이거 좋은데요? 이렇게 하니까 몸이 떠오르지 않아서 정말 좋네."

박태수는 별 뜻 없이 정말 좋아서 한 말이었지만 그것이 노파의 신경을 건드렸다는 것은 몰랐다. 감히 8클래스의 대마도사가 마법을 걸었는데 태연히 움직이다니 말이다.

"히히히! 그래? 그럼 내가 아주 좋은 선물을 하나 해주지."

"선물이요?"

"기다려봐. 히히히!"

노파는 허리춤에 찬 복주머니 같은 것을 풀더니 손을 넣어 뭔가를 꺼냈다. 그것은 바로 보석이 몇 개 달린 목걸이가 아닌가.

"목걸이요? 와아!"

박태수는 기뻤다. 최소한 팔아먹을 수 있는 것이 생기지 않았는가. 인간 세상에 내려가도 굶어 죽지는 않을 터였다.

그런데 실상은 그의 생각과는 달랐다.

"이건 내가 만든 것은 아니고, 전설의 드래곤이 만들었다고 알려진 목걸이다."

"드래곤이요?"

"그래, 그만큼 그 가치는 이루 형언할 수 없을 정도지. 더구나 이 목걸이에는 마법이 걸려 있어서 더 비싸지."

노파의 설명이 계속될수록 박태수의 기대감은 더욱 부풀었다.

"이리 와서 목에 걸어라."

박태수는 비싸다는(?) 전설의 목걸이를 조심스럽게 받아 목에 걸었다. 그때 노파가 뭔가 주문을 걸었다.

"……그래비티(gravity)1."

뭔가 싶어서 쳐다보고 있자 노파가 입을 열었다.

"네가 중력이라는 말을 하고서야 기억이 났다. 어디선가 들은 것 같은데 잊고 있었던 것을 말이다. 이 목걸이는 예전에 죽은 내 남편이 드래곤의 유산이라며 내게 선물했던 것이다. 너무 오래 전 일이라 깜박 잊고 있었지. 여기엔 중력 마법이 걸려 있다고 했었다. 어디 한번 걸어봐라."

노파의 얘기를 듣고 한 걸음을 떼었는데 별다른 점은 없었다. 여전히 그의 몸은 허공으로 둥실 떠올랐다.

"그래비티2."

3, 4 까지 올라갔다. 역시 마법의 힘은 대단했다. 더 이상 몸이 부유하지는 않았다. 그래도 확실히 지구에서보다는 몸이 훨씬 가벼운 것 같았다.

"그래비티5."

"어? 됐어요. 이제 비슷한데요? 거의 똑같다고 해도 좋을 것 같아요."

5단계의 마법으로 드디어 지구의 중력과 비슷해진 것이다.

"이렇게 하면 최소한 동물원에 잡혀갈 일은 없겠군. 하하하! 감사합니다. 할머니!"

박태수는 크게 기뻐했지만, 아직 노파의 심술은 시작도 하지 않았다.

"그래비티 해제. 이리 벗어다오. 아직 완전히 된 것이 아니니까. 내가 5에 맞추어 고정시켜 주마."

저주용병
귀환기

"감사합니다."

노파는 목걸이를 받아 들고 돌아서다가 깜박한 듯이 돌아서며 또다시 주머니에서 뭔가를 꺼냈다.

"배고프지? 우선 이거라도 먹고 버텨 봐라. 내가 혼자 살아서 별로 먹을 게 없어."

노파가 준 것은 정체를 알 수 없는 고기였다. 얇게 저며 말린 듯한 그것을 받아 입에 넣으니 그냥 입 안에서 스르르 녹아버린다.

"어라? 이 고기는 또 왜 이래? 썩은 건가?"

고기가 아무리 얇다고 해도 입 안에서 이런 식으로 녹아 사라질 리 없었다. 그래서 이번엔 아예 고기를 몽땅 한꺼번에 입에 집어넣었다.

"어라?"

양이 적을 때 녹는 것 같았는데, 양이 많으니 푸석푸석하다. 네 맛도 내 맛도 없이 입맛만 버린 느낌이었다.

"이거 혹시 이 세상의 고기들이 전부 이런 것은 아니겠지?"

불안한 마음이 들었다. 정말 고기 맛이 전부 이렇다면 육류를 먹는 것을 포기할 수밖에 없다.

"혹시 이것도 중력 때문인가? 중력이 워낙 작아서 동물의 몸을 이루고 있는 육체의 밀도가 낮은 것 아냐? 혹시 그렇다면 이곳 인간들도?"

중력이 생물들에게 어떤 영향을 미치는지는 박태수도 정확히 모른다. 그런 쪽으로 공부를 한 적은 없으니까.

하지만 이곳과 지구의 차이점 중에 현재 아는 것은 중력뿐이다. 또 다른 차이점은 세상에 나가 살다보면 더 알게 되리라. 그러니 지금은 중력의 차이를 위주로 생각할 수밖에 없다.

"뭐, 세상에 나가서 이것저것 먹어보면 알겠지."

몸으로 겪어 보면 알게 된다. 군대 생활도 그렇게 하지 않았던가. 아무것도 모르는 신병에서 하나씩 알아가며 고참이 되고 전역을 하게 되는 것이다. 지금 자신의 처지는 비록 전역은 아니었지만.

박태수는 노파가 돌아오지 않자 살며시 그 자리에 앉았다.

"움직이는 것이 힘들구면. 그나저나 움직이는 것은 목걸이로 됐다지만 위험해지면 어쩌지? 목걸이를 재빨리 벗는 연습이라도 해야 하나? 목걸이를 벗고 뛰면 웬만한 위험에선 벗어날 수 있을 거야."

흐뭇한 마음에 미소를 지었다. 중력의 차이가 자신에게 고통을 잘 모르는 몸과 허공에 떠서 움직일 수 있는 능력을 주었다. 이것을 적절히 이용하면 살아가는 데는 별 어려움이 없을 것 같았다.

"히히히! 뭐가 좋아서 그렇게 히죽거리고 있나?"

노파가 역시 웃음을 머금은 얼굴로 나타났다. 노파의 손에

 저주용병
귀환기

는 예의 그 목걸이가 들려 있었다.

"자, 목에 걸어봐."

"감사합니다."

목걸이를 받아 목에 걸었다. 아직 마법은 발휘되지 않은 것 같았다.

노파는 또다시 무슨 긴 주문을 외우더니 목걸이를 만졌다.

순간 붉은색 빛이 목걸이에서 새어 나오며 목걸이가 투명해졌다. 아니, 투명해지는 것이 아니고 목걸이가 사라지며 그와 똑같은 문양의 문신이 태수의 목과 가슴에 새겨지고 있었다.

"으아아악!"

문신이 새겨지며 불로 지지는 것 같은 고통이 태수를 고통스럽게 만들었다. 맞는 고통과 불로 지지는 고통은 별개였다. 목걸이가 가슴속으로 파고드는데 아프지 않다면 그것은 거짓일 것이다.

그런데 그것도 잠시 목걸이의 모습이 완전히 사라지며 고통도 잦아들었다. 진짜 불로 지졌다면 그 고통이 오래갔을 테지만 마법으로 인한 것이기 때문인지 고통도 금방 사라졌다.

"뭐, 뭡니까?"

"히히히! 목걸이를 잊어버리면 안 되지 않느냐. 그래서 네 몸속으로 넣은 것이다. 이젠 목이 잘리기 전엔 잊어버릴 염려가 없지. 히히히!"

"하, 하지만 이러면 지구에서와 똑같잖아요?"

"목걸이의 중력 마법이 활성화되어도 하루 여섯 시간은 원래대로 돌아갈 수 있다."

"여섯 시간이요?"

상당히 괜찮았다. 필요할 때만 살짝 써주고 다시 활성화하면 되니 얼마나 편한가.

"주문이 뭔데요?"

"그래비티 해제. 그래비티 활성. 간단하지?"

"그러네요. 그래비티 해제. 그래비티 활성."

남들의 귀에 들리지 않을 정도로 작게 사용하면 사람들이 모르게 쓸 수 있을 것이다.

"이제 목걸이를 활성화하자. 그래비티5."

노파가 주문을 외우자 굉장히 가볍던 몸이 푸욱 가라앉았다.

"저기, 그런데 분명히 제가 지구로 다시 돌아갈 수 있다고 하셨죠?"

이제 목걸이도 받았겠다. 태수는 본론을 꺼냈다.

"물론. 하지만 네가 준비할 것이 있다."

"뭐지요?"

"너를 이곳에 오게 만들었던 단단한 금속 알지?"

"저것 말인가요?"

태수가 마법진 위에 아직 뒹굴고 있는 광채를 잃은 금속판을 가리켰다.

"그래. 저것의 이름은 오리하르콘이라는 것으로 우주에서 운석이 떨어졌을 때, 거기에서 조금씩 채취할 수 있는 것이다. 네 말대로라면 이곳의 중력 때문인지는 몰라도 굉장히 단단하고 무거운 금속이다. 그런데 저것은 마나를 머금는 특성이 있어서 마법에 많이 사용된다."

"그런데요?"

"저것을 구해야 한다. 그것도 아주 많이."

"어느 정도 나요?"

"두께는 저 정도면 됐고, 넓이는 저 마법진을 그릴 수 있을 정도?"

노파가 가리키는 마법진은 태수가 이동해 와서 꼼짝 못하고 붙잡혀 있던 바로 그 마법진이었다. 넓이가 대략 가로 세로 2미터는 될 것 같았다.

"그거면 되나요?"

태수는 별로 심각하게 받아들이지 않았다. 금으로 그만큼 만들라면 무리일지 모르지만 그저 금속일 뿐이라고 여겼던 것이다.

"집에 빨리 가고 싶으면 서둘러야 할 것이다. 내가 새겨둔 좌표를 살펴보니, 딱 10년 만에 저것이 돌아왔었다. 그렇다는 것은 저것이 10년 동안 우주를 날아가서 네가 살던 곳에 떨어졌었다는 말이 되지. 네가 구해온 오리하르콘에 텔레포트 마법진을 새겨서 날리면 그 10년 후에 네가 돌아갈 수 있다는 말이 된다."

"아! 그렇군요. 그 오리하르콘인가 뭔가를 빨리 구하는 것이 관건이군요."

태수도 이해했다. 하여튼 빨리 오리하르콘을 모을수록 빨리 집에 간다는 것이다.

"오리하르콘을 모으는 것이 쉽지는 않을 거다."

"네? 쉽지 않다니요?"

갑자기 불안감이 밀려온다.

"생각해 봐라. 이처럼 단단하고 마나도 머금을 수 있는 금속을 인간들이 그냥 두겠나. 눈에 보이는 대로 갑옷을 만들거나 무기를 만들어서 창고 속에 꽁꽁 처박아두었을 것이다."

"에엑!"

뜻밖의 말이었다. 그냥 대장간에 가면 넘쳐 나는 것인 줄 알았더니.

"그럼 저것의 가치가 어느 정도나 되죠?"

"마법 물건으로 만들어진 것이면 그야말로 부르는 게 값이다. 뭐, 팔려고 내놓는 인간도 많지 않겠지만. 그리고 아직 물건을 만들기 전의 가치는 대략 금의 100배 정도? 최소한 그 정도일거다."

"......"

태수는 급격한 호흡 곤란을 느꼈다. 금의 100배란다. 금으로 저만한 마법진을 그릴 만큼 모은다 해도 평생을 걸어야 할지도 모르는데, 그 100배란다.

"그, 그럼 꼭 오리하르콘인지 뭔지여야 하나요? 다른 것은 안돼요?"

"이상한 일이지만 운석이 우주에서 이 땅으로 떨어질 때, 거의 모든 물질이 타거나 녹아 제 형태를 유지하지 못한다. 마법 물질로 유명한 미스릴도 없어지지는 않지만 형체가 변하더군. 그런데 이 오리하르콘만은 그 모습이 변하지 않는다. 타지도 않고 녹지도 않더군. 마법진을 그리기엔 이보다 좋은 것은 없다."

노파의 얘기는 알아듣기 쉬웠다. 태수도 알고 있던 얘기다. 지구에 떨어지는 운석도 원래의 크기에 못 미치게 작아진다고 한다. 대기를 통과하며 마찰열로 타버린다는 것이다.

뭐 간혹 줄어도 어마어마하게 커서 인류의 생존에 위협이 되는 것도 있다고 듣기도 했었다. 그래서 공룡이 멸망했다던가?

그러니 반박할 수도 없었다. 오로지 오리하르콘만이 그를 집으로 데려가 줄 금속인 것이다.

푸욱.

고개가 숙여졌다. 죽을 때까지 돈을 벌어도 불가능한 액수였다.

"금의 100배. 으아악!"

태수는 광분하고 말았다.

"방법을 가르쳐 주랴?"

"네?"

눈이 번쩍 뜨이는 말이다. 돈을 버는 방법이 있다는 말이었다.

"그런 방법이 있습니까?"

"가장 좋은 방법은 귀족이 되는 것이다."

"귀족이요?"

"귀족이 되어서 영지를 갖게 되면 영지민을 쥐어짜는 것이다. 그러면 아주 빨리 돈을 벌 수 있지. 히히히!"

"그, 그런 치사한 방법이 뭐가 좋다고 웃어요?"

"히히히! 멍청한 녀석, 치사하지 않고 돈을 벌 수 있을 것 같나? 어쨌든 일단 영주가 된 다음엔 거기서 영지전을 벌여 옆의 영지를 하나씩 차지하는 거다. 귀족들 간의 영지전은 국왕도 간섭하지 못하는 권리니까 능력만 있다면 얼마든지 가능한 얘기지. 그렇게 영지를 넓히면 그 영지민들을 쥐어짜는 거다. 그러면 돈을 더 빨리 벌겠지?"

"그게 가장 좋은 방법이라고요?"

"아니면 상단을 만들어 장사를 해도 좋겠지만 귀족이 아닌 이상 상단이 아무리 돈을 많이 벌어도 귀족들 등살에 돈을 많이 모으긴 힘들 거다. 그리고 세 번째 이것이 사실은 가장 좋은 방법인데……."

"뭔데요?"

가장 좋은 방법이라는 말에 혹해서 얼른 물어본다. 똥줄이 타는 것은 당연히 태수일 수밖에 없다.

"마법사가 되는 것이다. 마법사가 되어 6클래스 정도만 오르면 스크롤이라는 것을 만들 수 있다. 그것을 팔거나, 고위 귀족이나 왕의 전속 마법사가 되면 돈 벌기가 쉽다. 하지만 너는 불가능한 방법이지."

"예? 왜요?"

"넌 몸에 마나가 없으니까. 애초에 마법과는 전혀 상관 없는 몸이다. 네 몸은."

"하아! 결국 귀족이 되는 수밖에 없다는 것이군요. 그런데 귀족은 어떻게 되죠?"

태수는 기대에 찬 표정으로 노파를 바라보았다. 생각해 보니 노파가 자칭 백작 부인이 아니었던가. 어떻게 그 후계자 비슷하게 되어 처음부터 귀족이 되어 세상에 나가면 좋을 것 같았다.

하지만 노파는 그럴 생각이 전혀 없었다.

"일단 나라를 하나 정해서 용병을 하는 거다."

"용병이요?"

"그래, 용병으로 지내다가 나라간의 전쟁이라던가, 영지전 같은 곳에 출전하여 공을 세우면 귀족이 될 수도 있다. 물론 그러려면 네게 귀족 작위를 줄 수 있는 백작 이상의 귀족 편에 서야겠지만."

"아! 귀족이 귀족 작위를 내릴 수도 있는 겁니까?"

"백작 이상의 귀족은 가능하다. 잘 줘야 남작 정도겠지만. 하지만 귀족이 내리는 작위는 작위로 인정은 받지만 영지를 같이 주지는 않는다. 영지를 같이 얻으려면 나라간의 전쟁에 출전하여 공을 세우는 것이 최고다. 예를 들어 적의 사령관을 죽인다던가 하면 왕이 귀족 작위와 영지를 내려줄 것이다. 예전부터 쭉 그랬었으니까."

"음!"

쉽지 않은 문제였다. 마법이 난무하는 세상이었다. 그리고 자신은 총이 없으면 멧돼지 하나 때려잡는데도 2시간이나 걸리는 인간이었다.

비록 이곳에서 슈퍼맨적인 능력을 지니게 되었지만, 하루 겨우 6시간. 이제는 은근히 문신으로 새겨진 목걸이가 원망스러울 뿐이다. 이럴 줄 알았다면 그냥 버티고 익숙해지길 기다려서 진짜 슈퍼맨이 될 것을 말이다.

"아아! 난 재수가 없어."

살기 싫어진 박태수였다.

*　　　*　　　*

드디어 태수가 노파의 곁을 떠나는 시간이 되었다.

"뭐, 더 주실 것 없습니까?"

은근히 원망하는 어투다. 하긴 노파 때문에 이곳으로 오게 되었으니 원망이 없으면 그것이 오히려 이상하다.

게다가 이젠 이곳 대륙 역사상 유래가 없는 거부가 되어야 한다. 챙길 수 있을 때 하나라도 챙기는 습관을 들이는 것이 좋다.

노파는 미리 준비하고 있었는지 역시 주머니에 손을 넣었다. 그 안에서 나오는 것은 바로 한 자루의 칼이었다.

"이 칼이나 가져라. 그래도 용병 일을 하려면 무기는 하나 있어야겠지."

노파가 건네준 칼은 투박했다. 마음에 드는 것은 무게가 상당히 나간다는 것 정도. 자신에게 걸린 중력 마법 때문에 평소보다 더 무겁게 느껴지는 것을 깨닫지 못하는 박태수였다. 어쩌면 바보일지도.

그런데 노파의 주머니를 보는 태수의 시선이 날카롭다.

'어쩌면 저 주머니에 오리하르콘이 들었을지 몰라.'

이런 마음을 품고 있는 시선이다.

주머니가 마법의 주머니인 것을 노파에게 들었었다. 그것 하나면 웬만한 귀족의 성을 살 수 있다는 것도 들어서 알고 있었다. 그러니 욕심이 나지 않을 수 없다. 돈이 워낙 급한 박태수가 아닌가.

"나가, 이놈아."

노파는 드디어 주머니를 욕심내는 박태수를 동굴 밖으로 끌어냈다. 몸에 중력마법이 걸리고, 원래 무겁던 몸인데도 대마도사는 역시 이름값을 했다. 한 손으로 태수의 몸뚱이를 가볍게 들고 동굴 밖으로 던져 버렸다.

"억!"

동굴 밖으로 던져진 태수가 벌떡 일어나 뒤를 돌아보는데, 동굴이 온데간데없다.

"이것도 마법인가? 거참 신기하네."

태수는 손으로 동굴이 있었던 곳을 더듬어보았다. 그랬더니 어느 곳에선가 손이 쑤욱 들어갔다. 확실히 환상 마법이 걸린 것이었다.

"진짜 신기하네."

태수는 중얼거리더니 우선 사방을 둘러보았다. 나중에 다시 돌아와야 할 곳이다. 잊지 않으려면 확실히 기억하고 있어야 한다.

그래서 근처의 나무들에 한글로 '할망구의 집'이라고 새겨 두었다. 이러면 절대 잊을 수 없을 터였다.

"그나저나 여기 꽤 높군."

산 아래로 멀리 보아도 산자락이 끝나는 곳이 보이지 않았다. 터덜터덜 산을 내려갔다. 어차피 사람들이 사는 곳으로 가야 이것저것 정보를 얻고, 용병을 하든 지랄을 하든 할 것이다.

"그나저나 배가 고픈데 어쩌지?"

동굴에 있는 동안 노파가 준 그 정체를 알 수 없는 고기가 먹은 것의 전부였다. 배가 고프다 못해 이젠 쓰라릴 지경이다.

"문제네. 동물을 발견해도 과연 내가 이 칼 한 자루로 사냥을 할 수 있을까?"

그것보다 동물을 먼저 발견하는 것이 급선무였다. 뭐가 보여야 잡든가 말든가 할 것이 아닌가.

박태수를 세상 밖으로 내던지고 돌아온 이린스 렌자느 미디아라 백작 부인의 동굴.

노파는 회심의 미소를 짓고 있다.

"히히히! 이놈 고생 좀 해봐라. 돈 버는 게 쉬울 줄 아냐?"

생각만 해도 통쾌했다.

"지금은 날아갈 것 같지? 히히히! 앞으로 한 달만 지나봐라. 그때도 날아갈 것 같은가. 히히히!"

노파의 웃음소리는 점차 커져만 갔다. 아무래도 뭔가 심각한 심술을 부려놓은 것 같은데, 과연 박태수가 견뎌낼 수 있을지 의문이다.

"이제 난 이것을 다시 날려 보내볼까?"

노파는 마법진으로 가서 박태수를 강제로 끌고 온 오리하르콘 판을 집어 들었다.

"마나를 주입하기 전에 마법진을 조금 고쳐야겠지?"

노파는 또 주머니에서 뭔가를 꺼내더니 오리하르콘 판의 문양을 지우고 다시 새기는 작업을 했다. 그것의 재질이 뭔지 모르지만 그래도 명색이 오리하르콘인데, 너무나 쉽게 문양이 지워지고 다시 새겨지고 있었다.

"지난번 마법진은 마법진을 전부 덮는 생체 반응에, 생명체가 텔레포트 되는 마법진이었지만, 이번에 새기는 것은 발동 조건은 같지만 생명체가 아닌 것이 텔레포트 되는 것으로 해야지. 그 녀석이 말한 텔레비전이나 비행기 같은 것이 굉장히 궁금하거든."

그랬다. 노파는 박태수가 얘기해 준, 마법도 없이 만들었다는 각종 문명의 이기가 굉장히 궁금했다. 특히 마나가 필요 없이 하늘을 날 수 있다는 비행기라는 것을 꼭 보고 싶었다.

"아차! 좌표를 새겨야지. 마지막으로 날려 보낸 좌표였지?"

노파는 좌표도 새로 새기고 어두워지기를 기다렸다. 밤이 되면 다시 슬레이산을 올라 오리하르콘 판을 우주 멀리 날려 보낼 것이다. 그리고 또다시 10년을 기다릴 것이다.

그런데 노파는 알까? 그 오리하르콘 판이 박태수의 손에 들어가기 전까지 무려 7년을 낙엽에 덮여 썩었었다는 것을. 예상 밖으로 자신이 지구의 문물에 빨리 접하게 될 것을 말이다.

저주용병
귀환기

태수는 무작정 산을 내려갔다. 하지만 내려가다 보니 수중에 가진 것이 하나도 없었다. 노파에게 얻은 화려한 옷과 투박하지만 썩 괜찮은 칼이 전부였다.

"이거 칼 휘두르는 거라도 연습을 좀 해야 하는 것 아닌가?"

연습은 실망을 주지 않는 법이다. 비록 칼을 사용할 줄은 모르지만 한 번이라도 휘둘러 본 자와 그렇지 않은 자와는 상당히 차이가 나는 법이다.

태수는 산자락을 거의 다 내려가 머물 곳을 찾았다. 다행히 물소리가 들리는 근처에 참호를 만들었다. 칼이 삽 대용으로 쓰일 수도 있다는 것을 그렇게 알게 되었다.

"이제 뭘 하지?"

뗏장을 떠와서 급하게 판 참호에 지붕을 만들어달았다. 이렇게 해두면 쉽게 다른 이의 눈에 뜨이지 않는다.

태수는 먼저 물소리를 따라가 보았다. 다른 동물을 발견할 수는 없었지만, 물에 있는 물고기까지 사라질 리는 없었다.

하지만 문제는 이놈의 중력 목걸이가 문제다. 물 가까이 가면 무슨 모세의 기적도 아니고, 물이 좍 갈라진다. 5단계의 중력이 물을 밀어내는 것이었다.

그러니 아무리 물을 헤집고 다녀도 고기가 미친 척하고 그 중력을 견디기 전에는 잡는 것이 불가능했다.

결국.

"그래비티 해제."

주문을 외우고서야 겨우 서너 마리의 물고기를 잡았다. 그 서너 마리의 물고기를 잡는데 6시간이 거의 다 지나가 버렸다.

그리고 문제는 또 있었다. 물고기를 굽기 위해 불을 피우려는데 도구가 없다. 군에서 배웠던 대로 잔가지와 마른 잎들을 모아 원시적인 방법으로 불을 피우려는데 6시간이 다 지났는지 겨우 살린 불씨가 눌려서 꺼져 버렸다.

게다가 힘겹게 잡은 물고기들도 눌려 찌부러진 상태가 되어 으깨져 버린 것이다.

"이, 이건 이제 생존 훈련이야."

그 뒤로 매일 매일이 굶어 죽지 않기 위한 고난의 연속이었다. 이제 맛이 어쩌고저쩌고 하는 철없는 소리는 하지 않았다. 불? 그따위는 없어도 좋았다. 일단 물고기이건 간혹 눈에 뜨이는 이상하게 생긴 동물이건 잡으면 날것으로라도 먹기 바빴다.

그나마 반가운 것은 위장이 튼튼한 때문인지, 날것으로 먹어도 배가 아프거나 한 적은 없었다는 점이다.

그렇게 지내고 또 훈련한답시고 칼을 휘두르다보니 이젠 제법 칼에서 힘이 느껴진다.

"이젠 자신이 생겼어. 날이 밝으면 다시 마을을 찾아 산 아래로 내려가야겠다. 빨리 가서 돈을 벌어야지."

태수는 그동안 잡은 동물의 가죽을 모아 대충 묶어두었다.

"사람들과 거래를 할 때는 해제를 해야겠지?"

안 그랬다간 멀쩡한 사람 끔찍한 중력으로 눌러 죽일 수도
있었다.

Chapter 3
박태수, 제기랄되다!

산 아래로 내려갔다. 확실히 사람이 다니는 길이 보였다. 지구에서야 아주 시골이 아니면 보기 힘든 비포장도로. 그것도 자가용 한 대 다니기 힘든 좁은 길이었다.

"이 길을 따라가면 사람 사는 곳이 나온단 말이지?"

태수는 씩씩하게 걸음을 내디뎠다. 이제부터 시작이었다. 다른 행성에서 맞이하는 새로운 삶이었다.

그렇게 한참을 걷는데 멀리서 뭔가가 다가오는 것이 보인다. 가까이 가니 그 정체를 알 수 있었다. 무언가를 가득 실었던 것 같은 빈 마차 다섯 대와 말에 탄 사람들, 그리고 그림에서나 보았던 두 사람이 타면 꽉 찰 것 같은 비좁아 보이는 마차 두 대였다.

태수는 행렬이 가까워 오는 것을 보고는 길을 벗어나 앞을 열어주었다. 이 세상에서 처음으로 만나는 사람들이었다. 게다가 모습을 보니 상단인 것 같았다. 앞으로 도움이 될 수도 있는 사람들인 것이다. 사람의 인연이란 알 수 없는 법이니까.

앞을 비켜주었기 때문인가? 말에 타고 있던 사람들이 호의가 담긴 미소로 인사를 하고 지나간다.

그런데 그중 한 사람이 태수의 앞에 멈추더니 뭐라고 말을 건다.

"혼자 여행을 하시는 겁니까?"

그가 보기엔 비록 먼지투성이에 더러웠지만 태수가 입고 있는 옷이 귀족들만 입는 옷임을 알아보았기에 말을 걸었던 것이다.

그런데 태수는 인상을 썼다.

'이런 제기랄! 무슨 말이야?'

말을 알아들을 수 없다. 노파와 있을 때 자유롭게 주고받던 그 언어능력이 완전히, 깨끗하게 사라진 것이다. 노파의 심술은 태수에게서 귀와 입을 빼앗아가고 말았다.

태수가 인상을 쓰니 말을 건 사람도 인상을 썼다. 당연한 반응이다. 혼자 다니는 것이냐고 물어본 것뿐인데 인상을 쓰니 기분이 좋지 않다.

'아차!'

태수는 얼른 자신의 입을 가리켰다. 그리고 고개를 저으며 입을 열었다 닫았다 했다.

"아하! 말씀을 못하시는군요? 그럼 알아듣기는 하십니까?"

그 사람은 그제야 이해를 했다. 말을 못하는 고통이 얼마나 심한지는 겪어보지 않아도 알 수 있는 일이 아닌가.

그런데 역시 태수의 대답은 같았다. 뭐라고 들리긴 하는데 뭔 말인지 모르니 어쩔 수 없었다. 계속 말을 못한다고 표시를 하는 수밖에.

"으음! 알아듣지도 못한다니."

괜히 말을 꺼냈다 싶다. 상대의 아픔을 건드린 꼴이 되고 말았던 것이다.

"이름이라도 알면 좋겠는데."

귀족인데 불쌍하게 말을 못하고 듣지 못하기 때문에 부모에게 쫓겨난 신세인 것 같았다. 지레짐작으로 완전히 그렇게 만들어 버렸다.

그런데 답답함을 느끼는 것은 태수도 마찬가지다. 노파와 너무 자연스럽게 대화를 하는 바람에 이런 일은 미처 예상을 못했다. 어쩌면 평생 벙어리로 살아야 할지도 몰랐다.

태수는 자기 자신을 잘 알고 있었다. 국어 빼고 외국어엔

젬병이었던 과거가 있으니까. 그래서 저도 모르게 군에서 입에 완전히 달라붙은 소리를 내뱉고 말았다.

"제기랄!"

그 소리를 상대가 들은 모양이다. 뭐라 뭐라 막 떠든다. 멍하니 그 모습을 보다가 또 한 마디 했다.

"지랄을 해요, 지랄!"

말을 걸었던 사람은 문득 상대가 하는 말을 들었다.

"제기랄? 그게 당신 이름인가요? 제기랄이 당신 이름이에요? 그럼 성은 뭐죠? 당신 성은 뭐에요? 귀족인 것 같으니 성이 있을 것 아니에요?"

이름을 알게 될지 모른다는 사실에 조금 흥분을 했었나 보다.

사실 무시하고 지나갔어도 되는 일이었는데, 자신이 상대의 아픈 곳을 건드렸다는 생각 때문에 이렇게 이름을 알아내는데 몰두하고 있는지도 몰랐다.

그런데 그때 상대가 뭐라고 또 말을 했다. 제기랄이라는 말과 비슷하기는 했지만 확실히 다른 말이었다.

"지라…… 르? 성이 지라르라고요? 그럼 당신의 이름은 제기랄 지라르로군요. 오, 이름 좋은데요?"

남자는 환한 미소를 지었다. 드디어 이름을 알아냈다는 생각에 자신도 모르게 지어진 미소였다.

태수도 덩달아 미소 지었다. 상대가 웃는데 인상을 쓸 수는 없지 않은가.

"제기랄 지라르, 음…… 성까지 부르는 것은 그러니까 이름만 부를게요. 제기랄, 어디까지 가세요?"

정처없이 떠도는 입장이라는 생각에 물어보았다. 집에서 쫓겨났으면 일정하게 갈 곳이 있을 것 같지 않았다.

그래도 먹고 살자고 사냥을 한 모양인데 등에 짊어지고 있는 짐승의 가죽을 보니 손질이 제대로 되어 있지 않았다. 저런 것은 시장에 가져가 봐야 제 값을 받을 수 없다.

말을 못하고 알아듣지 못하지만 마음이 통하면 뜻도 통한다는 신념으로 또 물었다. 지금 자신이 얼마나 험한 길을 가려는 것인지 그는 몰랐다.

태수는 슬슬 기분이 나빠진다. 초면에 제기랄, 제기랄 하며 욕을 자꾸 하는 것이 아닌가.

그런데 얼굴은 웃고 있다. 그러다가 문득 제기랄이라는 것이 자신을 가리키는 것일지도 모른다는 생각이 들었다. 자기가 문득 뱉어냈던 말이 그것이었지 않은가.

그래서 손가락으로 자신을 가리키며 말했다.

"나 제기랄?"

상대가 고개를 끄덕인다. 역시나 확실히 자신을 제기랄로 알고 있었다.

'가만 어찌 되었든 통성명은 한 거니까 눌어붙을 기회잖아?'

상대는 용병으로 보이지 않았다. 그렇다면 상인이라는 말이다. 방금 지나간 행렬은 상행이었으니까. 그렇다면 자연스럽게 상행을 따라 먹을 것 얻어먹으며 사람이 사는 곳으로 갈 수 있다는 말이었다.

태수는 활짝 웃었다. 최대한 상대방에게 '나 착한 놈이요' 하는 미소였다.

"그래비티 해제."

그러고는 몰래 중력을 해제하고는 그 사람 가까이 다가가 의사소통을 하려했다. 나뭇가지 하나를 꺾어 땅바닥에 그림을 그렸다. 말은 통하지 않아도 그림은 통할 수 있지 않을까 하는 생각이었다.

우선 산을 그렸다. 그러고는 손가락으로 자신이 내려온 슬레이산을 가리켰다.

"아, 슬레이산에서 왔단 말이지요?"

상대가 뭐라고 말을 했지만 알아들을 수 없으니 그냥 넘어갔다.

다음에 심혈을 기울여 노파의 모습을 그렸다. 쭈글쭈글한 얼굴 주름을 잘 묘사했다. 빛나는 금속판도 그리고 노파의 지팡이도 그렸다. 마법진 비슷한 것도 하나 그렸다.

그다음 노파의 지팡이를 손가락으로 가리키고는 자신의 목을 가리켰다. 목걸이를 가리킨 것이었다. 오리하르콘 판을 손가락으로 가리키고는 양손으로 크게 동그라미를 만들었

 저주용병
귀환기

다. 오리하르콘이 많이 필요하다는 표시였다.

여기까지 설명을 하고 상대를 보았다. 상대의 눈이 초롱초롱 빛났다.

'이거 아무래도 미스터리 마니아를 만난 것 같은데?

태수는 속으로 그런 생각을 하며 노파가 자신의 멱살을 잡고 엉덩이를 걸어차는 모습을 행동으로 보여주었다. 그리고 사냥을 하는 흉내를 내고 바닥에 사람을 많이 그린 다음에 걸어가는 시늉을 했다.

그렇게 그림 설명과 연기 설명을 끝내고 손에 쥐고 있던 막대를 던졌다. 이제 상대의 반응을 기다릴 때였다.

"그러니까 산에 올라갔는데 이 무시무시한 마녀를 만나서 저주를 받아 말을 못하게 되었다는 얘기죠?"

여기까지는 비슷했다. 그렇지만 어차피 못 알아들으니 패스.

"집에 돌아갔더니 가족들이 쫓아냈고 말이죠. 그래서 산에 다시 올라가서 사냥을 하며 살았는데, 가죽을 팔기 위해 마을을 찾아가는 길이라는 거구요? 그런데 이건 뭐지요? 이 네모난 것이 뭔지를 모르겠네. 아, 혹시 가죽이 아주 많다는 건가요? 음, 하긴 옷이 이렇게 될 정도로 산에 오래 있었으면 가죽이 많을지도 모르겠네요. 그런데 혹시 몬스터를 만나지는 않았나요? 팔아먹으려면 몬스터의 부산물이 더 좋은데 말이죠. 아 참, 말도 잘 못 알아듣죠? 음, 이거 어떡하지? 얘기를 듣지 않았으면 모르지만, 얘기를 다 듣고 혼자 내버려 두기도 조금 그런데 아, 그러고 보니 슬레이산에 혼자 들어가 살았다면 검 실력이 장난이 아니겠군. 저주가 걸리지만 않았으면 크게 한 자리 했을 것 같은데.”

슬레이산은 사람들이 함부로 들어가지 않는다. 여기저기서 상급 몬스터들이 튀어나오기 때문이다. 그런데 거기서 사냥을 하며 살았다는 것은 아주 강하다는 것을 증명하는 것이다.

“좋아, 결정했어. 이봐요, 제기랄!”

“……?”

“같이 갈래요? 아, 내 이름은 모르죠?”

그는 태수를 보며 손가락으로 자신을 가리키며 자신의 이름을 불렀다.

“레오파드 다키스, 레오파드 다키스.”

“네오파스다 기스?”

태수도 알아들었다. 자신의 이름을 말해주는 것을. 이름도 쉬웠다. 네오파스라니 많이 듣던 익숙한 이름 같았다.

“네오파스, 네오파스. 아주 좋아, 파스.”

또 한 번 미소를 날려주었다.

레오파드는 비슷한 발음에 만족했다. 저주로 말을 잃은 사람에게 처음부터 완전한 것을 바랄 수는 없었다.

어쨌든 첫인상이 좋았다. 그의 지금까지의 경험으로 첫인

저주용병
귀환기

상이 좋았던 사람에게 실망을 한 적은 없었다.

자신만의 상단을 만들고 지금까지 키워왔던 밑바탕에는 사람의 인상을 보고 자신에게 이익이 될 사람을 구분해 내는 능력이 있었다.

"제기랄도 첫인상이 좋았으니 우리 상단에 틀림없이 이익이 될 거야."

그는 혼자 흐뭇해했다. 이렇게 첫인상이라는 것은 상대의 마음에 깊이 새겨진다.

그러고는 태수와 자신을 가리키고 같이 걸어가는 시늉을 했다. 분명 태수가 보기엔 같이 가자는 의사 표시였다.

'나이스!'

태수는 만족한 미소를 지으며 레오파드를 따라 걸었다. 어찌 되었든 이곳 사람과 처음으로 관계를 맺게 되었다. 이제 적절히 이용하여 자신에게 필요한 것을 얻을 수 있으면 된다.

레오파드는 말에 올라탄 채 태수의 속도에 맞춰주었다. 먼 석양에 크고 짧은 두 개의 그림자가 나란히 걸어가는 모습이 길 위에 만들어졌다.

며칠이 지나 상단 행렬이 가장 처음에 도착한 곳은 태수가 슬레이산을 내려온 곳에서 그리 멀지 않았다. 그 말은 즉 태수가 처음에 방향을 잘 잡았으면 상단 행렬을 만나는 대신 이 마을을 먼저 만났다는 것이다.

어쨌든 지금도 늦은 것은 아니었다. 레오파드라는 사람을 만나 먹을 것을 얻어먹으며 여기에 왔으니 손해는 아니었다.

동행 첫날엔 엄청 고생을 했었다. 6시간이 훨씬 지나 중력 목걸이의 해제 시간이 다 지나갔을 때였다. 자꾸 다가오는 레오파드로 인해 태수는 필사적으로 상단에서 멀어져야 했다.

나중에 자신의 곁으로 다가오면 죽을 수도 있다는 것을 설명하느라 식은땀을 흘렸었다. 말이 통한다면 간단한 문제였는데 말이 통하지 않으니 골치였던 것이다.

사실 중력 현상이 발생하는 것은 범위가 있었다. 태수의 신체에서 1미터 정도의 범위까지 중력이 영향을 미치는 것이다.

무려 5단계의 중력이었다. 불시에 그 범위에 들어오는 사람은 물고기가 으깨진 것처럼 그렇게 으깨진 채로 죽을 수 있는 것이다.

하지만 레오파드는 처음에 그런 것을 믿지 않았었다. 분명 자신은 마주보고 서서 땅바닥에 그림도 그리며 대화를 했었기 때문이다.

하지만 오늘에 와서는 레오파드도 결국 태수의 저주가 무엇인지 다시 생각할 수 있게 되었다.

태수가 마을에 들어서자마자 지나가는 개 한 마리를 가까이 다가간 것만으로 죽여 버린 것이다. 그것도 완전히 뼈와 살이 뭉개진 핏덩어리로 만들었다.

 저주용병
귀환기

“제기랄! 당신의 진짜 저주는 이것이었군요.”

레오파드는 태수를 불쌍하게 여겼다. 능력이 되는 사람이 평생 다른 사람들과 가까이 할 수 없다는 것이 얼마나 고통이겠는가. 말을 잃은 것 따위는 별거 아니었다.

“당신이 집에서 쫓겨난 것도 이것 때문이군요.”

하긴 말을 못한다는 것만으로 귀족이 집에서 쫓겨나기에는 뭔가 이유가 좀 약했다.

레오파드는 태수에 관해 알게 된 사실을 동료들에게 알렸다. 앞으로 계속 상행을 할 생각인 레오파드는 독단적으로 태수를 데리고 갈 수 없었다. 지금의 상단 행렬이 자신만의 것이 아닌 여러 상단이 뭉친 것이기 때문이다.

반대가 많으면 따로 떨어져서 규모가 작은 상행을 따로 꾸릴 생각도 했다. 그나마 지금은 물건을 다 팔고 돌아가는 길이라는 것이 부담을 적게 했다.

그런데 태수의 생김이 사람들에게 믿음을 주는 얼굴이었던지 반대보다는 찬성이 많았다.

사실 가까이 다가가지만 않으면 아무런 이상이 없는 것 아닌가. 상인들은 주로 마차에 타고 다니기에 친분이 없는 이상 태수에게 가까이 다가갈 일도 없었다.

문제는 상단 호위로 있는 용병들이었다. 저주라는 말 때문에 그들은 태수를 거부했다. 의외로 용병들은 미신에 민감했다. 재수없는 인간과 같이 일하면 사고를 당하거나 산적을 만나게 된다는 것이 그들의 주장이었다.

레오파드와 용병들이 태수의 동행 여부에 대해 의견을 나누고 설득을 하는 동안 정작 문제의 인물인 태수는 마을의 잡화점으로 향했다. 가지고 있던 동물들의 가죽을 팔기 위해서다.

"그래비티 해제."

끼익.

기름칠을 하지 않은 것인지, 아니면 일부러 소리가 나게 한 것인지 모르지만 귀에 상당히 거슬리는 소리가 났다.

"어서 오세요."

소년이 의자에서 일어나지도 않고 인사를 했다. 아마도 시끄러운 문소리에 자동적으로 인사가 나오는 모양이다.

쿵!

등에 짊어지고 있던 가죽을 카운터에 내려놓았다. 소년이 그 소리에 놀랐는지 황급히 고개를 들었다.

"뭐죠?"

태수는 손으로 가죽을 가리켰다. 말도 모르고 소년이 무슨 말을 하는지도 모르니 그냥 무작정 가죽을 가리킬 수밖에 없었다.

그런데 대충 뭔지 알아차린 것인지 소년이 가죽을 뒤적이다가 동전 네 개를 꺼냈다.

"이 정도면 되지요?"

 저주용병 귀환기

사실 헐값이었다. 소년은 대충 반값 정도를 내놓은 것이었다. 하지만 태수는 시세도 모르고 말도 통하지 않는데다가 소년이 내놓은 동전의 값어치가 어느 정도인지도 몰랐다.

그냥 아무 말 없이 동전 네 개를 집어 들고 잡화점 밖으로 나왔다.

*   *   *

태수가 사라진 잡화점.

"헤헤! 딱 보니 멍청하게 생겼어."

소년은 카운터에서 태수에게 준만큼의 동전을 또 꺼내 자신의 주머니에 넣었다. 그러고는 장부에 가죽 구입비를 적었다. 장부상의 구입비는 태수가 가진 돈의 정확히 두 배였다.

일단 돈을 쥔 태수의 감상은 남달랐다. 그에겐 이제 이 동전 네 개가 자본인 셈이다. 물론 아직 많이 부족했다. 금의 100배. 태수의 뇌리에는 그 생각이 떠나지 않고 있었다.

"그래비티 활성."

중력을 활성시키면 감각이 달라진다. 조금 답답해진다고 할까? 어쩐지 벌써 이곳의 중력에 익숙해지고 있는 것인지도 몰랐다.

이제는 사실 해제한 상태에서도 몸이 떠오르거나 하지 않는다. 슬레이산에서 연습도 많이 했거니와, 노파가 주었던 칼이 중력 때문에 무거운 줄 알았더니, 원래 무거운 칼이었다.

그 칼 때문에 해제가 되어도 신경을 조금 쓰면 최소한 풍선처럼 날아오르지는 않았다.

어쨌든 가죽을 처분하니 기분은 좋았다. 뭔가를 지고 다니는 것은 사실 귀찮고 힘들다. 오죽하면 군대 고참들은 군장에 에어베개만 집어넣고 다니겠는가.

"제기랄!"

숙소로 잡은 여관 앞에서 레오파드가 태수를 부르며 손을 흔든다. 손놀림이 가벼운 것을 보니 용병들의 설득에 성공한 모양이다.

태수도 마주 손을 흔들어주었다.

"이젠 완전히 제기랄이 되었군, 제기랄!"

태수는 허탈한 웃음을 조금 흘리고는 레오파드를 향해 갔다.

"됐어, 제기랄. 용병들이 같이 가도 좋다고 했어."

레오파드가 떠들든 말든 알아들을 수는 없다. 그냥 대충 분위기 봐서 때려 맞히는 것이다.

그래도 군대 생활을 했던 것이 조금은 도움이 되었다. 쫄따구 때는 고참들의 눈치를 보며 생활할 수밖에 없다. 원래 눈치가 꽝인 태수가 이 정도까지 알아차릴 수 있는 것도 그나마 그때의 경험 때문이라고 할 수 있다.

 저주용병
귀환기

태수는 여관 안으로 들어가지 않는다. 다 그 놈의 중력 때문이다.

태수가 건물에 들어가면 건물은 무너진다. 마차에 타면 마차가 찌그러지고, 말을 타면 말은 등뼈가 부러지고, 배가 터져 죽는다.

해보진 않았지만 정확한 추측이다. 실험한답시고 남의 멀쩡한 건물을 무너뜨릴 수는 없어서 실험은 못한다.

그의 숙소는 그래서 사람들이 있는 곳에서 멀리 떨어진 곳이다. 이런 마을에 숙소를 정하면 태수는 마을 밖의 숲으로 갈 수밖에 없다.

몬스터가 덤비면 어떻게 하냐고? 몬스터고 뭐고 태수의 1미터 안쪽으로 들어가면 그냥 찌부러져 죽는다. 어찌 보면 이 중력이라는 것은 굉장히 위험하면서 또 상당히 좋은 갑옷과 마찬가지다.

다행히 이 마을의 여관 뒤에는 작은 숲이 있었다. 밤에 그 숲에 들어갈 사람은 없으니 괜찮다고 여관주인은 말했다. 그래서 태수도 굳이 마을 밖으로 나갈 필요는 없었다.

태수의 저녁 식사를 레오파드가 가지고 숲으로 왔다. 태수는 해제를 하고 저녁을 먹었다.

레오파드도 이젠 손짓 발짓으로 하루에 6시간은 저주에서 해방된다는 것을 안다.

"그러고 보면 그 마녀도 아주 악독한 것은 아니었네요. 그렇죠?"

　그러고는 이딴 소리나 한다. 자신이 당하지 않는 이상 어떤 고통인지 알 수는 없으니 하는 말이다.

　저녁을 먹고 둘은 1미터 이상 거리가 떨어진 채로 공부를 한다. 레오파드는 어떻게든 말을 가르치려는 것인데, 박태수의 언어학적 능력을 모르기에 하는 짓이다.

　혹시 욕을 가르치면 귀신같이 배울지도 모른다. 군대에 들어가 말의 거의 절반이 제기랄, 젠장, 빌어먹을, X탱이, X같은 새끼 등등의 욕으로 완전히 도배가 됐었다.

　오죽하면 쫄따구들이 중대장에게 보낸 소원수리에 '박 병장님 욕 좀 그만하게 해 주세요' 라고 한 놈이 있었겠는가.

　그나마 전역을 앞두고 스스로 많이 순화시켜서 적나라한 욕은 완전히 버리고, 제기랄, 젠장, 지랄 등의 조금은 가벼운 욕만 사용했었다. 그것은 지금까지도 완전히 사라지지 않았다. 그러니 제기랄 때문에 지금 여기 이름이 제기랄이 될 판이지 않은가.

　레오파드가 여관으로 돌아갔다. 가르쳐도 별 실효가 없으니 가르치는 사람은 쉽게 지친다. 그나마 그래서 태수는 자기 전에 칼을 휘두를 시간을 얻었다.

　휭, 후잉!

　무거운 칼이 바람을 가른다. 형식도 없고 순서도 없다. 그래도 사회에서 검도 좀 해봤다는 쫄따구에게 들어서 배운 것이 몇 가지 있다. 물론 그중에 기억나는 것은 유일하게 하나다. 칼을 쥘 때 너무 꽉 쥐지 말라는 것. 왜 이것은 잊지 않았는지 모르겠다.

그 얘기가 맞는 것인지, 틀리는 것인지도 모른다. 그냥 그렇다니 그렇게 기억하고 있는 것이다.

만약 그 쫄따구가 허풍을 친 것이라면 지금 태수는 칼을 쥐는 것부터 완전히 잘못 가고 있는 것이 된다.

다행히 손에서 칼자루가 빠져 날아가는 일은 아직 없었다. 문제는 '아직' 이라는 것이다. 언제든지 실수로 칼이 손에서 빠져 달아날 가능성이 충분히 있다는 말이다.

그때는 주변의 어느 누구든지 하나 죽고 말 것이 분명했다.

이곳 사람들은 아직 모른다. 흉기를 든 위험인물이 지금 그들의 세계로 뛰어들었다는 것을.

Chapter 4

그래비티 파워 업

날이 밝아온다. 새벽이다. 아직은 사람들이 일어날 시간이
아니었다.

그런데 마을 여관의 뒤에 있는 작은 숲에서 무슨 일인가가
벌어지고 있다.

"허억! 다, 답답해."

태수였다. 자다 말고 태수는 갑자기 땅바닥을 기고 있다.
일어나려고 안간힘을 쓰지만 그것이 쉽지 않다. 목걸이에 이
상이라도 생겼는지 갑자기 중력이 평상시보다 강하게 변해
버렸다.

"허억, 허억! 이놈의 할망구 도대체 무슨 짓을 한 거야?

허억!"

말하는 것도 힘들다. 하는 수 없었다. 최소한 일어나기라도 하려면 해제를 하는 수밖에.

"그래비티 해제."

그제야 온몸을 짓누르던 압력이 완전히 사라졌다.

"허억, 허억!"

태수는 숨을 몰아쉬며 일어나 앉았다.

옷은 완전 엉망이다. 잠을 잤던 자리도 수십 명이 놀다간 자리 같이 돼버렸다.

일단 일어섰다. 문제였다. 서서도 그 중력을 견딜 수 없다면 이젠 기어 다녀야 한다.

"그래비티 활성. 우욱!"

중력은 활성화되자마자 가공할 압력을 느끼게 한다.

"이게 지금 몇 단계지? 설마 6단계는 훨씬 넘겠지?"

태수는 실감하고 있지 못했지만 사실 지금의 중력은 겨우 한 단계 더 나아간 6단계가 맞았다. 단지 평소 익숙한 중력을 벗어나 있기에 정신을 못 차리는 것 뿐.

"고장난 건가?"

태수는 손으로 목을 만져 보았다. 만져 지는 것은 없다. 그래도 거기 어딘가에 목걸이가 있음을 안다. 생각 같아서는 당장 빼버리고 싶은데 방법을 모른다. 답답함이 하늘을 찌르고 있었다.

 저주용병
귀환기

"고장났으면 언제 또 변할지 모르잖아."

문득 중력을 이기지 못하고 으깨진 채 죽은 물고기와 개새끼가 생각났다. 고장으로 인해 어느 순간 갑자기 중력이 급속히 뛰어오르면 자신도 그렇게 죽을 수가 있다. 끔찍한 생각을 해버렸다.

"안 돼. 살아야 돼. 진짜 고장일 리는 없어. 절대 그래선 안 돼."

돈을 겁나게 많이 벌어야 하는 것도 끔찍한데, 언제 죽을지 모른다는 공포까지 안고 살아갈 수는 없었다.

"내 인생은 왜 이렇게 꼬이는 거냐?"

태수는 한탄을 했지만 별다른 수는 없었다. 그저 익숙해지는 수밖에.

"망구를 찾아가 볼까?"

망가진 것을 고칠 수 있는 사람은 노파밖에 없었다. 그렇다면 겨우 내려온 슬레이산을 다시 올라야 한다.

그런데 문득 노파를 생각하니 뭔가 이상한 점이 떠오른다.

"가만, 생각해 보니 목걸이를 굳이 이렇게 보이지 않게 만들 필요가 없었잖아? 이걸 내 몸속에 집어넣은 이유가 혹시 잃어버릴 걸 염려해서가 아니고, 내가 벗어버릴 것을 염려해서? 내가 목걸이를 못 벗게 하려고? 그럼 결국 지금 이 상황도 그 빌어먹을 망구가 한 짓?"

하나가 수상하니 전부 다 수상하다.

"맞아, 지금은 해제를 하고도 평상시와 비슷하게 움직일 수 있잖아. 이 칼 때문에. 그렇다면 애초에 이 칼만 주고 연습을 시켰으면 충분했는데 굳이 목걸이를 준 것은 나를 이렇게 만들려는 속셈이었던 게 분명해."

여러 번 말하지만 박태수는 바보가 아니다. 의외로 예리하고 똑똑한 면도 있다.

"그럼 혹시 오리하르콘인지 뭔지에 대한 것도 거짓? 금의 100배가 아니라 혹시 금의 백분의 일 정도가 아닐까?"

또 얘기하지만 어쩌면 바보일 가능성도 있다.

태수는 당장 사람들을 찾아가 오리하르콘의 진실을 알고 싶었다. 하지만 말이 통하지 않는다.

"그래, 말이 통하지 않게 만든 것도 일부러 한 짓이야. 전부 그 망구 짓이 분명해. 이런 젠장!"

화를 내고 싶지만 이젠 화도 나지 않는다. 모든 것을 알아 버렸다. 이제는 집에 돌아갈 수 있다는 말도 의심해야 하는 판이다. 그것만은 의심하고 싶지 않았다. 지구로 돌려보내 주겠다는 그 약속만은 말이다.

"어쨌든 고장이 아니라면 죽지는 않겠군."

죽이려면 굳이 이렇게 복잡하게 일을 만들 필요가 없었다. 동굴에 있을 때 노파는 얼마든지 태수를 죽일 수 있었다. 그런데 죽이지 않고 이렇게 고통만을 주는 것은 실컷 고생을 시키겠다는 의도로 밖에 보이지 않는다.

 저주용병
귀환기

“빌어먹을 할망구! 나중에 오리하르콘 장만해서 돌아가면 보자. 이 목걸이? 내가 그전에 꼭 떼어내고 만다. 절대 용서 안 해.”

태수는 이를 갈았다. 눈앞에 노파가 있다면 씹어먹고 싶을 정도였다.

“아, 배고파.”

뜬금없이 이런 말이 튀어나온다.

“이놈의 동네에서는 먹어도 먹어도 배가 고프니 원. 역시 중력 때문에 재료가 푸석해서 그래. 진짜 사람이 살만한 곳이 아니야. 빌어먹을 망구.”

아직 새벽, 아침을 먹으려면 멀었다.

“훈련이다, 훈련. 지금 중력에 익숙해질 때까지 오로지 훈련뿐이다.”

태수는 칼을 들었다. 그리고 휘둘렀다. 누워 있을 때는 일어나기 어려웠지만, 다행이 서서 움직이는 것은 힘들긴 해도 가능했다.

“그래, 이걸 견디면 나는 더 강해지는 거다. 어쩌면 집에 돌아가서도 슈퍼맨이 될 수 있다. 버텨보자, 박태수. 이겨내자, 박태수.”

혼자 구호를 붙이며 강해진 중력에 익숙해지기 위해 온힘을 다해 노력했다.

“최소한 오늘 걷는 것에는 익숙해져야 한다.”

상행은 오늘 아침 식사를 하고 길을 떠나기로 되어 있었다. 태수는 정확히 언제 떠날지는 몰랐다. 그렇지만 사고 팔 물건도 없는 곳에 상단이 오래 있을 이유는 없었다. 이런 것은 대충 눈치로 때려 맞출 수 있는 일이었다.

그러니 그전에 최소한 걸을 수 있어야 상행을 쫓아갈 수 있다. 말도 탈 수 없으니 태수의 이동 수단은 오로지 두 다리 뿐이다.

"제기랄!"

그렇게 한참 동안 훈련을 하는데 레오파드가 쟁반을 들고 오면서 태수를 부른다. 갑자기 맥이 쭉 빠진다. 아침에 일어나서 처음 듣는 말이 제기랄이라니. 먹을 것만 아니었으면 태수는 여기서 폭발했을지도 몰랐다.

*　　　*　　　*

도시 베르미어.

이곳은 엘름왕국에 속한 곳으로 레오파드의 상단이 본점을 두고 있는 곳이다. 뭐, 그렇다고 각지에 지점을 두고 있는 것도 아니지만.

베르미어는 대표적인 상업 도시다. 그래서 크고 작은 상단이 이곳에 본점을 두고 있다. 그중에 레오파드의 키스상단이 있다.

레오파드와 태수가 끼어 있는 상단은 베르미어에 도착하자마자 뿔뿔이 흩어졌다. 용병들도 용병 조합으로 가버렸다.

태수는 베르미어에 들어서며 중력을 해제했다. 도시라서 그런지 몰라도 사람이 너무 많았다. 중력을 해제하지 않으면 걸음걸음마다 사람이 하나 둘씩 죽어나갈 곳이었다.

그래서 급하게 됐다. 6시간 안에 안전한 곳을 찾아야 한다. 사람이 오지 않고 중력에도 무너질만한 것이 없는, 그런 곳이 필요했다.

의외로 레오파드의 상단 건물은 훌륭했다. 상인으로 돈을 좀 만진 모양이다. 그래서 태수는 흐뭇했다. 능력이 있는 사람이 도와주면 자신의 목표로 가는 길이 더욱 짧아질 테니까.

레오파드가 상단 건물로 들어가고 태수는 건물 뒷마당에 남았다. 다행히 이곳에는 사람이 별로 없어서 중력을 활성화시키고 맥없이 레오파드가 나오기를 기다렸다.

한 번 들어간 레오파드는 쉽게 나오지 않았다. 상행이 막 끝난 셈이니 정리할 것도 많고, 계산할 것도 많을 터였다.

마냥 기다리자니 지루했다. 이제 강해진 중력에도 대충 익숙해졌다. 물론 5단계보다는 훨씬 힘들다. 대충이라고 해도 겨우 걷는 것뿐이다.

5단계처럼 칼을 마음대로 휘두를 수도 없다. 다시 칼을 휘둘러 바람 소리가 나게 하려면 얼마나 휘둘러야 할지 아득하다.

하지만 훈련은 속이지 않는 법이다. 태수는 칼을 꺼내 휘둘렀다. 마치 처음으로 칼을 잡는 사람처럼 어색했다.

그때 레오파드는 상단에 소속된 사람들과 모든 업무를 마치고 새로운 얘기를 막 시작하고 있었다.

"음…… 여러분, 우리 상단에 새로운 인물이 한 명 들어올 예정입니다."

"오, 또 인재를 발견하신 모양이군요? 단주님께서 인정한 인재라면 저희들은 언제라도 환영입니다."

"안 그래도 이제 상단의 규모를 늘리면 어떨까 했는데, 마침 인재를 구하신 모양이군요? 같이 오셨으면 소개를 해주시죠."

사람들은 일단 환영의 뜻을 보냈다. 그들도 알고 있었다. 레오파드가 사람 보는 눈이 탁월하다는 것을. 바로 자신들도 그렇게 해서 이곳 키스상단에서 일을 하게 됐으니 말이다.

"너무 그렇게 좋아하지 마세요. 저주에 걸린 사람이니까요."

레오파드와 같이 이번 상행을 다녀온 사람이었다. 그도 태수를 탐탁지 않게 여기는 사람인지 어투가 어째 불량했다.

"저주? 아니 저주라니요?"

사람들이 곧 시끄러워졌다. 그리고 저주로 인해 말도 못하고 사람이 가까이만 가도 죽는다는 얘기를 듣고는 모두 입을 떡 벌렸다.

“아니, 그런 사람을 지금 우리 상단에 두자는 말씀이십니까?”

펄쩍 뛰기까지 한다. 생명의 위협을 느끼며 일을 하고 싶지는 않은 법이다.

“그래도 강하고 착한 사람입니다. 저주에 걸린 뒤에 슬레이산에서 혼자 살았답니다. 아마도 사람들에게 피해를 주지 않기 위해서 그랬을 겁니다.”

“아무리 강하고 착해도 말도 못하고 사람을 만날 수 없는 자가 어떻게 상인이 됩니까?”

“뭔가 잘못 생각하고 계시는 것 같군요. 저는 그를 상인으로 만들려는 것이 아니라 상단 호위로 임명하려는 겁니다.”

“상단 호위요? 정말 강하면 그럴 수도 있지만 어차피 상단 호위는 용병들이 있는데 꼭 그렇게 위험한 사람을 가까이 둘 필요가 있습니까?”

그 말도 맞았다. 용병은 괜히 폼으로 있는 것이 아니다. 하지만 레오파드도 한 고집한다.

“그는 혼자서 일개 용병단 정도의 위력을 발휘할 수 있습니다. 생각해 보십시오. 가까이만 가면 죽는 겁니다. 몬스터건 산적이건 그가 있는 것만으로 감히 가까이 다가올 수가 없을 겁니다. 나중엔 우리 상단 깃발만 봐도 도망가지 않을까 싶은데요?”

레오파드의 설명에 그제야 사람들이 태수의 저주가 얼마

나 유용한 것인지 깨달았다. 하지만 그래도 반대가 많았다. 아차하면 죽을 수도 있는 위험한 인물을 옆에 두기엔 조금 무서웠던 것이다.

"차라리 용병을 하라고 하시죠?"

"용병이요?"

"예. 그리고 그에게 상행 때 의뢰를 하는 겁니다."

"아니, 그럴 필요가 있습니까?"

"물론 그가 상단에 소속되어 있다면 우리에게도 이익이 큽니다. 그만 있다면 따로 용병들에게 들어가는 비용이 줄지요. 하지만 그는 언제 사고를 칠지 모르는 사람입니다. 그가 아무리 조심한다고 해도 그의 저주를 모르는 다른 사람들이 불시에 가까이가면 어쩌겠습니까. 그가 상단에 소속이 되면 그런 사고에 대해 우리 상단이 모든 책임을 져야 합니다. 혹시 만약에 귀족이라도 하나 죽는다면?"

말을 하던 사람은 몸을 부르르 떨었다. 그의 말처럼 멋모르는 귀족이 혹시라도 태수의 중력에 걸려 죽는다면 상단은 그 순간 망했다고 봐도 좋았다.

"으음!"

레오파드도 곤란해졌다. 거기까지는 생각지 못했던 것이다. 그저 사람들이 자신처럼 조심할 것이라고만 여겼었다.

하지만 귀족이라는 것들 중엔 괜한 일에 호기를 부리는 자들도 가끔 있다. 레오파드 자신도 귀족이지만 귀족들은 정말

 저주용병
귀환기

어디로 튈지 모르는 불똥이나 마찬가지였다.

"별수 없군요. 그 친구가 아무리 탐나도 상단의 사활을 걸 수는 없지요. 그럼 그의 거취 문제는 제가 해결할 테니 여러분은 다음 상행 계획이나 준비해 주십시오."

"알겠습니다."

사람들이 나가고 레오파드 혼자 남았다.

"이거 정말 곤란하게 됐군."

일부러 같이 가자고 하여 데리고 왔다. 그런데 지금에 와서 용병이나 하라고 어찌 얘기한단 말인가.

레오파드는 지금 말이 통하지 않는다는 사실을 잊고 있었다. 자신만은 말이 통한다고 착각하고 있었다. 태수가 눈치껏 때려잡아 맞춰준 것도 모르고.

레오파드는 창가로 다가가 섰다. 아래로 내려다보는데 태수가 혼자 칼을 휘두르는 모습이 보인다. 그런데 어쩐지 그 자세가 엉성하다.

귀족이라면 기본적으로 기본 검술을 익히는 법이다. 능력이 되면 기사가 되고 아니면 레오파드처럼 다른 길로 간다.

그런데 아무리 봐도 태수의 검술은 이상하다.

"저건 그냥 막 휘두르는 것 아닌가?"

레오파드는 이때 처음으로 태수가 어쩌면 귀족이 아닐지도 모른다는 생각을 했다.

"아니야, 뭔가 이유가 있겠지."

하지만 한번 믿었던 사람에 대해서 그 믿음의 끈을 쉽게 놓지 않는다. 이런 성격이 지금의 상단을 만든 또 하나의 힘이었다.

"제기랄."

레오파드가 내려와 태수를 부르고서야 훈련을 끝냈다.

"허억, 허억!"

태수는 땀을 닦을 생각도 못했다. 갈증도 나고 덥기도 무지더웠다.

칼을 땅바닥에 꽂아두고 조금 떨어져 있는 우물로 갔다. 상단의 마차를 모는 말들을 위해 만든 우물이지만 사람이 사용해도 별 하자는 없는 것이다.

중력을 해제하고 두레박으로 물을 길어 그냥 머리위에 부었다. 몇 번을 그렇게 하니 살 것 같았다.

"어허, 이 친구 칼을 이렇게 험하게 다루다니. 가만 보니 날도 엉망이군."

레오파드는 그런 태수를 향해 걸어오다가 땅바닥에 꽂아둔 태수의 칼에 손을 가져갔다. 칼이라는 것이 이렇게 함부로 다룰 물건이 아니기에 뽑아내어 태수에게 건네줄 생각이었다. 단지 그것뿐이었다.

휘청.

그런데 이게 뭔가? 과연 이것이 칼 한 자루의 무게란 말인

 저주용병 귀환기

가? 레오파드는 그때 처음으로 알았다. 칼을 뽑다가 허리가 부러질 수도 있다는 것을. 태수가 가지고 있는 이 칼이 보통 칼이 아니라는 것을.

"허걱!"

칼에 깔려 죽을 수 있다는 사실도.

*   *   *

신전에서 보내온 사람에게 치료를 받고 레오파드는 일어났다. 이렇게 한번 당하고 보니 상단 사람들의 불안이 이해가 간다. 잘 안다는 자신이 이런데 잘 모르는 사람들이면 어떻겠는가.

"어디가 좋을까? 최대한 사람들이 없어야 하는데."

일단 태수가 지낼 곳이 필요했다. 레오파드는 어디가 좋을지 고민하다가 곧 좋은 곳을 떠올렸다. 예전에 아주 싸게 나온 귀족의 저택 하나를 사둔 것이 있었다.

살 때는 투자라는 마음에 샀는데 나중에 보니 건물이 알게 모르게 많이 망가져 새로 지어야 팔아먹을 수 있을 것 같았다. 그동안 바쁘다는 핑계로 그냥 팽개쳐 두고 있었는데, 그곳이라면 사람도 없고 태수가 지내기엔 아주 좋을 것 같았다.

"제기랄, 가자."

생각난 김에 레오파드는 태수를 그곳으로 데려갔다. 상단

근처도 안전지대가 아니었다.

태수도 그곳을 보고 마음에 들었다. 첫째 건물이 너무 멋있었다. 4층이나 된다. 커다란 정원이 있는 것도 좋았다. 귀족이 살던 곳이니 당연히 다른 건물과는 차별이 된다.

게다가 전부 돌로 지은 건물이라서 잘하면 더 이상 한뎃잠을 자지 않아도 될 것 같았다.

"고마워 친구, 이렇게 크고 멋있는 집을 내게 주다니. 하하하!"

태수는 통하지도 않는 말을 하며 웃었다. 뭔가 오해를 한 모양이다. 누가 준다고 하지도 않았는데 혼자 좋아하는 것을 보니.

어쨌든 말은 못 알아들어도 웃음소리는 알아들을 수 있다. 태수가 웃으니 레오파드도 웃었다.

레오파드는 사람들을 시켜 태수가 입을 옷과 먹을 것들을 준비시켰다.

"제기랄, 피곤할 테니 오늘은 일찍 쉬고 내일 얘기하세."

레오파드는 상단에서 같이 있을 수 없게 된 것 때문에 미안해서 얼른 얘기를 꺼낼 수 없었다. 그래서 일찍 자라며 손을 흔들어 인사를 하고는 그곳에서 나왔다.

"내일은 꼭 얘기를 해야지."

이런 다짐을 하며……

레오파드까지 돌아가고 나니 세상이 온통 조용하다. 이 큰 건물과 정원에 오로지 태수 혼자였다. 슬레이산에서 혼자 지낼 때는 그런 것을 덜 느꼈었는데, 사람들과 같이 있다가 혼자가 되니 외로움이 더했다.

태수는 우선 사람들이 가져다 놓은 음식으로 배를 채웠다. 정원 한쪽의 커다란 돌 탁자와 돌 의자에 앉았다. 이곳에 온 후 처음으로 의자에 앉아 식사를 한 것이다.

"젠장, 괜히 서럽네."

의지가 조금 약했다면 눈물을 흘렸을지도 모른다. 하지만 박태수는 씩씩하다. 이런 정도로 눈물을 보이지 않는다.

"빨리 먹고 건물 구경이나 하자."

태수는 온통 향신료 맛만 나는 식사를 하고는 갈아입으라고 준비해 둔 옷은 쳐다보지도 않고 건물을 향해 다가갔다.

"혹시 무너지진 않겠지?"

조금 걱정도 됐지만, 조심스럽게 2층까지 올라가도 건물은 끄덕도 하지 않았다.

"흐흐! 좋아 좋아. 어느 방에서 자지? 이왕이면 가장 꼭대기에서 잘까? 원래 좋은 방은 꼭대기에 있는 법이지."

태수는 곧장 4층으로 올라가서 방문을 하나씩 열어보았다. 원목으로 만들어진 육중한 문들도 중력을 그런대로 버텼다.

"여기다. 주인이 지내는 곳."

건물의 중앙에 만들어진 커다란 방. 그곳엔 거대한 침대도 그대로 보존되어 있었다. 아마 침대가 너무 커서 내가지 못한 듯했다.

"다른 방과는 달리 침대도 있고 말이야. 흐흐흐!"

태수는 침대에 가까이 다가갔다.

우지직.

침대는 돌침대가 아니었다. 불행하게도 침대위에서 잘 수 있는 신세는 못되는 모양이다.

"이런 제기랄!"

결국 태수가 건질 수 있는 것은 침상위에 올려 있던 푹신한 매트가 전부였다. 하지만 얼마나 비워뒀었는지 먼지가 풀풀 난다. 중력 때문에 먼지를 마실 일은 없었지만 찜찜해서 거기서 잘 수 없었다.

"젠장, 내 신세가 그렇지 뭐."

태수는 결국 방 가운데에 있던 침상을 한쪽으로 밀어버렸다. 그랬더니 먼지도 별로 없는 네모난 바닥이 드러났다.

"어라? 여기 좋은데?"

침대가 있었던 자리에 밑에서 가져온 모포를 깔고 그 위에 누웠다.

"휴우! 좀 살 것 같다. 역시 누워 있는 게 가장 편해."

당연한 말을 하며 무사히 지나간 하루에게 안녕을 고했다.

그리고 이날 베르미어시의 시민들은 잠을 이룰 수 없었다. 한동안 비어 있었던 어느 귀족의 대저택이 무너지는 사고가 발생했다. 도시의 모든 사람들이 지진인줄 알고 대피하느라 밤을 꼬박 새우고 말았다.

자신이 태수를 데려다 준 귀족 저택이 밤새 무너졌다는 소리를 들은 레오파드는 득달같이 달려왔다. 거기엔 언젠간 철거해야지 하며 바쁜 시간과 돈을 탓했던 건물이 완전히 무너져 잔해만 남아 있었다.

"제기랄, 제기랄은 어떻게 됐지?"

괜히 튼튼하지 못한 판정을 받은 건물로 이끌어 제기랄을 죽게 만들었다는 자책이 물밀듯이 밀려왔다.

레오파드는 사람들을 동원하여 건물 잔해를 치우게 했다. 하지만 사람의 힘에는 한계가 있었고, 무너진 건물에 깔렸으면 살아 있기를 기대하기는 어려웠다.

천성이 착한 레오파드는 안절부절 못했다.

툭툭.

그런 와중에 누군가가 그의 뒤에서 어깨를 두드렸다. 레오파드의 얼굴이 돌아가자, 그곳에 중력을 해제한 태수가 완전 거지꼴로 피칠을 한 채 서 있었다.

"제기랄, 자네 살아 있었군."

레오파드는 금방 얼굴이 환해졌다. 진짜 태수의 생환을 기뻐하는 모습이 역력했다.

'기뻐하는 것 같기도 하고, 아닌 것 같기도 하고. 도대체 뭐냐, 응?

태수는 뭐라 할 말도 없었다. 사실 건물이 무너진 이유가 자신 때문이라고 알고 있기에 레오파드에게 미안할 따름이다.

석조 건물이기에 버텨주나 했는데, 역시 지속된 중력의 압박을 건물이 견디지 못한 것 같았다.

우르릉!

흡사 지진이 난 줄 알았었다. 얼핏 잠결에 건물이 흔들린다고 느꼈었다. 그것이 건물의 수명이 다하는 소리인줄은 꿈에도 몰랐었다.

와르르!

그 순간 잠결에도 몸이 아래로 떨어지고 있다는 느낌을 받았다. 그리고 얌전히 누워 있던 자세에서 무너진 건물 더미의 공격을 받았다. 한마디로 4층 천장이 무너지며 태수를 덮친 거였다.

"아악!"

중력 때문에 죽을 뻔했다. 위에서 덮친 돌덩이들이 강한 중력 때문에 엄청난 충격을 가해왔다. 한동안 정신을 차리지 못했다.

원래 건물은 언제 무너질지 모르는 상태였다. 그렇다고 명색이 석조 건물인데 그리 쉽게 무너질 것도 아니었다. 남자

한 명이 올라가서 잤다고 무너질 정도는 더더욱 아니었다.

하지만 6단계 중력의 지속적인 압박을 아무렇지도 않게 견디기엔 너무 노후한 상태였다. 거기다 태수가 몸부림을 치며 간혹 손이나 발로 한 번씩 바닥을 칠 때마다 건물은 몸살을 앓았다. 그러다가 결국 건물은 제 명을 다했던 것이다.

'이 빌어먹을 망구, 끝내 나를 이렇게 죽이는구나.'

정신을 차렸을 때 이런 한탄이 절로 나왔다. 그저 노파가 원망스러울 뿐이었다.

하지만 슈퍼맨이 어디 건물에 깔린다고 죽는 것 봤는가. 육체의 밀도부터 다른 태수였다. 비록 아픔은 컸지만 그 정도로 죽지는 않는다.

정신을 차리고 빠져나갈 방법을 생각하던 태수는 멍청해진 자신의 머리통을 쥐어박았다. 그때까지 중력이 그대로 활성화되고 있었던 것이다. 해제가 되면 6시간은 진짜 슈퍼맨이 된다는 것을 생각지 못했었다.

"그래비티 해제."

순간 엄청난 기운이 솟았다.

와르르르!

몸을 찍어 누르던 돌덩이들이 스티로폼처럼 힘없이 날아갔다. 하는 김에 헐크 흉내도 좀 내가며 무너진 건물 잔해를 뚫고 자유를 찾았다.

태수는 머리와 몸의 여기저기가 아프고 쓰라렸다. 피가 보였다. 아무리 육체가 강하다고 해도 돌에 그렇게 얻어맞았는데 상처 하나 없을 수는 없었다.

그러나 지금 태수에겐 약도 없고, 치료해 줄 의사도 없었다. 그리고 결정적으로 아직 졸렸다. 태수는 정원 한쪽 구석으로 가서 쓰러졌다. 상처 치료는 자체 치유력에 맡기는 수밖에 없었다.

"그래비티 활성."

그래도 다행히 자기 전에 주문을 외워 6시간의 자유를 헛되이 버리지는 않았었다.

잠에서 깨니 시끄러웠다. 레오파드가 와서 소리를 지르고 있었다. 잡일을 하는 사람들이 건물의 잔해를 파헤치고 있는 모습이 보인다.

'나를 구하려고 저러는 건가?

일순 고마움을 느꼈다. 사실 따지면 아무 관계도 아닌데 자신을 위해 저렇게 고함을 지르고 하는 모습이 고마웠다.

중력을 해제하고 뒤에 가서 어깨를 두드렸다. 레오파드가 제기랄 뭐라고 하며 웃는데 제기랄과 얼굴이 매치가 되지 않는다.

"후훗!"

태수는 저도 모르게 웃음이 나왔다. 그래도 산 것이 어딘가. 지구였다면 이런 사고를 당하면 100% 뒈졌을 것이다.

레오파드가 이놈이 혹시 미친 것은 아닌가 하는 눈으로 보

 저주용병
귀환기

고 있다.

　건물이 무너지며 발생한 사고는 레오파드가 영주성에 보고를 잘 하면서 끝났다. 거기에 태수의 얘기는 조금도 들어가 있지 않았다. 그저 예전에 사 놓은 건물이 너무 노후해서 결국 무너졌다는 것이었다.

　하긴 사람 하나가 자다가 잠결에 무너뜨렸다는 말을 어떻게 할 것이며, 누가 믿으려 들까. 그저 미친놈이 되고 싶지 않으면 거짓말은 필수였다.

　귀족인 레오파드가 고개를 숙이며 미안하다고 하는 것으로 사고에 대한 것은 끝났다. 뒷구멍으로 영주에게 선물이 전해졌을 테지만, 어차피 기록에 남지도 않는 것은 빨리 잊는 것이 좋다.

　그런데 레오파드는 그 건물이 무너진 것이 그리 나쁘지 않은 모양이다. 태수가 살아 있다는 것 때문이 아닌 다른 이유로 기뻐하는 것 같았다.

*　　　*　　　*

　여기는 키스상단 레오파드의 집무실.

　상단 주요 관계자들이 다 모여 있다. 그들의 분위기도 그리 나쁘지 않다. 오랜 숙원 하나가 해결됐기 때문이다. 이윽고 레오파드가 입을 열었다.

"시간도 없고, 비용도 만만치 않아서 그냥 놔뒀던 저택이 무너졌습니다. 비록 의도한 것은 아니지만 제기랄이 그렇게 만들었습니다."

"제기랄이 그렇게 만들었다는 겁니까, 단장님?"

"그렇습니다. 지난밤의 일로 한 가지 몰랐던 것을 확인할 수 있었습니다. 그 친구에게 걸린 저주는 사람을 죽일 뿐 아니라 건물도 무너뜨릴 수 있다는 겁니다. 생각해 보니 그 친구가 왜 항상 건물 밖에서 잤는지 이제 이해가 갑니다. 그는 그런 것을 이미 알고 있었지만 말이 통하지 않아 얘기를 하지 못했던 겁니다."

"하지만 지난밤에는 건물에 들어간 것 아닌가요? 그러니까 무너졌겠지요."

"그건 아마도 석조 건물이라서 무너지지 않을 것으로 생각했을 겁니다. 그런데 그 친구는 건물이 노후하여 여기저기 금 간 곳이 많았다는 것을 몰랐지요. 그래서 건물이 그렇게 무너진 겁니다. 게다가 그렇게 큰 건물이 무너졌는데도 그 친구는 가벼운 상처만 입고 빠져나왔습니다. 참 대단한 사람입니다."

"그것 참, 정말 대단하군요."

상단 사람들은 감탄했다. 상처라고 해봐야 긁히고, 살짝 베어진 정도라고 그들도 들었던 것이다.

"혹시 저주가 아니라 축복인거 아닌가요? 슬레이산에서 만난 마녀가 사실은 폴리모프한 드래곤이라던가……. 아, 농담입니다."

한 사람이 괜히 쓸데없는 말을 하다가 사람들의 눈총을 받고는 얼른 기어들어갔다.

"지난밤의 일로 영주에게 건네진 것이 200골드입니다. 그리고 우리가 그 건물의 해체 비용으로 추산했던 것이 800골드였지요. 지난밤의 일로 우리는 대략 600골드를 이익 봤습니다. 무너진 잔해를 치우는데 들어가는 비용을 따져도 500골드 이상의 이익이 됐지요. 제가 뭐라고 했습니까? 그는 우리에게 필요한 사람입니다."

레오파드는 태수를 다시 상단의 동료로 만들려고 했다. 하지만 이익을 남겨줬어도 상단 사람들의 반대는 여전했다. 건물까지 무너지는 것을 봤으니, 더 위험하다는 것을 알아버렸던 것이다.

아무리 돈이 좋아도 같이 일하기엔 너무 위험한 인물이었다.

결국 얘기는 원점으로 돌아갔다. 다른 방법이 없었다.

"그렇게 돼서 자네를 우리 동료로 받아들일 수 없게 되었네. 미안하네."

레오파드는 미안한 표정으로 태수에게 사과를 했다. 괜히 여기까지 데려왔는데 사정이 그렇게 되었다고 말이다.

하지만 태수는 뭐라는지 하나도 알아듣지 못했다.

"그래서 말인데 자네 용병으로 등록을 하는 것은 어떤가? 그렇게 되면 우리 상단에서 용병으로 고용할 수 있는데."

레오파드는 기대에 찬 눈빛으로 태수의 대답을 기다렸다.

태수는 뭐라고 혼자 떠들다가 빤히 자신을 쳐다보는 레오파드의 시선에 조금 당황했다. 그 시선의 뜨거움에 얼굴이 가려웠다.

'이거 지금 뭔가 바라는 거지?'

역시 눈치뿐이다. 바랄 것은 그것밖에 없었다.

태수는 살짝 고개를 끄덕여 보았다. 그 순간 레오파드의 얼굴이 활짝 폈다. 태수는 잘 찍었다고 생각했다.

레오파드에게 이끌려 용병 조합으로 갔다. 건물로 들어가려 하기에 중력을 해제하고 따라 들어가 보았다.

"아니, 키스 상단주님 아니십니까? 어떻게 오셨습니까? 벌써 다음 상행을 준비하신 겁니까?"

용병 조합장인 카세스였다.

"아닙니다. 오늘은 이 친구의 용병 등록을 위해 왔습니다."

레오파드가 태수를 가리켰다.

"아, 그럼 혹시, 그 저주를 받았다는?"

역시 소문이 퍼져 있었다. 상단과 함께 돌아온 용병들의 짓이다.

저주용병
귀환기

“맞습니다. 그런데 저주받았다고 용병을 못하는 것은 아니 겠지요?”

“뭐, 용병에 자격 조건은 없지만 말도 통하지 않는다고 들 었는데 용병을 할 수 있겠습니까?”

“말을 못하는 것은 아닙니다. 단지 말을 잊은 것뿐이죠. 시 간이 지나면 말을 다시 배우게 될 것이고, 그렇게 되면 아무 문제가 없을 거라고 생각합니다. 제가 이 친구와 의사가 통하 는 것을 보면 알 수 있지 않습니까?”

아직도 꿈속에서 헤매는 레오파드다. 중, 고등 6년 동안 공 부했어도 대화 한 마디 못하는 박태수의 머리를 뭐로 보고.

“아, 그렇군요. 그럼 여기 등록증에 기록할 이름과 등급, 거주지를 알려주십시오.”

“에, 이름은 제기랄 지라르입니다.”

“예? 그럼 귀족입니까?”

“그렇습니다.”

“지라르라는 성은 못 들어봤는데요?”

“이 나라의 귀족이 아니겠지요. 가문에서 쫓겨난 것 같은 데 그 나라에 살고 싶겠습니까?”

“아, 저주 때문에 쫓겨난 모양이군요? 음, 제기랄 지라르. 됐습니다. 그럼 등급은 어느 정도로?”

“최고로 해주십시오.”

“네. 최고……. 네? 최고 등급이요?”

"그렇습니다. 최곱니다. 슬레이산에서 혼자 사냥을 하며
지냈을 정도니 그 실력이 어느 정도인지 아시겠지요?"

"허, 얘기를 듣기는 했지만 그것이 사실인가요?"

씨익.

레오파드는 카세스의 물음에 괜히 회심의 미소를 한 방 날
려주었다. 이럴 때는 말로 하는 것보다 더 확실한 대답이었
다.

"그, 그럼. S급 용병으로 수록하겠습니다. 하지만 테스트
결과 거기에 미치지 못하면 이후 2년 동안 용병 등록을 할 수
없게 됩니다. 이런 제도는 무분별한 용병 등급 제도를 정상화
하기 위해 만들어진 것으로, 자신의 실력을 속이는 자들이 많
아 만들어졌답니다."

"그런가요?"

레오파드는 조금 불안해졌다. 솔직히 자신도 태수의 능력
을 모르지 않는가. 그저 막연히 강할 것이라는 생각을 할 뿐
이었다.

"그럼, 거주지는 어디로?"

"아, 거주지는 써드 숲으로 해주십시오."

"써드 숲이요? 거기 집이 있나요?"

"이제 만들 겁니다."

써드 숲은 베르미어의 동쪽에 위치한 대나무 숲으로, 몬스
터가 살지 않는 곳이었다. 하지만 대나무를 사용하는 기술이

 저주용병
귀환기

별로 없는 이 세계에서는 그저 못 쓰는 숲으로 알려져 있을 뿐이다.

레오파드는 그곳을 영주에게 임대하였다. 그곳에 태수가 살도록 해줄 생각이었다.

"그렇군요. 하하! 이거 참 당황스럽습니다. 하하!"

카세스는 괜히 헛웃음을 지으며 써드 숲이라고 받아 적었다. 그러고는 곧장 말을 이었다.

"아참, S급 용병의 실력 테스트는 오늘은 불가능합니다. 아무래도 A급 이상 용병들이 필요하기 때문에……."

"그럼 언제?"

"내일 오십시오. 오늘 준비를 해서 내일 테스트 하겠습니다."

"알겠습니다. 그럼 내일 뵙겠습니다."

레오파드는 카세스와 인사를 하고 밖으로 태수를 데리고 나왔다. 일단 건물 밖으로 나온 다음엔 자동적으로 태수의 곁에서 1미터 이상 거리를 벌렸다. 그래도 죽기는 싫어가지고.

"그래비티 활성."

레오파드는 이번엔 태수를 데리고 도시 밖으로 나갔다. 도시의 동쪽 성문을 빠져나가 당도한 곳은 바로 용병 조합에서 말했던 써드 숲이었다.

"아, 대나무도 있네?"

지구에서 보던 대나무가 분명했다. 그러고 보면 지구나 이

곳이나 동물들은 조금 다른 모습이었지만, 식물들은 그 모습
이 크게 다르지 않았다. 물론 태수가 아는 것들만 그렇다는
것이다.

"여긴 왜?"

그렇게 물으며 레오파드를 돌아보니 두 손으로 잠자는 시
늉을 하는 모습이 보인다.

'아하, 여기서 지내라는 것이군.'

태수는 그렇게 알아듣고는 숲으로 들어가 보았다. 정말 눈
치가 많이 늘었다. 말이 통하지 않으니 그 외에 다른 것이 발
달하고 있었다.

'대나무에 대해 뭘 알아야 말이지.'

하다 못 해 죽순을 먹는다는 것은 알아도 언제 죽순이 나는
지는 모르는 태수였다. 단지 대나무의 탄력을 생각하면 쓸모
가 많을 것 같기는 했는데, 여기가 지구가 아니니 그 대나무
의 탄력이라는 것도 믿을 수가 없다.

그런데 조금 깊이 들어간 곳에 뜻밖에 하얀 바위가 몇 개
존재하고 있었다.

"쓸 만한데? 바위를 바닥으로 삼고 대나무를 엮어 벽과 천
장을 만들면 그럴듯한 집이잖아."

그냥 보통의 나무였으면 생각하지 못했을 수도 있다. 그런
나무들로는 판자를 만들어야 하는 과정이 필요하니까. 하지
만 대나무는 그냥 잘라서 묶기만 하면 된다. 곧게 뻗는 것이

대나무의 특성이기 때문이다.

밖으로 나오니 레오파드가 밥 먹는 시늉을 한다. 그러고 보니 어느덧 밥 때가 되었다. 시간은 정말 빨리 가는 것 같다. 벌어놓은 것은 하나 없는데…….

식사를 하고 레오파드와 헤어졌다. 저녁에 먹을 것을 준비해서 써드 숲으로 왔다. 하얀 바위가 있는 곳으로 가서 중력을 해제한 다음, 바위를 뽑아 평평하게 재배치했다. 슈퍼맨의 힘은 이럴 때 엄청 좋다.

"서둘러야겠는걸!"

굵기가 적당한 대나무들을 골라 대략 3미터 정도의 길이로 잘랐다. 지구에서라면 어림도 없는 일이었겠지만 여기선 투박한 칼로도 단번에 대나무를 자를 수 있었다.

우선 그렇게 길이를 맞춘 대나무를 모아 뗏목처럼 엮으려고 하는데, 생각해 보니 끈이 없었다. 지구에서처럼 노끈이 있으면 좋겠는데, 이곳은 문명이 한참 뒤떨어지는 세계. 노끈을 바라는 것은 사치다.

"설마 새끼줄 같은 것으로 엮어야 하나? 아니면 넝쿨 같은 걸로?"

군대에서는 끈이 없으면 넝쿨로 해결을 보곤 했다. 때론 상당히 유용하다.

태수는 주변을 살펴보았지만 대나무 숲에는 넝쿨 식물은 없었다.

그렇다고 돈도 없이 도시로 돌아가서 끈을 사올 수도 없었다. 동전 4개가 있었지만, 그것은 가치가 형편없다는 것을 이미 알고 있었다. 그리고 자기가 잡화점 소년에게 속았다는 것도 알게 되었다. 어쨌든 이제 방법은 넝쿨을 찾던가. 풀을 베어 짚을 엮는 수밖에 방법이 없었다.

"다른 숲으로 가볼까?"

태수는 밖으로 나와서 주변을 둘러보았다. 저 멀리 숲인지 산인지 모를 곳이 보인다. 쫄래쫄래 그곳으로 가보았다. 가까이 다가갈수록 나무가 우거진 작은 산인 것을 알게 되었다.

그곳으로 들어갔다. 그런데 들어가다 보니 가끔 눈에 뜨이는 것이 있다.

영지 사냥터 출입금지.

그러나 당연히 태수는 뭔지 모른다.

그냥 들어갔다. 가끔 보이는 넝쿨을 잘라 왼손에 감으며 가다보니 유독 이곳엔 동물들이 많이 보인다.

"여기선 동물들을 안 잡아먹나? 하여튼 배고플 때 오면 딱 좋겠는걸."

필요한 만큼의 넝쿨을 구하지는 못했지만 고기를 쉽게 구할 수 있는 곳을 찾았다는 생각에 태수의 기분은 흐뭇해졌다.

태수는 써드 숲으로 돌아와 대나무를 엮기 시작했다. 두 개

 저주용병
귀환기

의 커다란 판을 만들고 나니 남은 넝쿨도 더 이상 없었다.

"오늘은 그만하자. 나머지는 내일 넝쿨을 많이 준비해서 만들어야겠다."

태수는 바위 위에 모포를 깔고 누워 밤하늘을 보았다. 바람에 우수수 흩날리는 대나무 잎 사이로 밤하늘이 언뜻 보였다. 그리고 항상 보면서 놀라워했던 달. 지구의 달보다 두 배 정도 더 큰 달의 모습이 하늘에 있었다.

크기는 두 배인데 밝기는 비슷하다. 하긴 달이 너무 밝으면 사람 살기 힘들 것이다. 낮이고 밤이고 환할 테니까.

배가 고픈 것 같아 미리 가져다 놓은 음식으로 해결하고 훈련을 좀 한 다음 다시 누웠다.

"근처에 물이 있으면 좋겠는데, 우물이라도 파야 하나?"

이런 생각을 하다가 저절로 눈이 감겼다. 졸음이 그의 정신을 잠식해 들어갔다.

쏴아아.

어느새 환한 달이 불만이라는 듯 바람이 구름을 몰고 와서 달의 얼굴을 가려 버렸다. 그리고는 예고도 없이 하늘에서 물방울이 떨어지기 시작했다.

"이크, 이게 뭐야?"

태수는 자다가 물벼락을 맞은 기분이다. 밖에서 잘 때는 항상 이런 비상사태에 빠질 수 있다. 태수는 이런 경우를 한두 번 겪는 것이 아니었다. 이제 익숙해질 때도 됐는데, 그래도 화가 나고 서글프다.

"젠장, 또 비야? 빌어먹을."

그래도 다른 때와는 달리 이곳엔 두 개의 대나무 판이 있다.

태수는 두 개의 대나무 판을 서로 비스듬히 기울여 땅에 박았다. 덕분에 비에 고스란히 노출되는 사태는 면할 수 있었다.

"에고, 그래도 두 개를 만들어두었던 것이 다행이네. 자자."

서글펐지만, 그래도 졸릴 땐 자야 한다. 생리현상은 지구나 여기에서나 똑같았다.

날이 밝았다. 비는 아직 그치지 않았다. 그래도 굵기는 많이 가늘어졌다.

숲을 벗어나니 레오파드가 우산을 쓰고 서 있다. 그런데 이상한 우산이다. 빗물이 뚝뚝 샌다. 비를 완벽하게 막아주지 못하는 것 같다. 재질도 보니 그냥 옷을 만드는 일반 천이다. 저래서야 별 효과가 없다.

태수는 레오파드가 건네는 우산을 거절하고 그냥 비를 맞으며 걸었다. 이미 다 젖었는데, 이제 와서 우산을 써봐야 무엇하나.

"맞아. 그러고 보니 대나무로 우산도 만들 수 있지?"

비닐은 없지만 우산살을 만드는 것은 대나무가 적당하다. 비닐이야 기름종이를 대신 사용해도 되니 저렇게 비가 새는 우산보다는 나을 것이다. 물론 태수에겐 만들 손재주가 없다. 그러니 지금은 생각해도 헛일이다. 하지만 나중에 말이 통하는 때가 오면 다 재산이 되는 아이디어였다.

식사를 하고 잠시 후에 다시 용병 조합으로 갔다. 카세스도 태수의 실력이 궁금했는지 미리 나와서 기다리고 있었다. 오늘처럼 비가 오는 날은 아직 일을 잡지 못한 용병들에게 있어선 공치는 날이다. 상단들이 비가 오는 날에는 출발을 하지 않기 때문이다.

게다가 이미 S급의 용병 테스트가 있다는 소문이 전 도시에 퍼져 있었다. 테스트를 해줄 용병을 구하는 사이 알려져 버렸다.

용병 조합 연무장.

다행히 실내에 만들어져 있어 비를 계속 맞지는 않았다. 태수는 중력을 해제하고 빨리 뭐든 진행이 되기를 바랐다. 사실 태수는 테스트를 하는지 뭐를 하는지 모르는 상태였다. 그냥 데리고 오니 따라온 것뿐이다.

태수와 레오파드의 맞은편에는 비릿한 웃음을 머금고 있는 용병들이 쭉 서있다. 무려 7명. S급의 실력을 인정받으려면 그들과 싸워 이겨야 한다.

"이제 테스트를 시작하겠습니다. 여기 계신 분들이 테스트를 해줄 A급 용병 분들입니다. S급의 용병이 있었으면 좋겠지만, 불행히도 어제 도시 내에 S급은 안 계셔서 이렇게 규정대로 A급 일곱 분을 모셨습니다.”

카세스는 레오파드에게 설명했다.

“그럼, 여기 일곱 분과 한꺼번에 싸워야 합니까?”

레오파드가 물었다.

“아닙니다. 이 중에 세 분을 골라 싸우시면 됩니다. 단 한꺼번에 싸워야 하지요. 만약 일대일로 싸울 생각이라면 일곱 분 전부와 싸워야 하고 말입니다.”

뭐가 유리할까? 3대1의 단체전과 1대7의 개인전. 카세스가 알고 있는 경우를 보면 거의 모든 S급의 도전자들은 1대7의 개인전을 선호했었다. 하나에 집중하는 것이 유리하기 때문이다.

A급 용병들의 실력도 만만치 않기 때문에 협공을 받으면 아무리 실력이 출중해도 이기기 어려웠다.

레오파드는 태수를 보며 왼손 손가락 세 개를 펴보였다. 그리고 오른손으로 그 손가락을 한꺼번에 잡았다. 그다음엔 손가락을 다 펴고 하나씩, 하나씩 일곱을 세었다. 자기는 뜻을 전달한다고 하지만 누가 봐도 무슨 뜻인지 모를 행동이었다.

태수도 당연히 무슨 얘긴지 모른다. 그냥 3과 7중에 어떤 것이 더 좋으냐고 묻는 것 같기에 무조건 많은 것이 좋다고 7개의 손가락을 쭉 펴서 보여주었다.

 저주용병
귀환기

카세스와 레오파드는 당연하다는 듯이 고개를 끄덕였다. 누구라도 그렇게 정할 것을 알기 때문이다. 덕분에 카세스는 '과연 말은 잊었어도 의사는 통하는구나 ' 하고 믿어버렸다.

드디어 테스트가 시작되었다. 태수도 조바심이 났다. 벌써 한 일도 없이 중력을 해제한 채 1시간이 지났다. 이제 남은 자유 시간은 5시간 정도. 오늘은 집도 완성시키려고 마음먹었었는데 이러면 곤란했다.

그런데 용병들은 자기들끼리 순서를 정하느라 또 시간을 잡아먹는다. 그러고는 한 사람이 앞으로 나왔다. 온몸이 근육질로 되어 있는 우람한 체구의 용병이었다.

그가 앞으로 나오자 레오파드가 태수를 밀었다. 왜 미냐고 돌아보니 칼싸움을 하는 시늉을 한다.

"아하!"

그제야 태수는 깨달았다. 여기에 왜 와 있고 사람들이 왜 이렇게 많이 모였는지.

"와아아!"

이제 드디어 대결이 시작되려는 것을 알았는지 멀리 빙 둘러서 있는 사람들이 함성을 질렀다. 그들에게 이런 일이 그저 재미일 것이다.

태수도 앞으로 나섰다. 지금은 중력도 해제되어 있는 상태. 상대가 아무리 근육질의 용병이라도 두렵지 않았다. 기본적으로 자기가 더 강한 것을 알기 때문이다.

문득 태수는 레오파드를 돌아보았다.

스윽.

태수는 오른손을 들어 목을 그어보였다.

'죽으면 어쩌지?

이렇게 물은 것이다. 그런데 레오파드는 이렇게 알아들었
다.

'죽여도 되지?

레오파드는 펄쩍 뛰었다. 말 그대로 테스트일 뿐이다. 죽
이는 것은 절대 금물이다. 어차피 같은 용병이 될 사람들이
아니던가.

레오파드는 고개를 막 저었다. 팔도 X자를 그리며 처절하
게 안 된다는 표시를 하고 있었다. 태수는 고개를 끄덕여 알
았다고 하고는 다시 상대를 보며 마주섰다.

용병들의 표정이 볼만했다. 울긋불긋 열꽃이 피었다. 자신
들을 완전히 호구로 보고 있는 것을 누가 봐도 알 수 있는 동
작들이었다.

무기를 뽑아 드는 모습이 사납다. 무기도 겁나게 생긴 전투
용 도끼다. 저것에 한 번 걸리면 살기가 쉽지 않다. 괜히 테스
트와 상관없는 레오파드가 더 놀랬다.

태수도 칼을 뽑았다. 따지고 보면 태수의 무기도 만만치 않
다. 그냥 보통 칼처럼 보이지만 무게는 장난이 아니다. 레오
파드도 태수의 칼을 보더니 조금은 안도했다. 그 칼의 무게를

 저주용병
귀환기

가장 심도 있게 경험했던 유일한 인물이 바로 자신이었다.

"제기랄, 파이팅!"

레오파드는 응원을 한다고 했지만, 역시 제기랄이 문제다. 태수는 인상을 구기며 상대를 노려보았다.

"시작."

카세스의 시작 소리와 동시에 상대는 달려들었다.

"우와아악!"

상대는 기선을 제압하기 위해 거대한 전투 도끼를 위에서 아래로 내리꽂았다. 이런 공격은 칼로 막을 수 없다. 피하거나 얻어맞고 몸뚱이가 양쪽으로 갈라지는 것 외에는 방법이 없다.

그런데 태수는 달랐다. 내려쳐 오니 태수는 칼로 아래에서 위로 치받아 올려쳤다.

쾅!

"크윽!"

휘리릭, 픽!

싸움은 싱겁게 끝났다. 단 한 번의 부딪침으로 거대한 전투 도끼는 허공을 날아 건물 천장에 가서 꽂혀 버렸다. 그것도 자루만 보일 정도로 깊숙하게. 그리고 용병은 손아귀가 찢어져 피를 철철 흘리고 있었다.

태수는 태연했다. 그는 손목을 조금 휘저어보더니 아무렇지도 않게 칼을 회수하여 집어넣었다.

　장내는 조용했다. 만약 저 도끼가 허공으로 튀지 않고 옆으로 날았으면, 거기에 모인 사람들 중 최소한 두셋은 이승을 하직했을 터였다.

　"다, 다음."

　카세스의 외침에 다음 순서로 되어 있는 용병이 앞으로 나왔다.

　"힘만 믿는 놈들은 꼭 그런 꼴을 당하기 마련이지. 하지만 나는 달라. 내가 바로 쾌속의 레이피어거든."

　이번 용병은 속도를 주특기로 삼는 자였다. 그는 주로 여성용이라며 홀대받는 레이피어를 무기로 사용했다. 몸이 가볍고 빠른 발놀림을 사용하는 자에게 유리한 무기였다.

　태수는 그제야 자신이 일곱 명과 다 싸워야 하는 것을 알았다. 한 명을 이겼다고 끝나는 것이 아니었다.

　'그럼 그 3은 세 명이라는 것이었나?

　태수는 이럴 줄 알았다면 3명과 싸우는 것으로 할 것을 잘못했다고 생각했다. 어쨌든 싸우라니 싸우기로 했다. 레오파드가 괜히 이런 일을 시킬 리는 없다고 믿었다.

　휙휙!

　레이피어를 휘두르는 소리가 날카롭다.

　'흠! 칼을 보니 이놈은 빠른 것이 주특기인가? 하긴 빠르게 움직이려면 무기가 가벼워야 유리하겠지.'

　이젠 상대의 실력까지 평가한다.

‘하지만 빠름이라면 나도 만만치 않은데 말이야.’

이젠 익숙해서 떠오르는 일은 없지만 몸이 가벼운 것은 태수가 훨씬 위였다.

“시작.”

‘이번엔 좀 다르겠지.’

카세스는 힘차게 소리쳤다.

“억!”

쿠당!

그런데 이번엔 더 황당한 일이 벌어졌다. 시작 소리가 끝나기 무섭게 태수가 먼저 달려들어 쾌속의 레이피언지 뭔지의 멱살을 잡더니 던져 버린 것이다. 완벽한 한판의 엎어치기였는데 손을 놓는 타이밍 때문에 바닥이 아닌 공중으로 날아갔다.

“으엑!”

“쿠어억!”

덕분에 구경하던 자들이 된통 혼이 났다. 사람과 부딪히는 것은 의외로 많이 아프다. 만약 구경하던 사람들이 아니었다면 그 용병은 벽에 부딪혀 죽었을지도 모른다.

“와아아!”

다친 사람들은 다친 사람들이고, 그렇지 않은 사람들은 이제 환호를 보낸다. 이렇게 싸움을 시원하게 하는 것을 그들이 언제 본 적이 있겠는가.

“다음.”

카세스는 또 소리쳤다. 그리고 또 다른 용병이 나왔다.

그런데 안색이 별로 좋지 않다.

그는 자신의 실력을 알고 있었다. 힘도 어중간 스피드도 어중간하다. 믿을 것은 오로지 검술뿐인데 태수의 하는 짓을 보니 어려워 보였던 것이다. 거기다 결정적으로 앞선 두 명의 용병이 모두 부상을 당하고 말았다는 것이 문제였다.

용병은 몸뚱이가 재산이다. 다치지 않는 것이 재산을 지키는 일이다. 그런데 의뢰를 받아 일을 하는 것도 아니고, 단지 테스트를 해주면서 부상을 당하는 것은 완전한 손해였다.

물론 치료비와 수고비를 조합에서 조금 주기는 하겠지만 신전에서 치료를 받는 비용엔 턱없이 모자랄 것이다.

그런데 그때 그에게 희망적인 일이 발생했다.

태수가 시간이 가는 것이 아까워서 남은 다섯 명을 한꺼번에 덤비라고 손짓한 것이다.

별로 어렵지 않았다. 손가락으로 남아 있는 용병들을 보며 까딱거리니까 모두 얼굴이 벌개져서 튀어나왔다. 단순한 놈들.

“제기랄.”

레오파드가 놀라 소리쳤지만 태수는 그를 보며 웃어주었다. 그 웃음보다 확실한 보증수표가 어디 있겠는가. 다 자신이 있으니까 하는 짓이다.

결국 1대5의 단체전이 벌어졌다. 카세스도 말리려 했지만 이미 화가 난 A급 용병들도 물러서려고 하지 않았다. 물론 태수는 말이 안 통해서 물러나지 않았다.

"이럴 거면 왜 처음에 세 명을 고르지 않은 거야?"

카세스는 괜히 신경질을 내고는 뒤로 물러났다.

이제 맘대로, 하고 싶은 대로 하라는 뜻이었다.

챙! 챙! 챙! 챙! 챙!

1대5인데 이렇게 허무한 싸움이 있을 수 있을까? 태수는 그래도 사람들을 다치게 하지 않으려고 상대의 무기를 모두 치워 버렸다.

검술이고 지랄이고 필요없었다. 빠르고 강한데 뭐가 문제인가. 남보다 빨리, 강하게 칠 수만 있다면 그것이 바로 검술인 것이다.

살짝 친 것인데도 용병들은 무기를 놓치고 손아귀가 찢어지거나 손가락이 부러져 버렸다.

Chapter 5
철거 전문 용병! 제기랄!

멍하니 뒷모습을 쳐다보는 용병들을 뒤로하고 카세스는 레오파드와 태수를 모시고 조합장실로 갔다.

사실 어느 용병 조합이든 S급 용병이 탄생한다는 것은 그 조합의 영광이다. 다른 곳에 자랑할 거리가 된다. 대접부터가 달라졌다. 오늘은 차도 나왔다.

카세스는 태수에게 뭔가를 내밀었다. 은으로 만든 것처럼 생긴 네모난 패. 한 손에 딱 들어오는 크기였다.

"이것이 용병패입니다. 미스릴이라서 아주 가볍습니다. 하하하!"

비싼 미스릴이다. 오리하르콘 정도는 아니어도 같은 크기의 금보다 최소 10배는 비싸다. 만약 태수가 그것을 알았다면 펄쩍펄쩍 뛰었을 것이다.

"돈 벌었다."

소리칠지도 모른다.

하지만 용병패는 진짜 미스릴이 아니다. 그냥 미스릴 도금이다. 진짜 미스릴로 용병패를 만들면 용병 조합은 금방 파산하고 만다. 그나마 S급이니 미스릴로 도금이라도 해준 것이다. 미스릴 도금이래도 단단하고 비싸다.

"일거리를 받으려면 어떻게 하지요?"

레오파드가 태수 대신 물었다.

"이곳으로 오시면 적당한 일거리를 추천해 드립니다. 그중에 고르시면 됩니다. 뭐, 아시겠지만 이 도시에선 주로 상단 호위가 대부분이지요. 간혹 다른 일도 있지만."

"그럼 지금 적당한 일이 있는지 좀 볼 수 있을까요? 아 참, 이 도시 안에서 해결할 수 있는 일이어야 합니다. 다음 저희 상행이 곧 출발할 예정이어서. 그때 이 친구에게 우리가 의뢰를 할 겁니다."

"그러시군요. 이제 상행 때 든든하시겠습니다. 하하하!"

웃고는 있지만 속은 쓰리다. 태수 때문에 많은 용병들이 일거리를 잃을 것이고, 곧 조합의 수익도 줄어든다는 얘기니까.

카세스가 뭔가를 가지고 왔다.

"이거 아직 정리가 되지 않은 서류입니다. S급 용병께서 맡을 만한 것이 있을는지.”

레오파드가 태수 대신 내용을 살폈다. 앞뒤로 이것저것 넘기며 살피던 레오파드는 문득 한 장의 서류에서 눈길을 멈추었다.

“저기, 이런 것도 용병이 하는 일인가요?”

레오파드가 가리키는 서류의 내용은 이랬다.

시간 많고 힘 좋은 용병 구함. 건물 철거. 둔기 보유자 환영. 완료시 일괄지급. 보수 상담시 결정. 아르티엔 오니토 백작.

“아, 그거 말이로군요. 글쎄 그런 의뢰를 하지 뭡니까. 내 참, 용병 조합을 어찌 보는 건지. 하여튼 의뢰를 받은 지는 꽤 됐지만 아직 하겠다는 용병은 한 명도 없었습니다.”

카세스의 말을 들은 레오파드의 눈이 또 초롱초롱 빛난다.

그는 태수를 바라보았다. 건물 철거라면 신이 내려준 축복을 받은 인물이 여기에 있지 않은가. 조건만 잘 조절하면 이건 새로운 사업이 될 수도 있는 일이었다.

사실 그도 건물을 철거해 보려고 한 적이 있었다. 그런데 인부들이 요구하는 조건이 너무 과했다. 건물 하나 철거하는 데 800골드라니, 차라리 그 돈을 먹고 죽고 만다.

물론 건물 철거가 얼마나 위험한 일인지는 잘 안다. 까딱하면 죽을 수도 있는 일이란 것도 안다.

그래도 비싼 것은 비싼 것이다. A급 용병 하루 일당이 15실버 정도인데, 철거 인부들 하루 일당이 무려 20실버를 넘어가니 이게 말이 되느냔 말이다.

그런데 태수라면 다르다. 건물 하나 부수는데 하루면 된다. 올라가서 몇 번 뛰면 그만이다. 그래도 안 부서지면? 힘 두었다 뭐하는가. 공성망치 하나 준비해서 휘두르면 그만이다. 순식간에 일을 끝낼 수 있다.

"이게 좋겠군요."

레오파드는 그 건물 철거로 결정했다. 사실 이 아르티엔 오니토 백작도 철거 인부들이 돈을 얼마나 비싸게 불렀으면 용병 조합에 의뢰를 했겠는가. 동병상련(同病相憐)의 아픔이 처절하게 느껴진다.

태수는 써드 숲으로 돌아왔다. 비는 아직도 그치지 않았다. 그래도 레오파드가 비를 막을 수 있는 천을 구해줘서 그것으로 대나무 판에 씌워 위에서 떨어지는 비는 막을 수 있게 되었다. 모포가 젖어 축축한 것만 빼면 진짜 행복했을 텐데.

이젠 용병패가 생겨 아침에 레오파드가 데리러 올 필요가 없다. 태수는 신분을 증명할 것이 없어서 나올 때는 몰라도 들어갈 때는 꼭 누군가 데리고 들어가야 했었다.

레오파드는 뭐가 그리 바쁜지 어딘가로 가버렸다.

"배가 고프네."

생각해 보니 아침을 먹은 이후 아무것도 먹지 않았다.

"사냥이나 할까?"

태수는 슬그머니 일어나 지난번의 그 산으로 갔다. 그곳에서 쥐도 아니고 토끼도 아닌 동물 세 마리를 잡아 다시 써드 숲으로 돌아왔다.

불을 피웠으면 좋겠지만, 비 때문에 불가능하다. 결국 그냥 가죽을 벗기고 예전 슬레이산에서 지낼 때를 생각하며 생으로 고기를 씹었다.

오랜만에 배가 불렀다. 태수는 대나무에 빗물을 받아 마시고는 대충 젖은 모포라도 깔고 누웠다. 그러고는 낮에 있었던 용병들과의 싸움을 생각해 보았다.

"너무 강해."

스스로가 생각해 보아도 자신은 너무 강했다. 태수 자신이 부담이 될 정도였다. 만약 노파가 중력 마법을 심어주지 않았다면 그런 강력한 힘으로 무슨 짓을 할지 자신도 알 수 없었다.

어쩌면 세계 정복을 한다고 설쳤을지도 모른다. 세계 정복, 악당의 로망이지 않은가.

그렇게 보면 노파의 심술이 의외로 좋은 일을 한 것일 수도 있다. 하지만 그것은 노파도 모르고 태수도 모르는 일이다.

"앞으로는 될 수 있으면 싸우는 것은 자중하자. 난 지금 싸움보다 돈이 더 필요하니까."

아침 일찍 레오파드가 달려왔다. 밤 동안 비는 그쳐 있었다. 이젠 용병패로 혼자 도시에 들어갈 수 있는데 무슨 일인지 모르겠다.

레오파드를 따라 밥도 먹지 못하고 움직여야 했다. 그런데 이상하게 도시 안으로 들어가지 않고 다른 곳으로 간다. 궁금했지만 물어볼 수도 없고, 대답을 들어도 알 수가 없다.

"뭐지? 어디가는거야?"

그래도 습관적으로 물어볼 수밖에 없다.

한참을 갔다. 슬슬 배가 고파지려는 즈음에 레오파드는 어느 커다란 집 앞으로 갔다. 그 집 앞엔 상당히 많은 사람들과 물건을 실어 나르는 빈 수레들이 한가득 모여 있었다.

"어서 오게."

"안녕하셨습니까, 오니토 백작님께서도 와 계셨군요."

"어제 자네의 장담이 믿겨지지 않아서 말이야. 또 사실이라면 그 광경이 어떨까 싶어서 말이지. 아 참 그리고 여기 있네."

오니토 백작은 주머니 하나를 꺼내더니 레오파드에게 넘겼다. 레오파드는 그것을 받아들고는 태수에게 다가와 그 주머니를 내밀었다.

태수는 중력을 해제하고 그 주머니를 받았다. 뭔가 들었나 싶어 주머니를 열고 안을 보니 누런 금빛이 눈을 찌른다.

"허억!"

금화가 반짝반짝 저절로 입이 벌어진다. 50개 정도 되어보이는데 이거면 금화의 반만 한 오리하르콘을 구할 수 있다. 물론 노파의 말이 사실일 경우에.

도대체 이게 뭔가 싶어 레오파드를 보니 레오파드는 건물을 가리킨다.

"건물?"

레오파드는 팔을 세우더니 옆으로 툭 넘어뜨렸다. 그런 동작을 몇 번 하는데 도대체 뭐라는지 모르겠다.

"쓰러뜨리라고? 건물을?"

물어도 대답은 돌아오지 않는다.

이번엔 레오파드도 답답했던지 갑자기 땅바닥에서 흙을 모아 쌓더니 발로 뭉개 버렸다. 그것을 보고서야 태수는 알아차렸다. 건물을 뭉개 달라는 것임을. 결국 철거를 해달라는 말이었다.

"그러니까 지금 이 건물을 이렇게 뭉개 버리면 이 돈을 준다는 거지?"

태수는 혼자 중얼거리며 건물을 바라보았다. 지난번 무너뜨린 4층 건물보다 더욱 크고 웅장했다. 만만한 상대가 아닌 것이다.

하지만 막상 돈을 먼저 보니 욕심이 생겼다.

"하지, 까짓것. 그런데 이 칼로 되려나? 손으로 뭉개야 할까? 에잇, 일단 뭐 좀 먹자."

태수는 손으로 자신의 배를 가리켰다.

　레오파드는 고개를 끄덕이고는 사람들을 시켜 푸짐하게 먹을 것을 준비해 주었다.

　"난 기계고 이건 연료냐? 젠장! 내가 돈 때문에 참는다."

　태수는 빠른 시간에 식사를 마쳤다. 이 세계의 음식은 입 안에 들어가면 그냥 녹아버리니 미칠 노릇이다.

　어쨌든 식사를 마치고 일어나 천천히 건물로 다가갔다.

　"지구에선 철거할 때 폭탄을 이용하는데 말이야. 뭐, 1층을 때려 부수면 알아서 무너지겠지?"

　칼을 뽑아들고 먼저 입구의 거대한 두 개의 기둥을 후려쳤다.

　와르르!

　"가만 이게 아니던가? 지구에서 건물 철거할 때 어떻게 했더라? 아, 그렇지 먼저 벽을 무너뜨려야겠구나."

　태수는 기억을 떠올렸다. 일단 벽부터 때려 부수는 것을 본 적이 있었다. 군에 가기 전 용돈 벌이를 위해 그런 곳에서 잡부로 일을 했을 때 본 것이다. 해머로 벽을 먼저 부숴 기둥만 남은 앙상한 몰골이 되었는데도, 건물이 무너지지 않는 것을 보고 얼마나 신기해했었던가.

　그다음부터는 일사천리(一瀉千里)다. 우선 1층의 모든 벽들을 칼과 온몸을 이용해 부숴 버렸다. 그렇게 부수고 다시 건물 앞으로 돌아오니 놀란 눈을 한 사람들이 보인다. 하기야 몸으로 건물 부수는 것은 처음 보았을 테니까.

 저주용병
귀환기

이제 건물 1층엔 위태롭게 기둥만이 서 있을 뿐이다. 태수는 그 기둥도 하나씩 부수기 시작했다. 무너지는 건물에 깔리지 않기 위해 중력은 해제했다. 건물이 무너지는 기미가 보이면 재빨리 피하기 위해서였다. 또다시 피를 보는 것은 싫다.

먼저 외부의 기둥부터 하나씩 부쉈다. 그리고 어느 순간 몇 개의 기둥이 남았을 때, 더 이상 하중을 견디지 못한 기둥은 한순간에 무너져 버렸다.

와그르르!

태수는 잽싸게 몸을 날려 피했다. 건물이 무너지며 먼지가 자욱하게 일었다. 그나마 어제 내린 비로 인해 먼지가 적은 편이었다.

태수는 멀리 피해 건물이 무너지는 광경을 감동으로 보았다. 자신의 손으로 해치운 일이다. 그것도 겨우 2시간도 되지 않았다. 이 단단한 몸뚱이는 그야말로 보물이었다. 몸으로 할 수 있는 일은 뭐든 할 자신이 있다.

먼지가 다 가라앉았다. 그야말로 성한 것이 보이지 않는다. 완벽하게 철거가 된 것이다.

"와하하하! 이거 정말 대단하군. 경의 말을 듣기는 했지만 정말 이런 능력을 가진 사람이라니."

오니토 백작이 활짝 웃으며 레오파드에게 다가왔다.

"만족하셨습니까?"

"만족하다마다. 이런 구경은 내 평생에 다시 없을 것이네.

아 참, 일이 끝났으니 잔금을 줘야겠군.”

오니토 백작의 손짓에 누군가 달려와 뭔가를 내밀었다. 레오파드도 품에서 서류를 꺼냈다.

먼저 레오파드는 백작이 내민 상자 안의 물건을 살펴보았다. 꼼꼼하게 개수를 확인하는 것 같다. 다음에 서류에 인장을 찍어 오니토 백작에게 넘겼다. 오니토 백작도 자신의 인장을 찍어 서류를 다시 넘겼다.

“이것으로 다 되었습니다. 저희 ‘제기랄 철거’를 이용해 주셔서 감사합니다.”

레오파드는 아예 키스상단 외에 ‘제기랄 철거’ 라는 또 하나의 조직을 만들었다. 물론 직원이라고는 태수와 레오파드단 둘이다.

이제 오늘의 일이 소문이 나면 철거가 필요한 귀족들의 문의가 쇄도할 것이다. 어쩌면 상단이 상행으로 버는 돈보다 이것이 더 돈이 잘 벌릴 수도 있었다. 소모되는 시간에 비례해서 받는 돈이 엄청나니 말이다.

오니토 백작도 많은 이익을 보아 기분이 좋았다. 철거를 전문적으로 하는 자들이 부른 비용은 물경 1000골드다. 말이 쉬워 1000골드지 보통 평민들은 평생 노력해도 만지기 힘든 돈이다.

그런데 잡부들을 동원해 폐자재를 치우는 것까지 250골드가 들었다. 거기다 굉장한 구경을 했다. 무려 750골드를 남겼

 저주용병
귀환기

으니 고스란히 그만큼 번 것과 같다.

말을 하지 못한다는 것을 들었는지 오니토 백작은 손짓으로 태수를 불렀다.

"아 참, 제기랄입니다. 이름은 알아듣습니다."

레오파드가 옆에서 알려주었다.

"제기랄? 그럼 서류의 이름이 저 사람의 이름에서 따온 것이군. 좀 불러주겠나?"

"예. 제기랄!"

레오파드가 부르는 소리에 고개를 돌려보니 오라고 손짓을 한다. 아직 중력을 활성화시키지 않았기에 그냥 다가갔다. 그랬더니 늙은 귀족이 태수의 어깨를 두 번 툭툭 치고는 품에서 뭔가를 꺼내 내밀었다. 또 하나의 주머니였다.

태수의 눈이 반짝 빛났다.

"이건 내가 굉장한 것을 본 값으로 주는 거네. 나중에 다른 일로도 한 번 봤으면 좋겠군. 하하하!"

오니토 백작은 그런 말을 남기고 돌아갔다. 태수는 주머니에 또 금화가 있는 것을 보고는 깊숙이 머리를 숙여 인사했다.

"좋은 늙은이군. 아주 좋은 늙은이야."

자신에게 돈을 주는 사람은 다 좋은 사람이었다.

레오파드가 상자를 가져와 뚜껑을 열었다.

"헛!"

상자 안에도 주머니가 세 개 가지런히 놓여 있었다. 레오파드는 그 상자의 주머니를 하나 골라내더니 자신의 품에 넣고, 나머지는 상자 채 몽땅 태수에게 넘겼다.

"이, 이걸 다 나 가지라고?"

태수는 너무 놀랐다. 집 한 채 부쉈다고 이렇게 많은 돈을 주다니. 백작이 따로 준 것을 빼면 주머니가 4개. 그중 하나를 레오파드가 가졌지만 남은 것도 주머니 세 개다. 주머니 하나에 50개씩이면 무려 150개였다. 엄청난 횡재를 한 것 같다. 얼떨떨한 기분이었던 것이다.

그런데 가만 레오파드는 한 일도 없이 금화 50개를 꿀꺽했다. 은근히 짜증난다. 무려 25%나 된다. 하지만 이해가 가기도 한다. 이런 일거리를 만든 것은 레오파드였으니까.

"좋아, 좋아. 내가 이해한다. 대한민국 연예인들은 매니저한테 30%를 준다는데 25%면 싼 거지 뭐. 그래 너를 내 매니저라고 생각하마. 다 좋아, 다 좋아."

태수는 아픈 마음을 달래며 이렇게 스스로에게 최면을 걸었다. 그래야 마음이 편하다.

"그나저나 돈을 벌 일이 꼭 이런 노가다밖에 없는 거냐? 뭐, 좋은 일 없어? 그리고 너, 삥땅치면 죽어. 알았나?"

레오파드에게 말했다. 그런데 이놈이 그냥 웃음으로 때우려고 든다. 젠장!

어쨌든 오늘은 먹지 않아도 배가 부를 것 같다. 나이스! 즐거운 하루의 시작이었다.

*   *   *

　오니토 백작의 일을 끝내고 난 뒤의 태수는 할 일이 없었다. 철거 사업은 이제 처음이었으니 다른 일감도 없었다. 그래서 그냥 집 만드는 일을 하려고 숲으로 돌아갔다.
　레오파드가 태수에게 미처 신경을 써주지 못한 것이 있다. 태수가 받은 황금의 처리 문제다.
　베르미어는 상업 도시답게 은행과 같은 시설이 잘 마련되어 있었다. 은행은 나라에서 운영하는 것으로 이자 소득은 없었지만, 자금을 안전하게 보관할 수 있다는 점에서 아주 유용한 곳이다.
　물론 가끔 왕이 미치면 은행이 돈을 돌려주지 않는 경우도 있다. 그렇게 되어서 망한 나라도 있었을 정도다. 상인들이 등을 돌리면 나라가 망할 수도 있다. 아무리 돈이 많아도 사용할 길이 없으면 말라 죽는 것이다.
　태수는 이 세계에 은행이 있다는 것도 모른다. 그래서 받은 금화들도 그냥 써드 숲으로 가지고 갔다. 은행을 알았어도 이자가 없다는 것을 알면 아마 맡기지 않을 것이다.
　하지만 평생 상자를 들고 다닐 수도 없다. 어딘가 보관을 해야 한다.

결국 숲으로 돌아온 그는 남들이 알지 못할 좋은 곳이 없을
까 찾다가, 땅속에 묻기로 했다. 땅을 약간 파고 집 바닥으로
하려던 커다란 바위를 들어 위에 올려놓았다. 집이야 조금 작
아도 사는데 별 지장은 없지만 금화는 없어지면 안 된다.

다시 집 만드는 일을 하려는데 생각해 보니 이제 돈이 있으
니 넝쿨을 구하러 다닐 필요가 없다. 비가 오지 않았으면 아
까워서라도 그런 생각을 못 했을 것이다. 하지만 더 이상 비
를 맞으며 잠을 자고 싶지 않았기에 끈을 사기로 했다.

"이런 멍청한 놈."

끈을 사려고 하다 보니 주머니엔 여전히 동전 4개가 전부
다. 금화는 몽땅 상자에 넣어 땅에 묻었다.

"금화 몇 개는 가지고 있어야겠다."

다시 상자를 꺼내서 금화를 딱 다섯 개 꺼냈다.

"이거면 충분하겠지?"

사실 A급 용병이 한 달을 꼬박 일해야 벌 수 있는 돈이 금
화 4개에서 5개 정도다. 만만한 돈이 아닌 것이다.

태수는 상자를 다시 땅에 묻고 바위를 올려놓았다. 그러고
는 도시 안으로 들어왔다. 이젠 하도 들락거려서 경비병들이
신분 확인도 안 한다. 용병패를 꺼낼 필요도 없었다.

잡화점에서 끈을 샀다. 아니, 끈이라고 해야 할지 모르겠
다. 그냥 가는 밧줄이라고 보면 된다. 그런 것을 있는 대로 다
꺼내서 카운터 위에 놓으니 잡화점 주인이 놀란다. 비록 가는

밧줄이지만 그 무게가 장난이 아니다. 그런데 한꺼번에 들고 와서 내려놓으니 놀랄 수밖에 없다.

카운터에 금화 하나를 놓았다. 이번엔 태수가 놀란다. 밧줄을 몽땅 집어 왔다. 부피도 부피지만 무게도 상당히 나가는 정도다. 그런데 주인은 은화 9개와 동전 20개를 꺼내 놓는다. 생각보다 훨씬 싸다.

그런데 가만히 보니 이곳의 화폐 체계도 상당히 간단하다. 금화 1개가 은화 10개에 해당하고 은화 1개가 동전100에 해당하는 모양이다.

어쨌든 주는 것이니 받아 넣고 나왔다. 밧줄 뭉치들을 몽땅 들고 숲으로 다시 왔다. 이제 쉬지 않고 집을 만들 수 있게 되었다는 것이 기쁘다.

"그런데 여기 물가가 이렇게 싼 곳이었나?"

지구 대한민국의 물가는 하늘을 찌른다. 그런데 여기선 이런 밧줄 뭉치가 하나에 겨우 동전 1개다. 물가가 싼 곳에서는 돈 벌기도 쉽지 않다.

오늘 번 돈을 망구의 말대로 계산하면 금화만한 오리하르콘 두 개다. 언제 마법진을 새겨놓을 만큼 모은단 말인가. 결국 집에 가려면 막막하다는 것이다.

"어쨌든 일이나 하자."

칼로 대나무를 한참 자르다 보니, 군에서 쫄따구들을 손가락 하나로 부릴 때가 좋았다.

"빌어먹을 망구."

결국 노파를 욕하면서 스트레스를 풀 수밖에 없었다.

충분한 만큼의 대나무를 일단 잘라왔다. 한쪽에 쌓고 보니 엄청 많이 잘랐다. 집을 지을 공간 말고도 커다란 공터가 생겼다.

"잘됐군. 여기는 훈련장으로 하자."

다시 3미터 정도의 길이로 잘라 대나무 판을 만들기 시작했다. 과연 돈의 위력은 대단하다. 점심을 걸렀는데 배도 고프지 않다. 그래서 계속 일을 했다. 신기한 일이다. 먹어도, 먹어도 배가 고팠었는데 말이다.

슬슬 어둠이 밀려온다. 저녁때가 다가온다. 점심을 굶었더니 배가 요동을 친다. 아주 많이 먹어야 진정을 할 것 같다.

일어나 뭘 먹을까 고민했다. 결국 지난번 그 산으로 가서 사냥을 하기로 했다. 아무래도 이곳 음식을 먹는 것 보다는 생고기를 먹는 게 더 푸짐하다.

그 시각 대략 십여 명의 사람들이 태수의 거처가 된 써드 숲을 초조하게 바라보고 있다.

사실 태수에 대해서 도시에 사는 사람들은 모르는 사람이 없다. 가까이 가면 죽는다는 소문도 알려진 상태다. 물론 아직 죽은 사람은 없어서 실제로 믿는 사람들은 별로 없다.

그런데 태수에 대한 소문 중에 가장 은밀하게 전해지는 것이 있다. 바로 오늘 있었던 일인데, 그의 능력에 대한 것은 쏙 빠지고 금화 수백 개를 상자에 넣고 써드 숲으로 갔다는 것이다.

수백 개의 금화. 누군들 욕심이 나지 않을까. 그 소문을 믿고 훔치기 위해 뭉친 자들이 바로 이 사람들이다.

이들은 태수가 은행에 가기 전에 돈을 훔칠 작정이다. 그런데 꺼림칙한 것이 있다. 가까이 가면 죽는다는 소문. 저주가 걸린 용병이라는 소문이다. 재수없이 소문이 진짜면 금화는 구경도 못하고 죽을 수가 있었다.

게다가 용병등급이 무려 S급. 실력으로도 상대할 수 없었다. 결국 남은 결론은 몰래 훔치는 것이다.

그들은 태수가 때가 되면 도시에 들어와 식사를 한다는 것을 안다. 마침 낮에 끈을 사러 들어간 사이, 이들은 써드 숲을 뒤졌었다. 그러나 아무리 찾아도 상자는 보이지 않았다. 태수가 들고 있지도 않았는데 말이다. 결론은 어딘가 숨겼다는 것이다.

망을 보던 자의 신호로 얼른 몸을 숨겼다. 그리고 점심 식사를 하러가길 기다렸다. 그런데 이 죽일 놈이 평소에는 잘도 처먹으러 다니더니 오늘은 움직이지 않는다. 이젠 기다리던 그들이 지칠 판이다.

“오늘은 움직이지 않을 모양이다. 차라리 내일 다시 모이자.”

이렇게 내일을 기약하고 있는데 그놈이 터벅터벅 걸어 나온다.

"그냥 오늘 끝을 보자."

다시 그렇게 결론을 내렸는데 이놈이 도시로 가지 않고 다른 곳으로 간다.

"뭐야? 저 자식, 어디가는거야?"

알 도리가 없다. 하여튼 자리를 비운 것은 확실하다. 행동할 때였다.

"빨리 들어가서 찾자. 너는 망을 보고."

"알았어."

그들은 다시 써드 숲으로 들어갔다. 이미 한 번 갔던 곳이기에 금방 도착했다. 그런데 주변 상태가 낮과는 다르다. 너무 다르다. 굉장히 넓어진 것 같고, 쌓아놓은 대나무 때문에 찾아야 할 곳도 많아졌다.

"빌어먹을! 빨리 찾아."

그들은 마구 뒤졌다. 태수가 모아놓은 대나무들이 여기저기 흩어졌다. 그렇게 마구잡이로 대나무들을 움직이다 보니 발에 걸리는 것도 많고 움직이는데 방해가 되는 것도 많았다.

"정리 좀 하면서 뒤지자."

보다 못한 누군가 소리쳤다. 그제야 그들은 너무 많은 흔적을 남겼다는 생각에 정리를 하려했다.

"온다. 놈이 온다."

하필 그때였다. 망보던 놈이 들어와서 저주 용병이 돌아온다고 알렸다. 이젠 큰일났다. 도망가야 한다.

서둘러 빠져나가려고 했는데 흩어놓은 대나무 때문에 빨리 움직일 수가 없다. 한정된 공간에 대나무들이 이리저리 얽혀 마치 미로를 만들어놓은 것 같았다. 그래도 겨우겨우 대부분은 빠져나갔다. 하지만 불행히도 두 놈은 넘어지는 바람에 빠져나오지 못했다.

태수는 이번에도 그 이상한 토끼를 세 마리 잡았다. 쥐와도 비슷하지만 쥐라고 이름 붙이면 어디 먹을 맛이 나겠는가. 그래서 제 마음대로 토끼라고 부르기로 했다.

그렇게 기분 좋게 돌아오는데 숲의 입구에 누군가가 어른거린다.

"네오파스가 왔나?"

그러면서 천천히 가는데 갑자기 숲에서 우르르 한 떼의 사람들이 몰려나오더니 죽기 살기로 도시를 향해 도망쳤다. 몇몇은 다른 방향으로도 도망쳤다.

"이게 무슨 일이래? 설마 도둑?"

생각해 보니 그럴 것 같았다. 하지만 금화를 넣은 상자는 쉽게 훔칠 수 없는 곳에 묻었기에 염려는 없었다.

숲에 도착해서 안에 들어가 보니 난리도 아니다. 오늘은 집을 완공하나 했는데 아무래도 포기해야 할 것 같다. 이걸 정리하는데도 한 나절은 걸리겠다.

"사람 살려요."

"사람 살려주세요."

그런데 그때였다. 말소리가 들린다. 아직 도망을 못 간 도둑놈들이 더 있었다. 태수는 잘됐다는 생각에 그들을 찾아보았다. 물론 중력은 해제했다. 도둑놈들이지만 으깨서 죽이고 싶지는 않다.

두 놈을 잡았다. 뭐라 말을 하면서 빌고 있다.

'아마 살려달라는 말이겠지?'

태수는 그들이 하는 말을 정확히 때려 맞췄다. 그들에게 대나무 정리를 시켰다. 말이 통하지 않으니 몸으로 표현할 수밖에 없어서 먼저 몇 개의 장대를 치워야 했다. 둘은 알아듣고 얼른 일어나 대나무들을 정리했다.

태수는 자신의 연기를 보고 단번에 일을 시작하는 둘을 보며 내심 흐뭇했다.

'내 연기가 이젠 경지에 이르렀군. 집에 돌아가면 연기자의 길을 걸어볼까?'

이런 헛생각도 잠깐 했다.

그래도 셋이 움직이니 정리도 금방 끝났다. 나름 만족한 태수는 두 도둑에게 금화를 하나씩 주고는 돌려보냈다.

아깝지만 그들을 데리고 가서 도둑이라고 신고를 할 수도 없었다. 말이 통하지 않으니까. 또 그 일로 이리저리 불려 다니는 것도 짜증이 나고 말이다. 대한민국 경찰은 뭔 일만 있으면 서너 번씩 부른다.

게다가 아직 태수는 살인에 대해 생각해 본 적이 없다. 살기 위해 동물들은 잡았지만 그것과 살인은 엄연히 다르다. 물론 이곳이 다른 세계이기에 언젠간 그런 일이 있을지도 모른다.

노파에게 들었던 대로라면 귀족이 되기 위해선 전쟁에도 나가야 한다니, 분명 사람을 죽일 기회는 또 올 것이다. 하지만 그 시작을 이런 좀도둑들의 목숨으로 시작하고 싶지는 않았다.

그래서 다시는 도둑질을 하러 와서 귀찮게 하지 말라는 뜻으로, 그들에게 금화 하나씩을 줘서 보낸 것이다. 한마디로 먹고 떨어지라는 뜻이었다.

그러나 태수는 몰랐다. 사람이라는 것들의 잔머리를. 잡혀도 죽이지 않고 금화 하나씩을 주고 돌려보낸다는 것을 알게 된 좀도둑들에 의해 그의 써드 숲이 바람 잘 날 없게 된다는 것을.

결국 태수는 이날 집을 완성할 수 없었다. 자기 전에 대나무 판이라도 다 만들어놓고 싶었지만 중력 해제 시간이 다 되어 포기하고 말았다.

그리고 다음날. 집을 완성하기 전엔 움직이고 싶지 않았건만 이른 아침부터 찾아와 제기랄, 제기랄 외쳐대는 레오파드로 인해 결국 집의 완공은 다음으로 미뤄야 했다.

"빌어먹을! 제기랄!"

짜증이 절로 난다.

과연 레오파드의 사업적 선견지명은 대단했다. 태수가 돈을 벌어줄 것이라는 그의 예상은 완전히 적중했다.

오니토 백작도 그 성공에 한몫을 했다. 그는 자신이 보았던 그 광경을 친한 귀족들에게 말했고, 돈도 얼마나 절약하게 됐는지 말했다.

사실 그가 이렇게 나설 필요도 없는 일이었다. 그런데 너무 적극적으로 나섰다.

태수는 아무 생각 없었지만, 레오파드는 주문이 밀려드는 가운데에서도 오니토 백작의 소개로 왔다는 귀족들을 상대하며, 뭔가 있다는 것을 알아챘다. 오니토 백작이 뭔가 바라고 있는 것이다.

귀족이란 것들은 이익이 없으면 이런 일에 나서지도 않음을 레오파드는 잘 알고 있었다. 그래서 불안했다.

"뭐지? 응, 뭘까?"

레오파드는 태수에게 물었다. 이놈은 아직도 태수가 자신의 말은 알아듣는다고 여기는 걸까? 정신 상태가 수상하다.

"어쩌면 너를 내게서 빼앗아 갈지도 몰라."

태수가 알아들었다면 뒈지게 팼을지도 모른다. 태수를 무슨 물건처럼 생각하고 있거나, 사랑하는 사람으로 생각하고 있지 않은 다음에야 이런 말이 나올 수 없다.

태수가 말을 알아듣지 못하는 것이 얼마나 다행인지 모른다.

이런 와중에도 태수가 힘을 써야 하는 철거 공사는 계속되었다. 이제 태수는 집 부수는 데에는 스페셜리스트가 되었다. 그러나 철거할 건물이 무한정 있는 것은 아니다. 귀족들의 대저택이 아닌 다음에야 태수를 부를 일도 없다.

게다가 항의도 많았다. 철거전문 인력들이 키스상단과 써드 숲에까지 찾아와서 자신들의 일감을 빼앗아 갔다고 항의를 하곤 했다. 하지만 그들이 받는 돈의 반의 반 정도를 받고 일을 하는 태수였기에, 그들의 항의는 사람들의 호응을 얻지 못했다.

어쨌든 이제 더 이상 귀족들의 의뢰도 들어오지 않았다. 때려 부술 것은 다 때려 부쉈다는 얘기다. 일거리가 없으니 한동안 태수도 잘 쉬었다.

덕분에 써드 숲의 태수 집은 무슨 요새처럼 변해 버렸다. 시간이 남으니 좀도둑들을 경계하기 위해 집과 공터 주위로 대나무를 빽빽하게 박아 울타리를 만들어 버렸다. 그 일을 끝내고나니 그렇게 많이 샀던 밧줄도 동이 나고 말았다.

"우리 내일 상행을 떠난다."

어느 날 아침, 태수는 습관적으로 레오파드에게 갔다가 이런 소리를 들었다. 레오파드는 짐이 가득 실린 수레들을 보여주었다. 평소에는 다른 상단과 연계하여 상행을 하는 것이 보통인데, 이번엔 키스상단이 단독으로 상행을 떠날 것이라고 한다. 물론 태수는 알아들을 수 없다.

"아하!"

태수가 고개를 끄덕인 것은 레오파드가 수레를 끌고 가는 모습을 보여주었기 때문이다. 그것 때문에 상행을 떠날 것임을 알았다.

태수는 잘 갔다 오라며 레오파드에게 손을 흔들어주었다. 순간 레오파드는 당황했다. 당연히 같이 가리라 여겼기에 다른 용병들은 구하지도 않았는데, 태수의 태도가 이상했던 것이다.

"같이 안가?"

물어보며 손으로 태수와 자신을 가리키고 걷는 시늉을 했다. 그렇지만 태수는 고개를 저었다.

'내가 미쳤냐? 돈을 여기에 다 놔뒀는데 가긴 어디를 가?'

태수는 이런 뜻을 가지고 있었다.

안 그래도 좀도둑들 때문에 난리도 아니었다. 이것들이 툭하면 들어와서 발칵 뒤집어놓고 가곤 한다. 잡혀도 좋고 아니어도 좋다는 듯하다. 잡혀도 금화 하나를 준다는 소문 때문에 그렇게 된 것을 태수는 아직 몰랐다.

"도둑놈들 되게 많은 나라네."

그저 이렇게 생각했을 뿐이다.

이제 울타리를 만들었지만 안심할 수 없다. 솔직히 대나무 울타리는 너무 약했다. 묶은 밧줄만 끊어도 울타리는 우르르 무너진다. 도둑들은 아직 바위 아래에 돈이 있는 줄을 모른다. 하지만 자신이 자리를 비우면 누군가 바위 아래도 조사할지 모른다. 앞일은 알 수 없는 법이니까.

그런데 어떻게 자리를 비우는가. 미치지 않고서야.

그동안 철거 노가다를 하며 번 돈이 무려 금화 2700개다. 그것이 고스란히 바위 아래에 묻혀 있다. 어쩌면 태수는 영원히 여기서 벗어나지 못할 수도 있다. 커다란 상자를 준비해서 짊어지고 다니기 전에는 말이다.

어쨌든 태수가 떠날 생각이 없다는 것을 안 레오파드는 당황했다. 솔직히 괘씸한 생각도 들었다. 자기가 나서서 그렇게 많은 돈을 벌어주었는데 이제 모른 척한다는 생각이 들었던 것이다.

그는 태수에게 같이 가자고 몇 번이나 청했다. 그러나 역시 태수의 대답은 똑같았다. 결국 레오파드는 힘없이 상단으로 돌아갔다. 급하게 되었다. 하루 만에 다른 용병들을 구하려면.

그리고 그날. 레오파드와 태수가 헤어졌다는 소문이 전 도시에 쫙 퍼졌다. 둘이 무슨 연인이었나?

*   *   *

아르티엔 오니토 백작 저택.

이곳은 지난번에 철거한 곳에 새 건물이 들어설 때까지 임시로 빌린 곳이다.

지금 그곳에 한 사람이 아주 바삐 걸어가고 있다. 지난번에 오니토 백작의 옆에서 상자를 꺼내주었던 사람이다.

"백작님! 접니다."

그는 백작의 침실 앞에서 백작을 찾았다.

"들어오게."

스르륵.

빌렸지만 역시 좋은 집이다. 육중한 문이 움직이는데 소리도 나지 않는다.

"그래, 무슨 일인가?"

"지금 도시에 이상한 소문이 돌고 있습니다."

"소문? 무슨 소문 말인가?"

오니토 백작은 알고 있었다. 자신의 집사가 헛소문을 듣고 저렇게 달려올 사람이 아닌 것을. 소문이지만 필요한 정보일 것이다.

"지난번 그 용병 말입니다. 제기랄 지라르라는……."

"오, 그래."

백작은 태수의 능력을 보고 욕심을 낸 적이 있다. 그런데

 저주용병
귀환기

워낙 레오파드가 옆에 찰싹 달라붙어 있어서 얘기도 꺼내보지 못했다.

그래서 나중을 위해 철거 일에 도움을 좀 주기도 했다. 일단 사람을 끌어들이려면 좋은 인상을 남기는 것이 중요했기 때문이다.

그리고 집사에게 말했었다. 잘 살펴보라고. 그런데 드디어 그에 대한 무슨 정보가 있는 모양이다.

"지금 도시 전체에 그가 키스 상단주와 헤어졌다는 소문이 파다합니다. 이번에 키스상단의 상행을 따라가지 않고 남아 있을 것이라고 합니다."

"단지 그것뿐인가?"

"네?"

"상행에 따라가지 않는 것만으로 헤어졌다는 건가? 그래, 그런데 왜 상행을 따라가지 않는지는 알아보았나?"

"물론입니다. 제가 조사를 해보았습니다. 그런데 저 좀 이상한 이유가 나오더군요."

"이상한 이유?"

"일단 정보를 위해 잘 아는 도둑 길드원에게 물어보았는데, 바로 도둑들 때문에 그럴 거라고 합니다."

"응? 도둑이라니?"

"알아보니 그동안 번 돈을 은행에 보관하지 않고 그냥 가지고 있는 모양입니다. 그의 거처 어딘가에 숨긴 모양인데,

상행을 떠나면 그것을 도둑들이 그냥 두겠습니까? 그것 때문에 그는 움직이지 않으려는 것처럼 보입니다."

"그런 일이……. 그 키스 상단주는 왜 그런 것을 신경 써주지 않았지?"

"그도 사람인데 모든 것을 신경써 줄 수 있었겠습니까? 거처를 마련해 준 것도 많이 신경을 쓴 것이겠지요. 그리고 상단 일이란 게 쉬운 일이 아니지 않습니까? 번거롭고, 또 귀찮기도 했을 겁니다."

"이건 기회군."

"그렇습니다. 기회입니다. 단지 저주가 걸렸다는 것 때문에 접근이 어려워서 문제입니다. 또 말도 통하지 않으니, 의사를 전하는 것도 힘이 들 테고 말이죠."

"좋아. 아무리 어려워도 기회가 왔으면 잡아야지. 자네도 보지 않았나? 그 괴력을. 그런 사람을 그렇게 놀리는 것은 아주 심한 낭비야. 그렇지 않아?"

오니토 백작은 잠깐 흥분을 했다. 괴력의 용병을 어쩌면 휘하에 둘 수 있게 되는 것이다. 물론 잠깐 이겠지만.

"맞습니다."

집사도 맞장구를 쳤다.

"자네는 지금 당장 마탑을 찾아가 봐."

"네?"

"내가 알기로 마탑주가 7클래스라지?"

“그렇습니다.”

“다른 7클래스 마법사는 없나? 아무래도 마탑주는 너무 위험해.”

“장로 몇 명은 7클래스라고 들은 것 같습니다.”

“좋아. 그 7클래스의 장로들과 은밀히 접촉해서 그리폰 나이트용 반지를 구해봐.”

“네? 그리폰 나이트의 반지라면 유통 금지 품목 아닙니까?”

“그러니까 은밀히 하란 말이야. 장로들 중에 돈이 필요한 자들이 있을 거야. 그들에게 애기를 해봐. 반지가 없다면 만들어서라도 구해와야 해. 알겠지?”

“아, 알겠습니다.”

그리폰 나이트는 길들인 그리폰을 타고 다니는 기사다. 그런데 그런 그리폰 나이트들에게 꼭 필요한 물건이 하나 있으니, 그것이 그리폰 나이트의 반지다.

이 반지에는 그리폰과 기사 사이에 서로 말을 알아들을 수 있게 하는 기능이 있다. 하지만 무려 7클래스의 마법사만이 만들 수 있다. 그래서 그만큼 귀하다.

오니토 백작은 그것을 구해오라는 것이다. 아마도 태수와 의사를 통하기 위해서 그러는 것 같은데, 그가 미처 모르는 것이 있다. 그 반지를 사용하려면 인체의 마나가 필요하다는 것이다.

그러나 태수는 마나가 없다. 그러니 그 반지는 아무 소용이 없는 물건일 뿐이다.

집사를 마탑으로 보낸 백작은 서둘렀다. 혹시 다른 귀족들 중에 먼저 선수를 치는 놈이 있을 수도 있는 일이다. 자신만 태수를 욕심낸다는 보장은 어디에도 없었다.

태수는 귀찮아서 미칠 지경이다. 귀족들인 모양인데 찾아와서 난리를 피운다. 알아듣지도 못할 말들을 쏟아놓는데, 성질 같아서는 확 일어나서 중력으로 뭉개 버리고 싶다.

그래도 다행인 것은 겁이 나는지 가까이 다가오지는 않는다는 점이다.

다그닥다그닥!

그런데 또 마차 소리가 들린다. 아까부터 마차 소리가 들리면 귀족이 하나씩 늘곤 했다. 그 덕에 태수는 지금 도시에 들어가지도 못하고 길을 막고 있는 형편이었다.

"이게 뭐하는 짓들인가?"

누군가가 소리를 쳤다. 새로 온 인물이다. 사람들이 그쪽으로 고개를 돌리더니 얼른 길을 비켜주었다. 오니토 백작인 것을 알아본 것이다.

오니토 백작은 기가 막혔다. 자기도 일찍 온다고 온 것인데 더 빨리 온 사람들이 많았던 것이다.

그런데 가만 보니 귀족들이 아니고 귀족들의 집사나 심부름꾼 들이다. 정작 귀족들은 이런 일에 직접 나서지 않았던 것이다.

순간 왠지 머쓱해진 백작이다. 자신이 채신머리없이 굴었다고 느껴졌다. 하지만 필요한 것을 얻기 위해서는, 다른 사람에게 머리를 숙일 줄도 알아야 한다. 백작이 살아온 방식이었다.

오니토 백작은 태수가 있는 곳으로 걸어갔다. 물론 그도 죽기는 싫어서 가까이 가지는 않았다.

"제기랄, 나를 알겠는가?"

태수는 누군가 오는 것을 보고 또 귀족이 늘었다며 한탄을 하다가, 오는 사람이 좋은 늙은이라는 것을 알아보았다. 금화 50개나 팁으로 준 큰손이었다.

얼른 일어나 인사를 했다. 오니토 백작은 흐뭇했다. 다른 사람들을 보니 안색이 똥색이다. 귀족들이 시킨 명을 완수할 수 없다는 것을 본능적으로 느꼈을 것이다.

'흐흐흐! 그러게 평소에 잘해야지.'

백작은 그렇게 회심의 미소를 지으며 자신의 마차를 가리켰다. 그러고는 뭔가 먹는 시늉을 했다. 태수가 대식가라는 것도 벌써 조사를 끝낸 백작이다.

그야말로 태수가 바라는 일이었다. 점심을 먹으러 가다가 길 한복판에서 귀족들에게 둘러싸여 있던 것이다. 배는 고프지, 그렇다고 귀족들에게 함부로 할 수도 없지 해서 그냥 참고 있던 참이었다. 태수는 자기를 막은 사람들이 귀족이 아니란 것을 몰랐다.

"그래비티 해제."

태수는 얼른 중력을 해제하고 백작의 마차에 올라가 버렸다. 오니토 백작도 느긋하게 마차에 올랐다.

"멍청한 것들, 정보가 얼마나 소중한 건지를 모르는군. 하루 6시간 원할 때 저주를 풀 수도 있다고 했던가? 흐흐흐!"

정말 오니토 백작은 많은 것을 알고 있었다. 그래서 일단 그의 수중에 태수가 들어간 것처럼 보였다.

고위 귀족들은 먹는 것도 먹는 곳도 남다르다.

태수는 평소 먹던 일반 식당이 아닌 곳으로 처음 가보았다. 의외로 그곳에선 맛있는 향기가 풍겨왔다. 돈값을 한다고 할까? 그동안 먹던 음식들과는 차원이 달랐다.

'이거 의외로 먹을 만한 것도 있겠는걸.'

기대가 되었다. 이 세계로 와서 가장 마음에 들지 않는 것이 음식이었다. 그런데 어쩌면 정말 먹을 만한 것을 발견할지도 몰랐다.

오니토 백작은 알아서 주문을 했다. 곧 시킨 것들이 당도하는데 완전 상다리가 부러질 정도였다. 태수는 뭘 어떻게 먹어야 하는지도 모를 요리들이 연이어 들어왔다.

백작이 먹으라는 시늉을 하자 그래도 일단 손에 잡히는 대로 이것저것 먹었다.

"오호?"

맛도 있었다. 같은 재료로 이렇게 만드는 것을 보면 과연 요리는 예술이라고 할 만했다. 격식과 예의는 몰라도 도구를 다루는 데는 한국인의 손놀림을 따를 자가 없다. 나이프, 포크, 수저를 가지고 가히 예술적인 손놀림이 시작되었다.

태수는 자기 것을 다 먹고 백작이 남긴 것도 싹 쓸어 먹었다. 진짜 말로만 듣던 혀 설거지까지 해버렸다. 더럽다는 생각은 없었다. 생고기도 먹었는데 이 정도야 뭐.

"꺼억!"

잘 먹었다는 표시까지 하고나서 보니 백작이 웃고 있었다.

백작으로서는 신선한 모습이었다. 감히 자신과 같은 고위 귀족들과 식사를 하며 이렇게 자유로운 사람은 없었다. 게다가 자신이 먹고 남긴 것을 먹지 않는가. 이것은 완전히 내 사람이 아니고는 할 수 없는 행동이었다.

식사가 끝났다. 그런데 막상 식사가 끝나니 할 일이 없다. 아직은 말이 통하지 않는 것이다.

태수도 딱히 할 말이 있을 리 없다. 결국 둘은 그렇게 식당을 나왔다. 돈을 내지 않았는데도 식당에서는 잡으러 나오지 않는다.

'외상인가?'

이런 생각을 하는데 마부가 식당으로 들어갔다 나온다. 그가 계산을 한 것이다.

"아깝다."

가격을 알아보고 싶었는데 볼 수 없었다. 너무 비싸면 다시 먹어보지 못할 음식일 수도 있었다.

태수는 먼저 오니토 백작에게 거리를 벌리라고 손짓하고는 주문을 외웠다.

"그래비티 활성."

나중을 위해 6시간의 자유는 아낄 수 있을 때 아껴야 한다. 그래야 정작 필요할 때 사용하지 못하는 불상사를 겪지 않는다.

백작은 이대로 헤어지기 아쉬웠다. 뭔가 좋은 느낌을 계속 가지게 하고 싶었다. 그렇다고 또 먹을 것을 사주고 돈을 줄 수는 없다. 그것은 상대를 거지로 보는 것이다. 태수는 돈으로 주는 것을 더 좋아했을 테지만.

어쨌든 그러다가 그의 눈에 은행이 보였다.

"아!"

태수가 은행을 사용하지 않는다던 집사의 말이 생각났다. 백작은 태수를 은행으로 데리고 갔다. 중력은 다시 해제되었다.

창구를 통해 오니토 백작이 뭔가를 내밀고 돈을 찾는 것을 본 태수의 눈이 돌아갔다. 태수, 드디어 은행을 알게 되었다. 너무도 익숙한 분위기, 너무도 익숙한 모습이었다.

"은행도 있네? 이자는 어떻게 되지?"

태수는 지금도 바위 아래에 깔려 신음하고 있을 금화들이

생각났다. 그것을 은행에 맡기면 도둑 걱정은 필요없을 거라
는 생각도 떠올랐다.

둘은 은행 밖으로 나온 다음에야 헤어졌다. 태수가 고개를
숙여 인사를 했다. 백작이 어른이기도 했고, 맛있는 것을 먹
여주기도 했으니까.

그다음 태수는 얼른 숲으로 돌아갔다. 가자마자 바위를 들
어내고 상자를 꺼냈다.

다시 바위를 제 자리에 놓은 다음에 상자를 품에 안고 레오
파드를 찾아 키스상단으로 갔다.

그런데 상단의 분위기가 그리 좋지 않다. 태수를 바라보는
눈초리들도 사납다. 아마도 상행에 따라가지 않겠다고 한 것
때문인 것 같았다.

태수는 그들의 눈초리를 무시하고 레오파드를 찾아갔다.
레오파드도 갑자기 지불하게 된 용병 대금 때문에 바쁜 모양
이었다.

태수는 무작정 레오파드를 끌고 나왔다.

“제기랄, 왜 이래? 나 지금 바쁘다니까?”

레오파드가 인상을 구기며 말했지만 태수는 레오파드를
번쩍 들고 달렸다. 그리고 가볍게 은행에 도착했다.

“뭐야? 여긴 은행이잖아? 여긴 왜?”

레오파드는 짜증을 부리다가 문득 태수가 안고 있는 상자
를 보았다. 눈에 익은 상자였다. 처음 철거를 했을 때 자신의

손으로 건네주었던…….

"아! 맞아. 내가 은행을 알려준 적이 없었구나. 그래서 그 걸 그렇게 가지고 있었구나?"

레오파드는 그제야 태수가 왜 상행을 따라갈 수 없다고 했 는지 깨달았다. 상행은 아주 긴 여행이다. 그동안 저렇게 금 을 들고 다닐 수는 없다. 어떤 상황에 처할지 모르는 것이다.

"이런 멍청한 놈."

레오파드 자신은 당연히 그동안에도 은행을 자주 다녀갔 었다. 상인은 은행과 친해야 한다. 그것이 돈을 잘 번다는 얘 기가 된다.

태수를 가장 잘 알고 있는 것이 자신이라고 생각했었다. 그 런데 그에게 뭐가 필요한지 무심했었다.

'그러고 보니 숲에서 살라고 하고는 한 번 들어가 본적도 없었네. 그 안에서 어떻게 지내는지, 비는 피하는지, 먹을 것 은 있는지도 알려고 한 적이 없잖아?

사실 레오파드는 매번 태수를 이용해 돈벌이를 할 궁리만 했었다. 그래 놓고 상행에 따라가지 않겠다는 태수에게 실망 을 했던 것이다.

왜 싫다고 했었는지를 알아보려고도 하지 않았었다. 그가 조금만 관심을 더 가지고 있었다면 모두 알 수 있었던 일이었 다.

주르륵.

 저주용병
귀환기

레오파드는 눈물을 흘렸다. 자신이 어떤 인간으로 변해 버렸는지 알게 되었다. 뭐든지 돈으로만 생각하는 그런 인간이 되어버린 것이다. 예전에 상단을 처음 열었을 때 자신이 가장 경멸했었던 그런 사람이 되어버렸다.

"제기랄, 미안해. 내가 잘못했어."

그는 진심으로 태수에게 사과했다.

'이 자식, 이거 왜 이래? 왜 울고 지랄이야 지랄이.'

태수는 레오파드가 갑자기 우는 바람에 당황스러웠다. 통장 하나 만들려는데 왜 이런 일이 발생하는지 모르겠다.

사람들이 둘을 바라보는 눈길도 부담스러웠다. 호기심이 가득한 눈빛, 뭔가를 밝혀내겠다는 의지가 가득한 눈길들이었다.

"야, 야, 기대지 마! 기대지 마!"

레오파드가 태수의 가슴에 얼굴을 묻고 운다. 그러면서 제기랄 어쩌고 그러는데 사람들이 수군거리는 소리도 들린다. 아무래도 좋은 소리 같지는 않다.

결국 강제로 레오파드의 얼굴을 떼어내고 상자를 눈앞에 들이댔다. 빨리 통장이나 만들라는 표시다.

"훌쩍! 알았어. 미안해."

레오파드는 상자를 들고 창구로 갔다. 그동안 창구의 업무도 마비되어 있었다. 사람들이 모두 둘을 구경하느라 그랬다.

레오파드는 그렇게 태수의 계좌를 만들어주었다. 그리고

태수의 용병패를 받아 한쪽 모서리에 뭔가를 발라 서류에 찍었다. 옆에서 지켜보던 태수는 용병패에 도장도 새겨져 있다는 것을 그때 알았다.

돈을 찾는 방법도 궁금했지만 그건 나중에 알아도 별 상관 없었다. 당장 쓸 일이 없으니 찾을 일도 없었다.

은행을 나와서 중력을 걸었다. 이제 오늘의 자유 시간은 얼마 남지 않았다. 백작과 식사를 하는데 상당히 많은 시간을 썼었다.

그렇게 키스상단까지 갔다. 레오파드가 태수에게 수레를 가리키고는 걷는 시늉을 했다.

"같이 갈 거지?"

태수는 고개를 끄덕였다. 레오파드는 다시 한 번 태수가 거절했던 이유를 확실히 알았다. 자기의 무관심이 부른 해프닝이었다.

태수가 다시 숲으로 돌아간 뒤 키스상단은 순조롭게 출행 준비를 마쳤다. 태수가 같이 갈 것이라는 것도 알려졌다. 레오파드는 태수가 왜 거절했었는지 상단 사람들에게 알렸다. 자신의 무관심 때문에 괜히 상단 사람들이 태수를 색안경 끼고 보지 않았으면 했다.

*　　　*　　　*

 저주용병
귀환기

다음날 키스상단의 수레가 이동을 시작했다. 수레의 수는 많지 않았다. 겨우 10대 정도였다. 그래도 이것이 키스상단의 1년 수익이 모두 들어간 물건들이었다.

태수를 믿고 용병들을 구하지 않을 줄 알았는데, 의외로 많은 용병들이 왔다. 레오파드도 어제의 일로 깨달은 것이 있었다. 태수가 비록 지금은 곁에 있지만, 언제든지 떠날 수 있는 사람이라는 것을 알았다.

그때를 대비해서 용병들과의 유대는 계속 유지할 필요가 있었다. 태수가 있을 때는 아는 척도 않다가 태수가 떠나고 의뢰를 하면 받아주는 사람이 누가 있겠는가.

그렇게 떠나는 상행을 말없이 바라보는 사람이 또 한 명 있었다. 아르티엔 오니토 백작. 백작은 상행을 바라보다가 곧 몸을 돌렸다.

"대략 9달이 걸리는 상행이라고 했던가? 이번엔 크리프 왕국까지 다녀온다고? 그럼 그때쯤에 맞추어서 나도 준비를 끝내면 되겠군. 제기랄이 돌아오면 곧바로 시작할 수 있게 말이야."

그렇게 돌아서는 그의 얼굴에 알 수 없는 회심의 미소가 걸려 있었다.

Chapter 6
영지전이다!

키스상단의 상행은 아주 순조로웠다. 이해할 수 없는 일이었지만 단 한 번도 몬스터의 습격을 당하지 않았다. 그렇게 상행을 마치고 지금은 베르미어로 돌아가는 중이다.

어쨌든 용병들은 편하면서도 기분이 별로였다. 몬스터들이 습격을 해야 그것들을 잡아 부수입을 올리는 법인데, 이번 상행에선 그것이 전혀 없었던 것이다.

그래서 그들은 이 모든 게 저주에 걸린 태수 때문이라고 여겼다. 그들은 자기들끼리 얘기를 할 때마다 저주용병 제기랄을 씹었다. 그것으로 분풀이를 하곤 했다.

직접 뭐라고 하기엔 태수의 실력과 저주가 만만치 않았기에, 있는 곳에선 감히 아무 말도 못했다. 말을 못 알아듣는다는 것을 알면서도 말이다.

그런데 그 용병들 중에도 특이한 놈이 하나 있었다. 에이슈라라는 놈인데 A급 용병이었다. 태수와 이 에이슈라는 이번 상행에서 상당히 가까워졌다. 물론 서로 말은 통하지 않는다. 단지 에이슈라가 일방적으로 쫓아다니는 것이다.

"제기랄. 이봐, 제기랄."

식사를 하거나 쉬기 위해 상행을 멈추게 되면 에이슈라는 무작정 태수를 부르며 찾아온다.

에이슈라에게는 욕심이 있다. 자신이 지금 속해 있는 달랑 4명뿐인 용병단을 아주 커다란 용병단으로 만들겠다는 것이다. 그런 에이슈라에게 태수는 마음에 드는 포섭 대상이다.

태수가 자신의 용병단에 가입만 하면 광고 효과와 더불어 용병단의 등급이 올라가는 것이다. S급 용병이 소속되어 있다는 것은 그만큼 매력이 있다.

그래서 지극정성으로 태수와 가까워지려고 한다. 레오파드가 그 기세에 밀려 물러날 정도였다. 에이슈라는 자신의 목숨을 걸고 다가온다. 밀리지 않을 수 없었다.

태수로서도 나쁘지 않았다. 또 한 명의 친구가 생긴 느낌이다. 에이슈라가 그렇게 나서니 그가 속한 용병단의 다른 세 명의 용병들과도 안면을 텄다. 그저 알고 지내는 정도가 된 것이지만 베르미어에서 몇 달을 보내는 동안 용병들과는 단

 저주용병
귀환기

한 명도 가까워지지 않았음을 생각하면 극히 고무적인 일이었다.

"도대체 왜 이렇게 된 거지?"

요즘 태수에겐 고민이 한 가지 있다. 6시간의 자유. 그것이 어쩐지 줄어든 것 같아서다. 도시에 있을 때는 그런 것을 느끼지 못했다. 항상 아껴 썼었기에 모자란 적이 없었던 것이다.

그런데 이번 상행 때 알게 되었다. 저놈의 에이슈라라는 놈이 무조건 들이대는 바람에 너무 자주 중력을 해제하다 보니 잠을 자기 전에 해제가 되지 않는 상황을 경험했던 것이다.

그런데 생각보다 짧았다. 여섯 시간이 되려면 조금 여유가 있는 줄 알았는데 그게 아니었다. 그래서 에이슈라가 죽을 뻔했었다. 정말 무작정 다가오다니, 아슬아슬한 놈이다.

"이것도 혹시 망구의 장난?"

그렇게 인정하기엔 너무 아픔이 크다. 자유 시간이 줄어든다는 것은 마음에 한없는 부담을 준다.

"혹시 시간이 지날수록 점점 그 시간이 줄어들면 어쩌지?"

태수의 고민은 그것이었다. 만약 정말 그렇게 되면 나중엔 어디 무인도에 처박혀 살아야 할지도 모른다. 아니면 굶어 죽거나.

"언제부터 이렇게 됐을까?"

의심스러운 것은 물론 중력이 갑자기 강해진 그날이었다.

중력이 강해지면서 자유 시간은 줄어들고, 어쩌면 중력이 미치는 공간도 줄었을지 모른다. 그것은 아직 실험을 해보지 않았다.

"빌어먹을 망구, 확 뒈져……. 아니, 아니지. 망구 죽으면 큰일나지. 그건 절대 안 돼. 에이씨, 할 만한 욕도 없네."

그래도 이젠 지금의 중력에도 완전히 익숙해졌다. 몸이 더 단단해졌다는 얘기다. 그리고 더 강해지고, 더 빨라졌다. 더 강해진 중력은 그 효과가 대단했다.

태수는 잠자리에 들어 멍하니 밤하늘의 달을 쳐다보았다. 쟁반 같이 둥근 달이 떴다.

"가만 있어 보자. 어느덧 망구에게 쫓겨난 지 1년이 넘었구면."

1년. 그랬다. 1년이 지났다. 그동안 벌어들인 돈은 금화 2700개. 이번 상행이 끝나면 키스상단에서 주는 돈을 합쳐도 2800개 정도다.

그렇다면 오리하르콘으로는 겨우 금화 28개 분량 정도, 평생 이런 상행을 따라 다니다간 집에 가기 불가능한 숫자다. 그나마 이정도 번 것도 철거 특수 때문이었으니까.

"상단을 따라다니는 일은 그만두자."

태수는 이번 상행으로 자신이 받을 돈이 겨우 금화 100개 정도라는 것을 알고 이렇게 마음먹었다. 몬스터를 잡아 부산물을 챙긴다면 그보다 훨씬 많이 벌 수 있었을 테지만 태수는

 저주용병
귀환기

그런 것도 모른다.

"네오파스에겐 미안하지만 어쩔 수 없지. 그나저나 저놈의 달은 왜 여자 엉덩이마냥 저렇게 큰 거냐? 젠장!"

이제 그의 나이 22살이 되었다. 이성이 한창 그리울 때인 것이다. 그동안은 세상에 적응하느라 잊고 있었지만 나이가 나이인 만큼 혼자인 것이 쓸쓸하다.

"끄어억! 커억! 으으으!"

밤이 거의 지나간 새벽 무렵이다. 마지막으로 불침번을 보던 용병 둘이 벌떡 일어났다. 느닷없는 기괴한 신음 소리. 등 뒤로 식은땀이 주르륵 흘렀다.

"뭐냐? 뭐가 오는 거야?"

용병들은 무기를 꺼내 들고 소리가 나는 곳으로 다가갔다. 아직 뭔지 모르는 상태에서 자는 사람들을 깨울 필요는 없었다. 하지만 이미 신음 소리를 들은 용병들은 모두 잠에서 깬 상태였다.

용병들은 신음 소리가 들리는 곳으로 다가가다가 흠칫 놀랐다. 그 방향은 바로 태수가 잠을 자는 곳이었기 때문이다. 상행을 하는 동안 중력에 걸려 죽는 산적들의 모습을 몇 번 본적이 있기 때문에, 더 이상 다가가기가 두려웠다.

"커어억! 끄으으윽!"

비명 소리의 주인은 바로 태수였다. 일찍 잠에서 깨어나 자신이 잔 자리를 정리하려던 태수는 1년 전 새벽에 받았던 그 고통을 또다시 느끼고 있었다. 한층 더 강해진 중력, 한층 더 강해진 압박이었다.

그때처럼 해제를 하고 일어나 적응을 할 수도 있었지만, 태수는 더 강해진 자신의 육체를 믿었다. 그래서 굳이 악과 깡으로 일어나 견뎌보려 했다. 그러나 무리였다. 그러다 보니 저도 모르게 이상한 신음 소리와 이를 악물고 견디는 소리가 크게 들렸던 것이다.

"제기랄, 왜 그래?"

빌어먹을 놈의 에이슈라도 잠에서 깨어 그런 태수를 보았다. 그러고는 놀라서 또 무작정 다가왔다. 이놈은 태수가 알아서 중력을 해제한다는 것을 악용하고 있다.

"그래비티 해제."

결국 태수는 에이슈라 때문에 중력을 해제하고 일어날 수밖에 없었다. 가까워진 것은 좋은데 도움은 별로 되지 않는 놈이다.

"하악, 하악! 역시 망구의 짓이었어. 그 망구의 짓이야. 처음엔 한 달, 그다음엔 1년. 이렇게 한 번씩 중력이 뛰게 만들어놓은 거야. 이번에 확신했어. 분명해. 헉헉!"

태수는 기가 막힌다.

"다음엔 언제일까? 앞으로 또 1년 후에? 아니면 2년 후에? 아, 젠장! 또 적응 훈련을 해야 되잖아. 하아!"

 저주용병
귀환기

아주 짧은 시간이었는데 땀이 비 오듯 흘러내렸다. 땀에 흙이 달라붙어 또다시 거지꼴이 되었다. 가끔 한 번씩 이런 꼴이 되어야 한다는 것을 이제 확실히 알았다.

에이슈라가 뭐라 떠들고 있는 것이 보인다.

"이놈은 또 왜 이래?"

그러고 있는데 용병 한 명이 마실 물을 떠왔다.

"아, 고마워."

일단 물을 마시고 나니 가쁜 숨은 조금 안정이 되었다.

태수는 벌떡 일어나 근처의 개울로 갔다. 물에 들어가 완전히 잠수를 했다. 시원하고 씁쓸하다.

"아 참, 또 자유 시간이 줄었을지 모르잖아?"

태수는 실험을 하기로 했다. 물론 지금은 아니었다. 오늘은 걷는 훈련을 하고 내일 자고 일어나서부터 시간을 재볼 것이다.

"정말이었어. 내 자유는 점점 줄어들고 있어."

다음날, 태수가 실험을 마치고 한 말이다. 물론 알아듣는 사람은 아무도 없다. 어쨌거나 자유 시간은 5시간도 되지 않는다.

중력이 미치는 거리도 에이슈라에게 돌을 던지게 하여 측정했다. 처음엔 1미터 정도였던 중력이 미치는 거리도 이젠 70센티 정도로 줄어 있었다. 이젠 사람들과 조금 더 가까워질 수 있게 되었다. 하지만 언젠간 중력 갑옷이 사라질 것임을 알게 되었다.

"이 상태로 가다간 중력만 강해지고, 범위도 없고, 자유 시간도 없는 상태가 되겠군. 그렇게 되면 원래 이 세계에 사는 사람들과 별다를 게 없잖아. 오히려 나만 강해진 중력의 영향을 받게 되니까 더 약해지는 건가?"

지금은 사실 태수가 너무 강한 상태다. 마법적인 힘을 만나지 않으면 무적이나 마찬가지다. 하지만 노파의 심술은 그 꼴을 그냥 두고 볼 정도로 약하지 않았다.

"그전에 돌아가야 해. 그전에 집으로 돌아가야 해. 난 남에게 무시당하곤 못 살아."

태수가 더욱 돈벌이에 집중하게 되는 계기가 된 하루였다.

*　　　*　　　*

급기야 상행은 다시 베르미어로 돌아왔다. 무려 9개월의 대장정이 끝난 것이다. 키스상단에서 지급해 준 돈을 받고 용병들은 투덜거리며 돌아갔다. 저주받은 태수를 또다시 저주하면서. 한마디로 돈벌이가 시원찮다는 말이었다.

태수는 먼저 은행으로 갔다. 지급받은 돈에서 금화 10개 정도를 빼고 나머지를 용병패와 같이 창구에 내밀었다. 창구 직원은 미스릴 도금 용병패를 보고는 흠칫 놀라더니 알아서

모든 절차를 밟았다. 그러고는 용병패와 서류 하나를 내밀었
다.

2789골드. 그가 지금까지 예금한 총액이다. 결국 2800개도
되지 않았다. 태수는 서류에 그런 것이 쓰여 있는지도 모른
다.

써드 숲으로 곧장 갔다. 그동안 어찌 변했는지 궁금했다.
다행히 그가 은행에 다니는 것을 도둑들이 봤는지 손을 댄 흔
적은 별로 없었다. 훔쳐 갈 것도 없었으니, 왔어도 빈손으로
돌아갔을 것이다.

잠자리에 누웠다. 아직은 변한 중력 때문에 빨리 지친다.
태수의 걸음에 맞추다 보니 상행도 느릿느릿 움직였었다. 그
러지 않아도 되는데 바보들이 태수가 못 따라갈 줄 알고 그랬
었다. 대표적으로 레오파드가.

태수가 중력을 해제하면 아무리 멀리 떨어져 있어도 금방
따라붙을 수 있다는 것을 생각하지 못한 것이다. 멍청한 것
들.

"제기랄."

누군가 찾아왔다. 이렇게 자신을 부르며 찾아올 사람은 레
오파드와 에이슈라뿐이다.

그런데 숲 밖으로 나가니 다른 사람이다.

"아! 좋은 늙은이 똘마니."

기억이 났다. 오니토 백작의 집사였다.

"키스상단이 돌아왔습니다."

오니토 백작이 이제나 저제나 기다리던 소식이 전해졌다. 백작은 당장 집사에게 반지를 건네주고는 심부름을 보냈다. 반지의 성능이 태수에게도 효과가 이는지 확인을 하는 것이 먼저였다. 말이 통하지 않으면 백작 자신이 가봤자 별 소용이 없으니까.

그렇게 되어서 집사가 숲으로 태수를 찾아온 것이다. 그는 반지 하나를 들고 부들부들 떨며 태수에게 다가왔다.

"안녕하십니까?"

"어라?"

태수가 진짜 놀랐다. 노파의 수작으로 지금껏 그 누구와도 대화를 나눌 수는 없었다. 그런데 마치 노파와 말을 나눌 때처럼 그렇게 상대의 말이 해석이 된다. 이런 놀라운 일이.

"말이 통하네?"

태수가 하는 말을 집사도 알아들었다. 역시 마탑에 다녀온 효과가 있었다.

"이 반지를 손가락에 끼워보십시오."

집사는 이렇게 말하며 반지를 태수의 손에 쥐어주었다. 태수는 알아들었기에 반지를 맞는 손가락에 꼈다.

"이제 사람들과 대화를 하시는데 아무 문제가 없을 겁니다."

집사는 이렇게 말했지만 태수의 뇌에는 또다시 저 먼 달나라 말로 들린다.

"안 들려. 아니, 못 알아듣겠어."

태수가 그렇게 얘기를 했다. 이번엔 집사가 고개를 갸웃한다. 그도 태수의 말을 알아들 수 없었던 것이다.

"이 마법사 놈이 엉터리를 준건가? 아니, 그럴 리 없는데?"

태수는 다시 반지를 빼서 집사에게 넘겼다.

"뭐야? 마법반지라도 되는 줄 알았더니."

"그리폰 나이트의 반지는 마법반지 맞는데요?"

"엉?"

"에엥?"

둘은 서로 얼굴을 쳐다보았다. 동시에 뭔가를 깨달았다. 대화를 위해서는 태수가 아닌 상대방이 반지를 껴야 한다는 것을. 그나마 집사에겐 다행이었다. 진짜 고물이었으면 오니토 백작이 그를 살려두지 않았을 테니까. 돈이 한두 푼짜리가 아니다.

"아르티엔 오니토 백작님께서 제기랄 씨를 만나고 싶다고 하셨습니다. 이 반지는 백작님께서 선물하려던 것인데 제기랄님께는 소용이 없군요. 걸리신 저주가 아주 강력한 것인가 봅니다."

"저주? 무슨 저주? 아니지, 가만 생각해 보니 망구의 저주가 맞는 것 같네. 중력은 강해지고 자유는 줄어들고 있으니 말이야. 아 참, 그 늙… 아니 백작님께서는 무슨 일로?"

"의뢰하실 것이 있다고 하십니다. 아마 조건을 들으시면 실망은 하시지 않을 겁니다."

"오오! 의뢰. 당연히 땡큐지. 그런데 급한 일이 아니면 내일가면 안될까요? 지금 방금 돌아와서 피곤하거든요."

중력이 강해진 다음 이렇게 쉽게 피로를 느낀다. 아직 완전히 극복하지 못했기 때문이다.

"아닙니다. 피곤하시면 쉬셔야지요. 그럼 저는 가서 보고 드리고 내일 다시 찾아오겠습니다."

집사는 좋은 결과를 얻었다고 판단하고는 얼른 대답하고 돌아갔다.

"쩝. 그 반지 그거 되게 아쉽네. 그런데 왜 내 손에선 먹통이 되는 거야? 내가 원래 기계치도 아니었는데 말이야."

태수는 돌아가는 집사를 오랫동안 바라보았다. 물론 그가 보는 것은 집사가 아니라 반지였을 뿐이다.

"그리폰 나이트의 반지라고 그랬지? 어쨌든 없는 것보다는 있는 게 좋잖아. 하나 구하던가 아니면 저걸 달라고 해봐야겠군. 대화만 통하면 이 세상 돈은 다 내꺼지 뭐."

태수는 자신이 있었다. 이곳 사람들 보다 자신의 머리가 더 깨어 있다고 자신한다.

장사하는 것도 그랬다. 9개월이나 걸리는 상행이라니, 생각지도 못했었다. 물론 그런 기간을 소비한 상행에서 돈을 얼마나 많이 버는지는 보았다. 그 많은 용병들과 자신의 비용까지 감당하고도 키스상단은 몇 배의 이익을 남겼을 것이다.

"마법 물품을 손에 넣어야겠다."

그가 이곳에선 본 것들 중 가장 욕심이 나는 것은 노파가 가지고 있던 그 주머니였다. 뭐든지 그 주머니에서 나왔었다. 말로만 듣던 화수분이 다른 것이 아니었다.

그리고 이제 또 하나가 생겼다. 말이 통하게 해주는 그리폰 나이트의 반지. 아마도 그것 말고도 많은 마법 물품이 있을 터였다.

"우선 오리하르콘을 구하는 것이 먼저지만 기회가 생기면 무조건 챙기는 거다."

태수에게 또 하나의 목표가 생겼다. 그로 인해 자신이 나중에 엄청난 고민을 하게 되는 것을 본인은 아직 모르고 있었다.

*   *   *

다음날.

태수는 일어나 숲에 땅을 깊이 파서 만든 우물에서 세수를 하고 집사를 기다렸다. 백작이 어디에 사는지 알면 혼자서도 찾아가겠지만, 그는 아는 것이 없었다.

그런데 이놈의 집사는 레오파드와는 달랐다.

레오파드는 항상 아침 일찍 자신을 데리러 오곤 했는데, 이놈의 집사는 아침도 먹지 않고 기다리는데도 오지 않는다. 결국 태수는 도시로 들어가 제 돈을 내고 음식을 사먹어야 했다.

집사가 온 것은 점심때도 훨씬 지나 저녁때가 다 되어서였다. 마차를 끌고 왔는데 5시간으로 줄어버린 자유 시간 때문에 그냥 걷기로 했다.

그렇게 한참을 걸어서야 좋은 늙은이, 즉 오니토 백작과 다시 만날 수 있었다.

"어서 오게."

"안녕하셨습니까?"

태수도 자신에게 잘 대해주는 사람에겐 예의를 차릴 줄 안다.

태수는 백작의 손가락에 끼워져 있는 반지를 보았다. 어제의 그 아까운 반지였다.

태수가 반지를 보는 것을 알고 백작이 미안해했다.

"미안하네. 자네에게 선물을 하려고 했는데, 왜 그런 이상이 생겼는지 말이야."

"아마 제게 마나가 없어서 일겁니다."

"마나가 없다니?"

"제게 저주를 건 망…… 아니, 마녀가 제 몸에서 마나를 다

 저주용병
귀환기

사라지게 만들었습니다. 저주도 아주 복잡한 저주를 걸었지
요."

태수는 지난밤 왜 반지가 작동을 하지 않았는지 이유를 고
민했었다. 그러다가 생각났다. 이곳 사람들과 자신의 다른 점
하나가.

그것은 바로 육체에 깃든 마나의 유무였다. 그래서 중력 목
걸이도 노파가 마나를 불어넣어 작동시키지 않았던가.

그러니 다 이해가 갔다. 마법 물품을 모아도 자신은 이용할
수 없다는 것도 알았다.

"하지만 그렇지 않은 것도 있을 거야. 틀림없이."

뭐든 예외가 있고, 더 고급스러운 것이 있는 법이다. 더 고
급으로 만들어진 마법 물품을 구하면 된다. 그렇게 결론지었
었다.

"그런데 무슨 일로? 아 참, 제가 지금 이렇게 자유로울 수
있는 시간이 한 4시간 정도 남았습니다."

"일단 식사부터 하도록 하지."

백작은 태수의 먹성을 생각해서 요리사로 하여금 아주 푸
짐하게 음식을 만들도록 해두었다. 그 진가가 발휘되었다. 기
가 질릴 정도의 요리가 들어왔다. 요리사가 음식을 만들면서
도 이것들이 결국은 거의 대부분 버려질 것이라고 생각할 만
큼 많았다.

그러나 요리사도 미처 몰랐던 결과가 나왔다. 단 한 점의

요리도 쓰레기가 되지 않았다는 것이다.

"참 맛있군요."

다 먹고 태수가 뱉어낸 말이다. 지난번 고급 식당에서 먹었던 것만큼 맛있었다.

"차는 밖에서 할까?"

백작은 태수의 자유 시간을 감안해 주었다. 계속 실내에 있으면 마음껏 얘기를 하기도 힘들 수 있었다.

밖에서는 중력을 활성화시킨 채로 대화가 가능했다.

"제게 의뢰를 하신다고요?"

"그러네. 그런데 지금부터 듣는 얘기는 무조건 비밀이어야 하네."

"알겠습니다."

태수는 이렇게 대화를 할 수 있다는 자체가 즐거웠다. 이얼마나 오랜만인가.

"난 지금 영지전을 준비 중이네. 아니, 이미 준비는 다 끝났네."

태수는 영지전이란 말에 깜짝 놀랐다. 노파가 얘기하던 귀족이 되기 위한 하나의 방법이 아니던가. 그래서 흥미를 갖고 얘기를 듣기 시작했다.

"그것 참 흥미로운 얘기로군요. 그래서요?"

태수가 흥미를 보이니 백작도 기분이 좋아졌다.

"내게는 저 멀리 시골이지만 영지가 하나 있다네. 그런데 그 옆의 영지에 아메니아 키노라는 아주 못된 녀석이 하나 살고 있지. 그 녀석이 오래전부터 내 영지를 욕심내고 있다네."

"이제 준비를 끝내셨다니 싸우기만 하면 되겠군요."

"그런데 그게 그렇지가 않네. 내가 왜 내 영지가 아닌 이곳에 와 있는 줄 아는가? 국왕께 영지전을 미뤄달라고 청원을 넣으러 왔다가 돌아가는 길에 그냥 눌러 앉은 것이네."

"영지전을 미뤄요? 왜요?"

"지금 싸우면 이길 수가 없거든."

"영지전은 명분 싸움이라던데, 백작님께서 명분이 약한가요?"

"그렇지. 자네도 귀족 출신이라고 하더니 뭘 좀 아는군."

'내가 귀족? 왜 그렇게 알려졌지?

용병 등록을 할 때 지라르라는 성을 붙였기 때문인 것을 태수는 몰랐다. 별로 손해도 아니었으니 그냥 넘어가기로 했다.

"사실 명분도 내가 조금 약한 편이지. 말로는 키노 녀석을 당할 수가 없어서 말이야. 하지만 명분이야 별 상관 없네. 어차피 이기는 쪽이 다 가지게 되어 있으니까. 문제는 내가 키노 녀석을 이길 수 없다는 것이네. 병사도 적고, 기사의 수도 적고, 결정적으로 녀석에겐 네오지온이라는 마스터 급 기사가 한 명 있다는 것이지."

애기를 들어보니 유리한 것은 하나도 없었다. 말빨도 딸리고, 양도 적고, 질도 밀린다는 애기였다.

“그래서요?”

“그래서 말인데 이번 영지전에 참가해 줄 수 있나? 내 해달라는 것은 뭐든 다해주겠네.”

‘뭐든지 다해준다고? 그래도 오리하르콘을 그만큼 달라 그러면 펄쩍 뛰겠지? 이참에 그거나 알아보자.’

“백작님, 혹시 오리하르콘이 얼마만한 가치가 있는지 아십니까?”

“글쎄, 금의 한 100배? 아니 요즘은 한 120배 정도 되려나? 이상하게 지난 20년 전부터 오리하르콘을 구경하기가 힘들어졌어.”

‘뜬금없는 웬 오리하르콘?’ 하면서도 백작은 아는 대로 알려주었다.

“커헉! 120배.”

백작은 더 놀라게 만든다. 20배를 더 벌어야 하는 것이다. 이 모든 게 노파가 오리하르콘을 사들였기 때문인 것을 그들은 몰랐다.

한 푼이라도 더 벌어야 하는데 이것저것 따질 일이 뭐 있겠는가. 무작정 하고 봐야지.

“하겠습니다. 그런데 조건은?”

“원하는 것을 말해보게. 들어줄 수 있는 것이면 들어주겠네.”

“보통 영지전에 용병의 가치는 어떻게 되죠?”

"지면 선금 받은 것으로 끝이지. 때론 죽기도 하고. 이기면 그가 세운 공에 따라 달라지네. 하지만 이번 영지전은 다르네. 난 자네가 원하는 대로 다 줄 것이네. 마스터 급의 기사를 꺾어야 하는데, 무엇을 못 들어주겠는가."

"그럼 제가 그 옆 영지를 달라고 해도 주시겠습니까?"

"영지를? 뭐, 정 원한다면 그것도 좋지."

의외로 오니토 백작은 담대했다. 그리고 시원시원했다.

"제 조건은 세 가지입니다."

결국 태수는 세 가지의 조건을 걸었다. 그렇다고 영지를 달라는 것은 아니었다.

"뭔가?"

"우선 제게 작위를 주십시오."

"작위? 자네, 내 기사가 되겠다는 말인가?"

"기사요? 아니 그것 말고 남작 작위 말입니다. 아무래도 작위가 있어야 대접을 받을 것 같아서요."

"아, 그런데 대접이라면 S급 용병이라는 것도 만만치 않은데 말이야."

"그게 그렇게 좋은 거였나요? 전 건물이나 철거하고 그래서 별로였는데요?"

"하하! 아무래도 레오파드 경이 너무 엉뚱한 일을 벌였던 것 같군. 어쨌든 남작 작위라면 내가 줄 수도 있네. 대신 나와는 적대하지 않는다는 맹세를 해야 하네."

"그러죠. 뭐 어렵겠습니까?"

전혀 어려울 것 없었다. 도움이 되는 사람인데 왜 적대하겠는가. 그래도 사람 일은 모르는 것이니 혹시 적대할 일이 생기면, 몰래 죽여 버리면 된다. 그게 뭐 어려운 일이 있겠는가.

"그럼 두 번째 조건은?"

"두 번째는 영지전에서 이기면 상대 귀족 그러니까 키노라고 하셨나요? 그의 남은 전 재산을 제게 주십시오. 아, 이건 영지와 영지민을 뺀 나머지를 말하는 겁니다. 그러니까 돈과 창고의 보물 이런 것들 말이죠."

노파가 말하길 오리하르콘으로 만든 물건들이 귀족들의 창고에서 썩고 있다고 했었다. 혹시 그 키노라는 자도 모르는 일이었다. 그래서 창고를 달라고 하는 것이다.

오니토 백작은 깜짝 놀랐다가 다시 안정을 되찾았다. 전 재산이라고 해서 영지까지 달라는 줄 알았던 것이다. 그런데 돈과 창고의 물건 정도라면 줘도 상관없었다. 어차피 승산이 조금도 없던 영지전이 아니었던가.

"좋아."

잠시 생각하고는 망설이지 않았다. 제로가 될 위기에서 벗어나는 것도 이익이라면 이익이었다.

"그럼 마지막 조건은 뭔가?"

"죄송합니다만 그 반지 저를 주시면 안 되겠습니까?"

"이 반지 말인가? 사용도 못하면서 왜?"

"저는 사용 못해도 제가 말하는 상대에게 잠깐씩 넘길 수는 있지 않습니까. 또 이번 영지전에 데려가고 싶은 녀석들이 있는데 말이 통하지 않아서 말이죠."

"데려갈 용병들이 있다고? 안 그래도 이제 용병들을 모을 생각인데 그럴 필요 있나?"

"저를 잘 따르는 놈이라서요. 안 되겠습니까?"

"안 될 거야 없지. 어차피 자네에게 주려던 것이니까. 난 따로 구해도 되고."

백작은 사실 아쉬웠다. 자신만이 태수와 말이 통한다는 특권을 누리고 있었는데, 그것을 빼앗아가겠다는 것이 아닌가.

'그래도 이럴 때일수록 통이 크게 보여야지.'

사람이 사람을 따르게 만드는 일은 사실 별거 아니다. '난 네가 따를 가치가 있다' 하는 모습을 보이면 되는 것이다. 그런 것에 억지는 통하지 않는다.

"이건 어차피 자네에게 주기로 했던 것이니 조건에 넣지 않아도 되네. 다른 조건을 얘기해 보게."

'오, 역시 좋은 늙은이야. 진짜 마음에 들어.'

태수는 반지를 그냥 준다니 입이 찢어진다.

"그, 그럼 조건을 두 개로 하지요. 뭐 딱히 생각나는 것도 없고. 그거면 충분합니다."

태수도 양보를 했다.

"그럴 수는 없지. 지금 생각나는 것이 없다면 나중에 생각나면 말하게. 내가 빚진 것으로 하지. 알겠나?"

백작도 호락호락 물러나지 않았다. 이왕 쓰는 김에 확실히 쓸 작정인 것이다.

"감사합니다."

태수는 두 번 이상 거절하지 않는다. 한 번은 예의 상이라고 치지만, 좋은 건 받아야지 왜 거절한단 말인가.

백작과 출발 일자와 시간을 정한 태수는 베르미어로 돌아왔다.

그가 가장 먼저 간 곳은 바로 대장간이다.

태수는 대장간 주인에게 먼저 반지를 내밀었다. 이래야 말이 통하니까.

"뭐죠?"

"이 반지를 끼울 수 있는 줄을 만들어주세요."

"예? 아니 액세서리는 금방으로 가셔야지요?"

"쇠줄로 만들어 달라는 겁니다. 아주 강한 쇠사슬로. 잡아당겨도 끊어지지 않게 말입니다."

허투루 가지고 다니다가 잃어버리기라도 하면 큰일이다. 이렇게 되고 보니 노파가 목걸이를 몸속에다 박아 넣은 것도 이해가 간다. 다 자기 일처럼 닥쳐야 깨닫는 법이다.

"쇠사슬이요? 목에 걸기는 좀 무거울 텐데……. 그럼 길이는 어떻게?"

"4미터요."

 저주용병
귀환기

"4미터 나요? 그걸 목에 걸고 다니려고요?"

"그건 묻지 마시고, 갑옷 만드는 사슬로 만들어주세요. 그 왜 좀 작은 사슬 있지요?"

"알겠습니다. 모래 저녁에 오십시오. 지금 일이 밀려서……."

태수는 주머니에서 금화 한 개를 꺼내 주인 앞에 내밀었다.

"내일 아침까지."

"조, 좋습니다."

대장간 주인은 회심의 미소를 지었다. 이렇게 빠르고 화끈한 반응이 올 줄 그도 몰랐기 때문이다. 조금 급해 보이는 사람들에게 이렇게 시일을 길게 잡으면 웃돈을 얹어주곤 한다. 그걸 노린 것이었다.

태수는 쇠사슬 한쪽 끝에 반지를 끼우고, 한쪽 끝에는 팔찌를 구해 착용할 생각이었다. 사슬은 튼튼한 육체를 믿고 왼팔에 감고 다니면 된다. 그러다가 필요하면 둘둘 감긴 사슬을 풀러 반지를 내밀고, 필요 없으면 다시 감으면 된다.

다 중력 범위를 계산한 고육지책이었다.

대장간 주인에게 자세히 설명을 하고 태수는 숲으로 돌아왔다. 레오파드와 에이슈라에게 자랑하고 싶었지만 그것은 내일로 미루었다.

날이 밝았다. 도시에 아침 일찍 들어가니 용병들이 난리가

났다. 오니토 백작이 좋은 조건으로 용병 모집을 시작한 것이
다.

문제는 죽을 확률이 아주 높은 영지전이라는 것. 그러나 많
은 보수의 압박이 용병들에게 거절치 못하게 만들고 있었다.

태수는 먼저 대장간으로 갔다. 그런대로 마음에 드는 쇠사
슬이 만들어져 있었다. 태수는 지난밤에 구입한 팔찌를 끼우
고 반지도 끝에 끼웠다. 그리고 쇠사슬의 끝을 꽉 조였다.

연후에 키스상단으로 갔다. 그런데 레오파드를 만나기가
쉽지 않을 것 같았다. 아직도 상행을 다녀온 결산을 끝내지
못한 모양이다.

"계산기가 있으면 쉽잖아."

개념없이 너무 무리한 요구를 하고 있다.

"에이슈라부터 만나볼까?"

어서 자랑을 하고 싶은데 환경이 도와주지 않는다.

태수는 나가서 용병 조합으로 향했다. 그래도 무려 S급 용
병의 등장이었다. 다른 허접한 용병들은 길을 쫙 비켜주었다.

물론 죽기 싫어서다. 이미 상행 때 저주가 사실이라는 것을
확인한 용병들로 인해 기피인물 제1호로 지정되어 있었다.

"호오! 이거 귀하신 몸이 오셨군. 그런데 벌써 일을 찾아보
려고 왔나? 좀 더 쉬지 그래?"

카세스가 태수를 보고 말을 건넸다. 자기도 어차피 답을 들
을 생각도 하지 않는 무의미한 질문이었기에 약간 비꼬는 투

 저주용병
귀환기

가 되었다. 테스트 때 A급 용병들의 치료비와 수고비로 들어
간 돈이 아까운 마음도 조금 섞여 있었다.

촤르르륵.

문득 태수의 왼팔에서 금속성이 나며 쇠사슬이 그 모습을
드러냈다.

"나, 나 욕한 거 아니야. 정말이야. 욕한 거 아니라니까?"

카세스의 얼굴이 새파랗게 질렸다. 비꼬는 건 어떻게 알고
설마 자기를 죽이려 든다고 생각했다.

태수는 쇠사슬 끝의 반지를 잡고 카세스에게 내밀었다. 투
박한 손, 작은 반지, 떨리는 쇠사슬, 쇠사슬이 부딪히는 소리.
공포에 질린 카세스의 눈에 반지가 보일 리 없었다.

"으악! 살려줘. 내가 잘못했어. 내가 다시는 그렇게 말하지
않을게. 내가 또 그러면 내가 개야 개. 그러니까, 허엉! 한번
만 살려줘. 허엉!"

카세스는 드디어 죽이려는 줄 알고 태수의 다리를 잡고 애
원했다. 울고불고 난리가 아니다. 주변에 도움을 주려는 용병
들은 하나도 없었다. 별로 인심을 잃지 않은 카세스이건만 역
시 저주 용병을 상대한다는 것은 꺼림칙했을 것이다.

태수는 그런 카세스의 손을 잡고 손바닥을 편 다음 그 위에
반지를 올려놓고, 손을 오므리게 했다. 그리고 말했다.

"다시 한 번만 말씀해 주실래요?"

"그러니깐 제가…… 에에엑!"

카세스가 대답을 하려다가 뭔가에 크게 놀란 듯 엉덩방아를 찧었다.

"마, 마, 마, 말을 하네요?"

"그 반지 덕분에요. 오니토 백작님께서 구해주신 겁니다."

그제야 카세스는 손바닥에 쥐어져 있는 반지를 보았다. 별로 귀한 반지처럼 생긴 것은 아니었다.

"그럼 단지 이걸 쥐어주려고 그런……. 험, 어허, 어허험!"

카세스는 슬그머니 일어났다. 그렇지만 이미 체면은 회복될 수 없을 정도로 구겨졌다는 것을 그도 알 것이다. 조만간 전 도시가 알게 되겠지. 용병 조합장이 겁쟁이라는 사실이. 카세스는 어딘가로 숨고 싶어졌다.

"여러분, S급 용병이신 제기랄 지라르님께서 오니토 백작님의 의뢰를 받아들이신답니다. 이제 상대편은 다 죽었습니다. 이건 그냥 돈 버는 겁니다. 어서 모이세요. 빨리 빨리 등록하세요."

카세스가 태수와 얘기를 나누고 난 뒤 용병 조합에서는 이런 대대적인 홍보를 펼쳤다. 그동안 망설이던 용병들이 그 얘기를 듣고 오니토 백작의 의뢰를 받아들인다고 사인을 했다.

그들도 보고 싶었을 것이다. 과연 태수의 저주가 전투에서 어떤 힘을 발휘하는지. 돈도 벌고 그런 구경까지 하는 일이니 망설일 이유가 없었다.

 저주용병
귀환기

*   *   *

　오니토 영지는 엘름왕국의 남부에 치우쳐 있는 곳이다. 베
르미어에서 말을 달려 보름을 내려가야 한다. 걸어서는 두 달
가까이 걸린다.

　말이 없는 용병들에게 전원 말이 지급되었다. 말 값도 한두
푼이 아니기에 등급이 낮은 용병들은 말이 없는 경우가 많다.
그런데 그 말 값을 오니토 백작은 다 댄 것이다. 시골의 가난
한 영주치고는 돈이 너무 많은 것 같았다.

　어쨌든 태수만 빼고 다 말을 타고 오니토 영지로 달렸다.
태수는 한참 뒤쳐진 거리를 오후에 바짝 두세 시간 중력을 해
제하고 달리는 것으로 벌충했다. 그래서 결국 백작과 모든 용
병들은 보름 만에 오니토 영지에 도착했다.

　"이러니까 키노 백작이 여기를 빼앗으려고 하는 것이군
요."

　태수가 놀라운 표정이 되었다. 오니토 영지는 가난한 시골
영지가 아니었다. 눈이 닿는 곳마다 잘 정비된 농지가 펼쳐
져 있고, 그곳에선 풍요로운 곡식이 알알이 익어가고 있었다.

　게다가 산 중턱 마다 보이는 시설은 분명 광산 시설이었다.
거기서 어떤 금속이 나오는지 모르겠지만, 무엇이 나오든 돈
이 되는 광산임에는 틀림없었다. 이래서 이웃의 조금 강한 키
노가 욕심을 냈던 것이다.

“이 정도면 저라도 욕심을 냈겠는데요?”

오니토 백작이 베르미어로 피신한 상태에서도 돈을 물 쓰듯 했던 이유도 바로 여기에 와서 확인이 가능했다.

“보기엔 그렇지만 별로 실속은 없네. 광산에서 나오는 것이야 나라에서 다 거두어가는 것이고, 농사는 풍년이 들 때도 있고, 흉년이 들 때도 있는 법이니까.”

그 와중에도 오니토 백작은 엄살을 한다. 어디서 구했는지 오니토 백작은 그리폰 나이트의 반지를 또 하나 구해서 착용하고 있다. 그래서 귀찮게 태수는 쇠사슬을 풀 필요가 없었다. 확실히 돈이란 좋다. 저런 마법 물품을 몇 개씩 살 수도 있으니 말이다.

“와아아!”

오니토 백작의 성에서는 많은 기사와 병사, 그리고 영지민들이 나와 용병들과 귀환한 오니토 백작을 환영했다. 그들의 표정을 보니 강제로 동원된 것 같지는 않다. 한마디로 영지를 잘 다스리는 훌륭한 영주였던 것이다.

‘전혀 뜻밖인걸. 돈을 펑펑 써댔기에 악덕 영주인줄 알았더니.’

태수는 그런 생각을 하며 행렬의 맨 앞에서 환영받으며 성으로 들어갔다. 그 뒤를 용병들이 2미터 이상 떨어진 채 따라 들어갔다.

저녁 만찬이 벌어졌다. 보름 동안 쉬지 않고 달렸기에 용병들도 많이 지쳤지만 먹고 마실 수 있는 만찬에 빠지는 사람들은 없었다. 단지 태수가 좀 피곤할 뿐이다. 그동안 한 단계 더 강해진 중력에 아직도 적응이 다 되지 않았기 때문이다.

그렇게 오니토 성에 입성한 밤은 깊어갔다.

다음날.

"영지전은 언제 시작됩니까?"

"영지전은 우선 국왕께 이런 저런 이유로 영지전을 한다고 보고를 올려야 되네. 그리고 국왕의 허락이 있어야 되지. 우리 영지의 영지전은 이미 키노 백작이 보고를 올렸다네. 그것이 한 3년 전의 일이지."

"그런데 아직 허락이 안 떨어졌습니까?"

"내가 돈을 좀 썼거든. 우리 영지가 준비가 된 다음 허락을 해달라고 국왕에게 왕창 먹였지."

"아!"

어디나 뇌물은 통하지 않는 곳이 없다. 일국의 왕이라도 돈으로 부릴 수 있는 것이 현실이었다.

물론 작은 돈으로는 어림도 없다. 그러니 키노 백작은 3년 동안 무작정 기다리고만 있었을 것이다. 오니토 백작은 키노 백작이 감히 엄두도 낼 수 없는 돈으로 국왕의 환심을 샀을 것이고 말이다.

"베르미어에서 출발하면서 국왕께 전령을 보냈네. 아마 며칠 있으면 영지전을 허락한다는 포고령이 도착하겠지. 불행히도 명분은 현재 우리에게 없다네. 우리 영지의 기사가 키노의 손자를 죽인 것으로 되어 있거든.”

“예?”

“그런 일이 있었네. 우리 기사들이 각 마을 순시 중에 어떤 놈들이 마을 처녀를 건드리는 모습을 보았지. 그래서 혼을 내줬는데 그다음에 키노 백작에게서 항의가 들어왔더군. 자기 손자가 우리 기사에게 맞아 사경을 헤맨다는 얘기였어.”

“진짜 손자였나요?”

“알게 뭔가. 진짜일 수도 있고, 마침 우리 기사에게 맞아 죽어간다니 급하게 아들을 시켜 양아들로 삼았을 수도 있고, 아니면 거짓일 수도 있고.”

“조사는 안 합니까?”

“조사는 무슨. 그렇게 얘기할 정도면 벌써 모든 것을 완벽하게 꾸몄을 텐데. 결국 우리 기사가 키노 백작의 손자를 죽인 죄로 목이 잘려 죽었지. 그리고 보다시피 키노는 기사를 잘못 다스린 죄로 내게 영지전을 선포한 것이고 말이야. 돈으로 기사들을 더 키웠으면…….”

오니토 백작은 씁쓸하게 얘기했다. 옛날 생각이 나면서 진작 힘을 기르지 못한 것을 후회하는 기색이었다.

‘이야, 이곳 귀족들 진짜 무섭네. 허투루 상대하다간 돈을 벌기는커녕 몽땅 털릴 수도 있겠는 걸.’

귀족들의 음모와 암계가 보통 이 정도라면 정신을 똑바로 챙겨야 할 것 같았다. 언제 자신도 누군가의 모함에 의해 궁지에 몰릴지 알 수 없었다.

"이런 얘기 그만하고, 우리 영지 병사들의 훈련 수준이나 보러 가세."

백작은 용병들을 쉬게 하고 태수만 데리고 성의 외부에 있는 병영으로 갔다. 3년 동안 병사들의 수를 늘리고 훈련을 시켰다고 한다.

솔직히 태수는 기대가 되었다. 이곳 병사들의 수준이 어느 정도 인지 직접 확인하는 기회인 것이다.

"제기랄."

그런데 에이슈라가 태수를 부르며 뛰어온다.

'저 빌어먹을 놈은 태수라고 가르쳐 줬는데도 제기랄이라네.'

태수가 인상을 쓰며 돌아보았다.

말이 통하게 됐는데 제대로 된 이름을 가르쳐 주지 않았을 리 없다. 그래서 이름은 태수고 성은 박이라고 자신이 아는 모든 사람에게 가르쳐 주었다.

그런데 제기랄이라는 이름을 너무 오래 사용했었나 보다. 그나마 레오파드만 자기가 이름을 잘못 알았던 것을 사과하며 태쑤라고 부르고, 나머지는 아직도 제기랄이었다. 하긴 태쑤보단 차라리 제기랄이 낫다.

에이슈라 뒤로 세 명이 따라온다. 이 인간들은 여기까지 와서도 뒤를 따라다닐 모양이다.

거프, 자니, 프로피나.

남자 둘에 여자 하나. 이들 셋이 에이슈라와 같이 다니는 용병들이다. 그래도 네 명 모두 A급으로 상당한 실력자들이라고 한다. 싸워보지 않아서 모르겠지만.

촤르르르.

쇠사슬을 풀어주었다. 에이슈라는 뒤에서 그 줄을 잡고 따라올 것이다. 그래야 말이 통하니까.

"제기랄, 어디가?"

"태수라니까."

"알았어. 테스, 어디가?"

'윽, 테스. 어디서 많이 들어본 이름이다. 영화에서 봤었나? 하여튼 여자의 이름인 것은 분명하다. 이 빌어먹을 놈.'

"차라리 제기랄이라고 불러라."

결국 제대로 된 이름 알리기는 실패했음을 선언하고 말았다.

'하긴, 어떻게 부르건 날 부르는 것만 알면 되지 뭐.'

이름에 대해선 이제 도가 통한 것 같다.

"제기랄, 어디가?"

이럴 땐 말도 잘 듣는 에이슈라다.

"백작님께서 병사들 훈련하는 모습을 보자고 하셔서."

 저주용병
귀환기

“우리가 따라가도 되지?”

“맘대로 해.”

3천이나 되는 병사들의 훈련 수준은 솔직히 엉망이었다. 싸우는 것은 그렇다 치고 제식 훈련이 전혀 되어 있지 않은 것이다. 저래서는 전투에 나가서도 자기들끼리 길을 막고, 부딪히고 난리도 아닐 것이다.

제식훈련은 군대의 경우 꼭 필요한 항목이다. 그런 과정을 거쳐 단결력과 절도 있는 군대 규율에 익숙해지는 것이다. 지구에서 현역 군인이었던 태수의 눈엔 한심할 정도였다.

“어떤가?”

백작이 묻는다. 그래도 3년간 돈을 쏟아 부으며 양성한 병사들인데, ‘개판인데요’ 이럴 수는 없었다. 얼마나 실망이 크겠는가.

그래도 한 가지는 지적해 주고 싶었다. 그런데 문득 태수에게 아주 좋은 생각이 났다. 만약 자신의 생각대로만 된다면, 주제도 모르고 태수를 티꺼운 눈으로 바라보는 저 건방진 기사들의 콧대를 납작하게 만들어줄 수 있을 것이다.

사실 백작의 기사들은 백작이 굉장한 귀빈처럼 모시는 태수를 별로 반기지 않았다. 자신들의 실력은 생각지도 않고 시기와 질투를 하는 것이다.

“개개인은 상당히 강한 것 같은데, 집단으로 싸울 때는 어떨까요?"

"개개인이 강하면 집단으로 싸워도 강한 것 아닌가?"

군에 관해서는 잘 모르는 백작이기에 가능한 소리다.

"그건 가르치는 사람들이 잘 가르쳤을 때의 얘기죠. 우선 한 가지 실험을 해볼까요?"

"무슨 실험 말인가?"

"과연 집단 간의 싸움에도 강한지 보는 겁니다. 우선 다 모이라고 해주시죠."

태수가 그렇게 말하자 백작은 훈련을 시키는 기사들을 불러 병사들을 다 모이게 했다.

"병사들을 돌격 대형으로 달려가게 합니다. 그러다가 갑자기 왼쪽으로 가라고 소리쳐 보십시오."

"그것만 하면 되나? 설마 우리 병사들이 그것도 못할 거라고 생각하나?"

당연히 못할 것이다. 대한민국의 신교대에서 처음으로 제식훈련을 가르칠 때, 그 현대적인 교육을 받은 사람들도 좌우 구분을 못하는 사람이 부지기수다. 몸이 제 마음대로 움직이지 않는다. 당황하면 더욱 그렇다.

그런데 여기는 병사들의 대부분이 교육을 받은 적이 없다. 그나마 무기를 휘두르는 것도 병사가 된 이후에 배운 것이다. 그러니 더더욱 몸은 불시에 당하는 사태에 적응하기 어렵다.

"일단 해보시죠."

태수의 말을 듣고 백작은 기사들에게 그대로 해보라고 했
다.

"와아아!"

병사들은 함성을 지르며 앞으로 달려 나갔다.

"왼쪽. 왼쪽으로 가라. 왼쪽으로 달려."

그러다가 불시에 기사들이 왼쪽으로 달리라고 소리쳤다.
그 이후에 병사들은 난리가 났다. 밟혀서 나뒹구는 놈, 서로
껴안고 넘어지는 놈, 어정대는 앞사람 피하다가 뒷사람에게
부딪히는 놈 등등, 병사들의 절반 정도는 무장 해제 상태가
되어버렸다.

"이, 이게 도대체?"

백작이 멍하니 정신이 나갔다. 3년간 키운 병사들이 왼쪽
오른쪽도 구분하지 못하니 어떻겠는가.

만약 이들에게 달려가다가 멈춰 세운 다음, 왼쪽방향을 가
리키며 또 달리라고 했으면 이런 일은 없었을 것이다.

사실 이건 태수의 사기였다. 이런 실험은 대한민국의 군인
들도 똑같이 실험하면 엉망으로 엉키게 마련이다.

달려가다가 불시에 몸을 트는 것은 사람마다 다 반응 시간
이 틀리다. 그런 사람들이 뭉친 상태에서 똑같이 같은 방향으
로 진행되기는 어렵다. 3천 명이나 되니 그 반응이 거세게 보
였을 뿐이다.

"보셨겠지만, 개개인이 강해도 집단으로 뭉쳐 있을 때는

개인의 강함이 별로 소용 없습니다. 개개인 간에 적당한 간격을 유지하고, 좌우 앞뒤 구분할 줄 알고, 전진 후퇴만 제대로 할 줄 알면, 그게 바로 집단의 강함을 좌우하는 겁니다."

이미 눈으로 병사들이 무너지는 모습을 보여줬으니 백작이나 기사들이나 태수의 말을 믿지 않을 수 없다.

"자네가 병사들을 훈련시켜 주면 안되겠나?"

백작이 이렇게 얘기했다.

"저도 그러고 싶지만 말이 통하지 않으니 어쩔 수 없지요."

태수에겐 이런 핑계가 있었다. 병사들이 그리폰 나이트의 반지를 다 가지고 있지 않은 바에야 태수가 가르치고 싶어도 불가능한 일이었다.

"기사들도 그 정도는 다 알겠지요. 보고 느낀 것이 있으면 앞으로는 제대로 가르치지 않을까요?"

태수는 이렇게 얘기하고 말았다.

이제 병사들이 영지전에서 잘 싸워주면 그것은 태수의 조언으로 인해 생긴 결과이고, 병사들이 영지전에서 엉망으로 깨지면 기사들이 잘못 가르쳐서라는 결과가 나올 것이다.

*   *   *

드디어 국왕의 명령이 떨어졌다. 영지전을 허락한다는 내용이었다. 기다리던 순간이 온 것이기도 했다. 백작은 기사들과 태수를 비롯한 A급 용병들을 불러 회의를 했다.

"먼저 산을 넘어야 합니다."

태수가 말했다.

오니토 영지와 키노 영지는 별로 높지 않은 산을 사이에 두고 있다. 그 산을 경계로 영지가 나누어진 것이다.

"왜?"

"이곳에선 싸움이 어떻게 진행되는지 모르겠지만 이 지도만 보면 가장 유리한 지점이 바로 이곳이기 때문입니다."

태수는 현역으로 생활하던 군인이었다. 그것도 중대 행정반에서 근무했다. 매일 보던 것이 작전 지도고, 훈련이라도 있으면 진지 이곳저곳을 돌아다녀야 했다. 당연히 요충지가 어디인지, 어느 지점이 수비와 공격에 유리한지는 대충 때려잡을 수 있다. 틀려도 하는 수 없고.

"하지만 그곳은 산이 아닌가?"

"산에 자리를 잡으면 안 됩니까?"

태수는 너무 앞서 나갔다. 이곳은 기사가 주로 전쟁의 승패를 좌우하는 곳이었다. 기사들이 호쾌하게 평원을 달리며 싸우는 곳이다. 산에서 싸울 것 같으면 기사를 그렇게 중요하게 여길 필요도 없고, 오니토 백작이 용병들에게 말을 사줄 필요도 없었다.

"그럼?"

"산을 넘어가서 싸우면 이곳에서 싸우고, 산을 넘어가지 않으면 이곳에서 싸워야지.”

백작이 가리키는 곳은 모두 정말 평원이었다. 한쪽은 오니토 백작 영지의 평원, 또 한쪽은 키노 백작 영지의 평원인 것이다.

“꼭 평원에서 싸운다면 이곳이 좋겠군요.”

태수는 키노 영지의 평원을 가리켰다. 그곳에서 싸워야 싸움이 끝난 후에 오니토 백작 영지의 피해가 적을 터였다.

“하지만 그곳은 너무 거리가 멀지 않나? 만약 지기라도 하면 성으로 돌아오기가 쉽지 않을 텐데.”

“성으로 돌아와요? 여기서의 싸움으로 끝나는 것이 아닌가요?”

“평원에서 밀려도 성에서 공성을 하며 버티면 되지.”

“아, 공성전. 싸움이 한 번으로 끝나는 것이 아니로군요.”

“지면 모든 것을 빼앗기는 것이 영지전이네. 나라와 나라와의 전쟁에선, 한 번 져도 훗날을 기약할 수 있지만 영지전은 모두 끝장이 나지. 그러니 모든 것을 다 소진할 때까지 물러나지 않는 법이네. 오히려 더 지독한 전쟁이라고 할 수 있지.”

오니토 백작의 말에 공감이 간다. 확실히 영지전은 두 배의 부자와 한 명의 거지가 되는 싸움이었다. 그렇다면 굳이 멀리서 싸울 필요는 없었다.

“그냥 작전은 알아서 세우세요.”

태수는 뒤로 물러났다. 괜히 아는 척하려다가 헛물만 켰
다.

일단 태수와 오니토 백작의 대화가 끝나니 작전 수립은 일
사천리였다. 하긴 지금까지 모든 전쟁이 비슷한 수순으로 싸
웠으니 당연한 결과였다.

'이거 정예 병사 조금만 있으면 나라 하나 세우는 것도 금
방이겠는 걸.'

첫 번째 영지전에서 전쟁을 경험하게 된 태수는 욕심을 조
금 늘렸다. 충분히 가능한 얘기였다. 전쟁터를 평원이 아닌
산과 언덕, 그리고 숲으로 확대시킨다면 기사가 없어도 전쟁
에서 이길 수 있을 것 같았다.

사실 태수는 기사들의 실력이 어느 정도 인지 잘 모른다.
상대인 키노 백작의 부하라는 마스터 급 기사의 실력이 어느
정도인지도 모른다. 그냥 무조건 자신이 더 강하다는 자신감
만 가득할 뿐이다.

지금까지 태수가 싸워 본 사람은 A급 용병과 산적들이 전
부였다. 그래서 얕보고 있는지도 모른다. 아니, 분명히 얕보
고 있었다. 자신은 무적이라고 생각하고 있었다.

"적이 산을 넘었습니다."

그때 병사 한 명이 들어와서 보고를 했다. 확실히 영지전을
더 간절히 바란 쪽의 행동이 빨랐다.

"알았다."

기사들이 먼저 뛰쳐나갔다. 그들의 인솔로 병사들이 준비를 마쳤다. 이제 이대로 마주 달려가다가 적과 마주치면 그곳이 곧 전장이 된다. 이런 골 때리는 전쟁이 어디에 있는가. 태수는 기가 막힐 뿐이다.

두 영지 군이 마주친 곳은 오니토 백작의 영지 한복판이었다. 하필이면 농사가 잘되어 곡식이 잘 익어가던 아주 너른 평원이었다. 키노 백작 군이 먼저 이곳에 자리를 잡고 기다렸다.

두 진영이 마주 보고 있는데 오니토 백작의 표정이 영 좋지 않다.

"큰일이군."

"왜 그러십니까?"

"상대 진영에 마법사가 있네."

"네?"

태수도 깜짝 놀랐다. 마법사라고 하니 노파가 떠올랐다. 마법사들이 전부 그 노파 같다면 아무리 태수라도 이길 자신이 없었다.

"어떻게 마법사를 처치하지? 으음! 키노 이놈, 치사하게 영지전에 마법사까지 부르다니."

사실 불만을 토해봐야 소용없었다. 전부를 건 싸움이라고 자기 입으로 말해놓고 뭘 더 바라는가.

"제기랄, 자네 마법사와 상대할 수 있겠는가?"

“마법사가 어디에 있는데 그러십니까?”

“저기에 이상한 옷을 입은 사람이 보이는가?”

오니토 백작이 가리키는 곳을 보니 노파가 입었던 옷과 비슷한 옷이 보인다.

“저런 옷을 입은 사람은 마법사입니까?”

먼저 그게 궁금했다. 만약 그렇다면 이 보다 더 알아보기 쉬운 표적이 어디에 있겠는가.

“마법사들은 주로 저런 옷을 입네. 저 펑퍼짐한 옷 안에 주머니가 많아서 선호하는 것이지. 마법사들은 가지고 다녀야 하는 것이 많거든.”

태수는 잘 기억해 두었다.

“그런데 혹시 저 마법사도 대마도사입니까?”

태수는 문득 자신을 대마도사라고 표현했던 노파의 말을 기억해 냈다.

“대마도사? 허허! 대마도사라니, 그럴 리가 있나. 이런 영지전에 동원될 정도면 3,4클래스 정도겠지. 물론 그 정도만 되어도 이런 전쟁에선 엄청난 위력을 발휘하지만 말이야.”

“그럼 대마도사는 어느 정도지요?”

“대마도사라. 이십여 년 전에 실종된 미디아라 백작부인 외에는 아직 없었지, 아마. 위대한 8클래스의 마법사라네.”

‘허걱! 망구가 그럼 마법사들 중엔 제일 세다는 것 아냐?

태수는 노파에게 개기지 않기를 정말 잘했다고 생각했다.

'가만 망구 정도가 아니면 어느 정도의 실력이지?

"그럼 8클래스와 4클래스는 어느 정도의 차이가 나지요?"

"감히 비교할 수도 없지. 8클래스면 마법 한 방에 저놈들 다 죽일 수도 있을걸!"

키노 백작의 5천 병력을 두고 하는 말이다. 물론 가능하다. 메테오 쓰면 5천 정도가 문젠가, 도시 정도는 먼지로 만들 수도 있다.

태수는 애기를 들을수록 노파가 두려워졌다. 그 정도면 현대의 미사일보다 더 강하다. 완전히 걸어 다니는 핵폭탄인 것이다.

'그런 망구에게 달려가서 따지려고 했다니. 미쳤어, 미쳤어.'

태수는 돈을 다 모으기 전에는 슬레이산쪽은 쳐다보지도 않기로 마음먹었다.

'그나저나 참 전쟁 신사적으로 하네.'

그냥 발견하자마자 우르르 달려가서 치고 박는 것이 아니라 진영이 갖추어질 때까지 기다려 준다.

게다가 저건 또 뭔 짓인가. 키노 백작 진영에서 몇 사람이 말을 달려 나오고, 오니토 백작도 몇 사람을 데리고 달려가서 상대와 마주선다.

잠시 그렇게 만나서 인사하고 차만 마시지 않다 뿐이지 담소를 나누고 돌아온다. 이제 좀 싸우나 했더니 키노 백작 진영에서 누군가 튀어나와 또 뭐라고 떠든다. 그러자 이쪽 기사한 명이 달려 나가 둘이 싸움을 한다.

'일기토다.'

일기토가 맞았다. 이긴 쪽과 진 쪽의 사기가 극명하게 갈라지는 싸움이었다.

그런데 의외의 결과가 나왔다. 기사들의 질이 떨어지는 줄 알았더니, 오니토 백작의 기사가 이기고 말았다.

태수의 입장에선 기사들을 다시 한 번 보는 결과를 낳았다. 마치 말과 한 몸인 듯 움직이는 모습이 아름답기까지 했다. 마지막에 머리를 자르는 것에선 조금 눈살을 찌푸리게 했지만.

"와아아!"

수가 적어 위축되어 있던 오니토 백작 병사들의 함성이다. 대신 키노 백작 진영은 조용하다.

두두두두!

키노 백작 진영에서 또 한 명이 달려왔다. 순간 오니토 백작 진영이 조용해졌다.

"왜 그러지?"

혼잣말로 중얼 거리는데 오니토 백작이 대답을 해준다.

"저자가 바로 마스터 급의 기사인 네오지온이라네. 사적으로 키노 백작의 사위가 되지."

그런데 순간 태수는 깜짝 놀라고 말았다. 마스터 급은 어떻게 싸우나 보려는데, 칼에서 푸른빛이 번쩍 하더니 이미 1승을 한 기사의 목이 허공으로 떠오르고 있는 것이다. 칼을 휘두르는 모습은 제대로 보이지도 않았다.

"와아아!"

키노 백작의 진영에서 함성이 일었다. 대신 오니토 백작의 진영은 조용해졌다.

용병들의 수군거리는 소리가 들린다. 그들은 동요하고 있었다. 상대편에 마스터 급의 기사가 있다는 것을 몰랐었기 때문이었다.

'지금 저걸 싸워서 이기라고?'

태수도 기가 막혔다. 아무리 무적의 중력 갑옷이 있다 해도 지금은 그 범위가 줄어든 상태. 위험할 수도 있었다.

게다가 그 이상한 푸른빛은 칼이 닿지 않아도 목을 잘라버리지 않았던가. 그런 것을 봤으니 태수도 오금이 저려온다. 괜히 오니토 백작을 따라왔다고 후회가 된다.

"이제 자네가 수고를 좀 해주게. 어차피 저자를 이기지 못하면 이 전쟁은 우리가 지네. 내 모든 것이 자네에게 달렸어."

오니토 백작은 이렇게 말했다.

그 말을 듣는 순간 정신이 번쩍 들었다. 오니토 백작뿐 아니라 태수 자신의 모든 것도 여기에 걸려 있다는 생각이 번뜩

들었던 것이다.

'맞아, 이겨야지, 암. 내 귀족 작위와 돈과 보물이 걸렸는데 지면 안 되지. 그런데 왜 이렇게 다리의 기운이 빠지지?'

"후우!"

태수는 떨리는 다리를 달래며 크게 숨을 한 번 쉬고 천천히 앞으로 걸어나갔다.

네오지온이라는 놈이 뭐라고 떠드는데 알아들을 수 없어 무시했다. 그런데 막상 그렇게 다가가면서 생각해 보니 별로 두려워하지 않아도 될 것 같았다. 어쨌든 상대의 칼에 맞지만 않고, 먼저 때리면 되는 것이다. 그러기 위해선 중력 해제가 필요했다.

"그래비티 해제."

온몸에 힘이 솟는다.

네오지온은 기가 막혔다. 기사도 아닌 것이 털레털레 걸어나온다.

"난 기사 네오지온이다. 넌 뭐냐?"

이름을 밝혔는데 감히 말을 씹는다.

"이놈, 난 기사가 아닌 자와는 싸우지 않는다. 죽고 싶지 않으면 돌아가라."

또 한 번 경고를 했는데도 미친놈처럼 뭔가 중얼 거리면서 다가온다.

"별수 없구나. 죽어라."

네오지온은 말을 달려 다가오는 상대에게 달려들었다. 기사가 아니면 싸우지 않는다고 해놓고는 잘도 달려든다.

태수는 상대가 말을 달려오는 것을 보았다. 말은 당연히 빠르다. 하지만 태수보다 빠르지는 않다.

챙!

칼이 뽑혀져 나오는 소리가 경쾌하다. 먼저 노리는 것은 말이다. 재수없이 위에서 내려다보는 놈에게 눈높이 싸움을 가르쳐 주기로 마음먹었다.

스각!

이라는 소리가 났으면 좋겠지만 태수의 칼은 말만 칼이지 둔기나 마찬가지다. 이것으로 건물도 때려 부수고, 땅도 파고 했으니 날이 제대로 달려 있을 리가 없다. 뭐, 처음 받을 때부터 상태가 대충 이랬었다.

퍼억!

"히히힝!"

말의 머리가 휙 돌아가더니 거품을 물고 자빠져 버렸다. 그래도 마갑이라고 머리에 뭔가를 씌워놔서 겉으로 보기엔 별 이상이 없어 보인다. 하지만 이미 말은 유명을 달리했다. 마갑 안의 머리통은 완전히 망가져 버렸다.

말이 쓰러지는 순간 네오지온은 펄쩍 뛰어 올랐다. 그 상태로 태수를 노리고 위에서 아래로 내려쳤다.

“어쭈! 이 장면은?”

태수는 이와 비슷한 장면을 직접 겪은 적이 있다. 용병 테스트 때와 비슷했다.

당연히 태수는 그때처럼 아래에서 위로 치받아 올려쳤다.

“헉!”

“앗!”

그 순간 네오지온의 칼에서 푸른빛이 번뜩인다. 다른 모든 사람들이 보기엔 태수가 칼과 함께 두 동강이 나는 것으로 보였다. 마스터의 표시인 저 푸른빛은 쇠를 자르는 위력을 가지고 있는 것이다.

쩡!

“우와아악!”

모두의 눈을 의심하게 하는 결과가 나왔다. 당연히 푸른빛은 칼을 자르고 태수의 몸을 갈라야 했다.

그런데 날아갔다. 위에서 내려치던 네오지온의 몸뚱이가 하늘 높이 솟아오르더니 내팽개쳐졌다.

태수는 상대와 칼을 부딪치는 어리석은 짓을 하지 않았다. 대신 자신만의 특기를 살렸다. 빠르게 다가가서 칼을 옆으로 돌려 야구하듯이 네오지온의 몸통을 후려갈긴 것이다. 죽지는 않을 것이라고 생각했다. 네오지온의 몸을 감싸고 있는 튼튼한 갑옷을 믿었다.

쾅!

솟아올랐다가 떨어지는 소리다. 그리고 장내는 조용해졌다.

"고, 공격해."

키노 백작이 외치는 소리가 들렸다. 신사적인 싸움은 여기에서 끝났다. 이젠 개싸움만이 남았다.

"쳐라!"

오니토 백작도 크게 외쳤다.

"와아아!"

사기가 급상승한 병사들이 함성을 지르며 달려 나갔다.

태수는 천천히 네오지온에게 다가갔다. 태수는 그를 죽일 생각이 없었다. 단지 너무 강하게 패서 그것이 좀 걱정이었다. 빨리 쳐야 한다는 생각 때문에 힘 조절을 전혀 못했다.

그렇게 다가가는 태수의 모습을 네오지온의 목을 자르려는 것으로 여겼는지, 키노 백작 진영에서 태수를 향해 불덩어리 하나가 날아왔다.

"파이어볼이다. 피해라."

불공을 본 사람들이 외쳤다. 하지만 태수는 알아듣지 못한다. 당연히 그냥 네오지온에게 걸어가고 있었다.

휘이잉!

"아악!"

먼저 비명을 질러주는 고마운 사람도 있었다. 태수가 그제야 고개를 들어 불공을 보았다.

"마법인가? 한번 맞아볼까?"

이놈이 강하다, 강하다 했더니 오만 별짓을 다한다.

"아무래도 그냥 맞는 것은 좀 그렇겠지?"

마법 실험을 굳이 자신의 몸으로 할 필요는 없다. 태수는 순간 빠르게 움직여 네오지온을 가볍게 들어올렸다.

펑!

파이어볼의 특징은 폭발형 소규모 범위 마법이라는 점이다. 태수는 파이어볼이 네오지온의 몸에 맞아 폭발하는 순간, 열기가 자신의 몸을 휘감아 도는 것을 느꼈다.

맞은 놈만 다치는 것이 아니라 뒤에 있던 태수에게까지 그 불기운이 전해졌다. 그리고 그 불은 잠깐 타오르다가 꺼졌다.

그런데 뜨거움을 느끼긴 했어도 입고 있던 옷이 탄 것을 빼고는 다른 손해는 없었다. 육체의 튼튼함이 열기를 견뎌내고 있었다. 이런 열기가 지속된다면 몰라도 지금처럼 일순간 타올랐다가 꺼지는 정도는 충분히 견딜 수 있을 것 같았다.

"음, 이 자식 안됐네. 나는 살려주려고 했더니, 자기편에서 죽이고 말이야."

태수는 그렇게 말하며 네오지온을 내려놓으려고 했다.

"크윽!"

그런데 네오지온은 그래도 죽지 않고 버티고 있었다. 태수는 신기해했다. 칼에 맞고 죽지 않은 것도 다행인데, 불덩어리 마법을 맞고도 죽지 않은 것이다.

"그러고 보니 이 갑옷 뭔가 다른 점이 있는 것 같은데?"

불에 맞았으면 최소한 그을리기라도 해야 한다. 지금 태수의 몰골을 보면 알 수 있다. 옷들이 대충 타거나 녹아 몸에 붙어버렸다. 그런데 갑옷은 멀쩡했다. 그을린 흔적도 없다.

"휘유! 이거 마법 방어가 되는 건가 보네."

태수는 휘파람을 불며 횡재했다는 표정이 되었다. 게다가 그렇게 날아가는 와중에도 손에서 놓지 않은 칼도 멋있어 보였다. 노파가 준 투박한 칼을 가지고 있던 태수에겐 아주 값져 보일 수밖에 없었다.

태수는 얼른 네오지온의 갑옷을 벗겼다. 칼에 맞은 곳이 조금 찌그러지기는 했지만 그거야 펴면 된다. 칼과 칼집을 챙기고 허리띠도 챙겼다. 그 허리띠에 칼을 걸어놓을 수 있는 고리가 달려 있었다. 갑옷은 혼자 입기 조금 벅차 보여서 그냥 손에 들고, 네오지온도 한 손에 번쩍 들고 오니토 백작이 있는 곳으로 왔다.

"수고했네, 수고했어. 허허허!"

오니토 백작은 신이 났다.

의외로 네오지온의 패배가 적의 사기에 영향을 많이 주었는지 키노 백작 진영의 병사들은 기운을 내지 못했고, 기사들도

 저주용병
귀환기

오니토 백작의 기사들과 용병들에게 지리멸렬(支離滅裂)했다.

“이것 좀 맡아주세요.”

태수가 내미는 갑옷을 본 오니토 백작은 싱긋 웃었다.

“갑옷이 필요하면 내가 새것으로 구해주겠네.”

“이거 마법 갑옷 같던데요? 그래서 제가 쓰려고요.”

“아! 마법 갑옷이라면 그럴 가치가 있지. 그런데 이자는 왜?”

백작은 네오지온을 가리켰다. 왜 죽이지 않았냐는 얘기였다.

“아깝잖아요. 이런 인재는 보호해야지요.”

“하지만 깨어나서 덤비면 어쩌려고?”

“괜찮아요. 깨어나도 힘을 쓸 수 없을 거예요.”

태수는 그렇게 말하며 일어나서 다시 전장으로 간다.

“왜? 다 이긴 싸움인데.”

“마법사를 잡으려고요. 저한테 불덩어리를 던졌으니 잡아야지요.”

하지만 이미 마법사는 키노 백작과 함께 도망친 뒤였다.

“와아아! 만세! 이겼다, 이겼어.”

“백작님 만세.”

병사들이 부둥켜안고 운다. 아직 영지전은 끝나지도 않았는데 이미 다 끝난 것 같은 모습이다.

이번 평원에서의 전투로 오니토 영지의 병사들이 대략

400명 정도가 죽었다. 반면 키노 영지의 병사들은 대략 1200명 정도가 죽고 700명이 포로가 되었다. 나머지는 뿔뿔이 흩어져 도망을 쳤다. 그들이 돌아갈 곳은 물론 키노 백작의 성이었다.

기사들의 경우, 오니토 백작의 기사들은 손실이 별로 없었다. 7명이 죽었을 뿐이다. 용병들의 도움이 컸다. 반면 포로로 잡은 기사만 네오지온을 포함해서 22명, 죽인 기사만 30명이 넘었다. 살아 돌아간 기사는 채 20명이 되지 않는다.

이젠 공성전을 하러 달려가야 한다.

병력을 정비했다. 그런데 포로로 잡은 자들이 너무 많은 것도 문제가 되었다. 700명 정도를 가두려면 그만한 공간이 있어야 하는데 오니토 성의 감옥은 그렇게 크지 않았다. 그렇다고 평원에 울타리를 치고 가둘 수도 없다. 그렇게 되면 그들을 지킬 병력을 그만큼 또 남겨야 한다.

"그냥 놔주죠."

태수가 그렇게 얘기했다. 오니토 백작이 놀라서 태수를 바라본다. 힘겹게 잡은 포로를 그냥 놔주는 법은 없었다.

"그럼 저들은 키노 성으로 돌아가서 또다시 저쪽 병사가 될 텐데?"

"키노 백작에게 저들을 무장시킬 무기가 남아 있을까요? 게다가 이제 공성전만 남은 것 아닙니까? 잊으셨나 본데 제가 누굽니까? 철거 전문 아닙니까? 성벽을 철거한 경력도 있지요."

예전의 공성전은 성벽이나 성문을 부수기 위해 처절한 희생이 필요했었다. 비처럼 쏟아지는 화살을 뚫고 전진하여 성문을 두드리고, 아무런 방어 수단이 없는 사다리를 타고 기어올라야 한다. 그렇게 적들이 가득한 성벽 위에 혈혈단신으로 올라서는, 후속 병력들이 올라올 공간을 확보하기위해 또 처절한 싸움을 거쳐 엄청난 수가 죽어야 한다.

그런 과정을 몇 번이고 되풀이하다가 성문이 뚫리거나 성벽 위에 적의 병력을 밀어내고, 그다음에 또 성안의 병력과 싸워 이겨야 한다. 그래서 성문을 쉽게 부술 수 있는 신무기들을 개발하고, 방어를 할 수 있는 수성 무기가 등장했다.

하지만 아무리 그런 무기들이 등장해도, 그것은 또 병사들의 희생을 강요한다. 그래서 공성전에서 승리하기 위해서는 적어도 3배 이상의 병력이 필요하다는 것이 모두가 알고 있는 정설이었다.

이제 그런 것은 옛날이야기가 될 것이다. 건물 철거의 스페셜리스트가 탄생했기 때문에. 성벽도 돌을 쌓아 만든 건물의 일종인 이상 이젠 공성 무기 따위는 필요없었다.

태수의 설명에도 불구하고 오니토 백작은 포로들을 놔주지 않기로 결정했다. 아무래도 아까웠을 것이다.

'어차피 승리하면 자신의 영지민이 될 것인데 왜 저러는

지. 쯧쯧!'

태수는 혀를 찼다. 이럴 때 과감하고 대범한 모습을 보이면 포로들 중에 감복하는 사람들이 나오는 법이다. 그들은 나중에 키노 영지를 다스릴 때 힘이 되어줄 사람이 된다.

물론 이것은 영지가 흡수되면 어떤 과정을 거치는지 모르기에 하는 생각이었다. 태수의 생각처럼 하지 않아도 영지민들은 새 주인에게 선선히 복종한다. 그들은 그렇게 사는 것에 익숙해져 있기 때문이다.

어쨌든 포로들 중에 기사들과 힘 좀 쓸 것 같은 자들은 성의 지하 감옥에, 나머지는 임시로 만든 울타리에 가두고 병력 200명을 남겨 지키게 했다.

성을 지키는 병력과 울타리를 지키는 병력, 거기에 평원에서의 사상자를 빼면 이제 오니토 백작의 병력은 2000명이 조금 안 된다. 그 병력으로 키노 백작의 성으로 전진했다.

앞을 막는 병력은 없었다. 태수가 키노 백작이었다면 이렇게 전진하는 동안 게릴라전을 펼쳐 그 수를 줄여 놓을 것이다. 죽은 병사들과 포로로 잡힌 병사들을 빼도 아직 병력의 수는 키노 백작이 더 많다.

그런데 키노 백작의 성에 도착할 때까지 아무런 방해가 없었다. 화살 한 대 날아오지 않았다. 태수에겐 참 재미 없는 전쟁이었다.

키노성은 오니토 백작의 성보다 약간 더 컸다. 그래봐야 거기서 거기다. 태수의 눈에는 이미 오니토 성을 보았기에 대단하다거나 훌륭하다는 생각은 들지 않는다.

성벽위에는 많은 병사들이 활을 들고 기다리고 있다. 거기에 마법사도 마법을 잔뜩 준비하고 기다리고 있었다.

태수는 오늘 안으로 전쟁을 끝내기로 했다. 시간을 줘서 적의 사기가 회복되면 수가 적은 이쪽은 골치가 아프게 된다. 이기고 있을 때 몰아치는 것이 좋다.

"제가 혼자 가보죠."

'저 안에 내 보물들이 있다.'

태수는 이미 키노 백작이 가지고 있을 보물들을 자신의 것으로 여기고 있었다.

태수는 칼을 뽑아 들었다. 혼자서 수천 명의 병력 앞으로 걸어갔다.

"플레어 랜스(Flare Lance)."

이미 적들은 태수를 멀리서 알아보고 있었다. 절대 지지 않을 것 같은 네오지온을 무너뜨린 사람인 것을 어찌 모르겠는가.

마법사가 가장 먼저 공격을 시작했다. 이글거리는 거대한 불의 창이 태수를 향해 쇄도했다.

그냥 보는 것만으로도 압박감을 주는 마법이다.

"마법 갑옷 대충 고쳐서 입고 올걸."

태수는 중력 갑옷에 대한 믿음을 가지고 있으면서도 날아오는 불의 창에는 조금 긴장했다. 그냥 공의 모습일 뿐인 파이어볼과는 위압감이 달랐다.

게다가 무슨 유도 미사일도 아닌 것이 옆으로 이동해서 피하려고 했더니 자기도 방향을 바꾼다. 결국 한 대 얻어맞기 전에는 피할 수 없는 마법인 것 같았다.

"젠장, 그래 내가 한 대 맞아준다. 대신 마법산지 지랄인지 넌 진짜 죽었어."

태수는 칼을 들고 불의 창을 쳐내기로 마음먹었다. 그리고 드디어 불의 창과 태수가 격돌했다.

화아악!

불길이 일어났다. 태수는 불의 창을 쳐내지 못했다. 마치 야구 만화에서 보던 포크볼처럼 불의 창이 태수의 몸 바로 앞에서 땅으로 처박혔기 때문이다. 그리곤 곧바로 폭발했다. 불길이 일어나 태수의 몸을 휘감았다. 순식간의 일이었다. 마치 불기둥이 생긴 것 같았다.

"와아아!"

성벽 위의 키노 병사들이 함성을 질렀다. 그러나 그 함성은 1초도 가지 못했다. 기둥처럼 타올랐던 불길이 금방 아래로 꺼져 버렸다.

태수는 발 아래로 깔려버린 불씨들을 발로 눌러 껐다.

"새 옷 입었는데, 제기랄!"

또다시 태수의 옷이 불에 타버렸다. 다행히 옷이 타서 재가 된 것은 아니었지만, 또 옷을 사려면 돈이 들어야 한다는 것 때문에 짜증이 치밀었다.

태수의 몸을 휘어 감고 있는 중력 갑옷은 역시 그 위력이 대단했다. 마법으로 만들어진 것도 태수의 몸에 닿지 않았다. 하지만 그 중력 갑옷 안에서 폭발하는 것은 막지 못했다. 완전한 무적은 아닌 모양이다.

"이거 곤란한 걸. 꼭 마법 갑옷을 입고 다녀야지."

이런 약점이 있기에 거기에 맞춰서 자신의 앞에 마법 갑옷을 입고 있던 네오지온이 나타난 것 같았다.

"이 세계의 신은 날 좋아하는 모양이야. 이렇게 필요할 때 필요한 것이 딱딱 나타나 주는 것을 보니 말이야."

태수는 또다시 전진했다. 불의 창이 마법사가 할 수 있는 가장 강한 마법이었는지, 아니면 맞아도 아무런 영향을 받지 않는 것에 놀랐는지, 다시 마법은 날아오지 않았다. 대신 그 다음엔 화살이었다.

"쏴라!"

휙휙휙! 쉭쉭쉭!

한꺼번에 수백 개의 화살이 태수 한 명에게 집중되었다. 이건 화살의 비 정도가 아니다. 그냥 화살의 소나기였다.

물론 태수는 중력 갑옷을 믿었기에 그냥 전진했다. 그리고 그 믿음에 대한 보상은 아주 심한 상처로 돌아왔다.

퍼억!

"악!"

태수는 오른쪽 어깨에 누군가 불로 지지는 듯한 아픔을 느꼈다. 그런 아픔은 살면서 처음이었기에 태수는 기절할 것 같았다. 하지만 여기서 기절했다간 진짜 죽을 수도 있기에 아픔을 참으며 정말 죽기 살기로 뒤로 돌아 달렸다.

"와아아!"

태수가 도망치는 것을 보고 성벽 위의 키노 병사들이 또다시 함성을 질렀다. 네오지온도, 마법사도 못했던 것을 자신들이 해냈다는 기쁨으로 하늘을 찌를 듯 사기가 충천했다.

반면 더 이상 화살이 날아오지 않는 곳까지 도망친 태수는, 그제야 자신의 어깨에 아픔을 준 것의 정체를 눈으로 확인했다. 화살이었다. 그냥 평범한 화살. 그것이 어깨근처에 박혀 있었던 것이다.

"으아악!"

태수는 크게 비명을 질렀다. 손으로 그 화살을 빼고 싶었지만 고통 때문에 그럴 수 없었다. 이물질이 몸에 박힌 고통은 상상을 초월했다. 그런 상처를 처음으로 입는 것이기에 태수가 느끼는 아픔은 더 컸을지 모른다.

두두두두!

오니토 백작 진영에서 말들이 달려왔다.

에이슈라와 그 동료들이 온 것이다. 하지만 그들은 섣불리 다가설 수 없었다. 지금이 저주가 작동되는 것인지 아닌지 알

수가 없었기 때문이다.

"그래비티 해제."

태수는 아픔을 참으며 중력을 해제했다. 그러고는 왼손으로 손짓해 에이슈라를 불렀다. 그제야 에이슈라는 얼른 다가와서 어깨에 박힌 화살을 무자비하게 뽑아버렸다.

"끄아악!"

화살에 맞았을 때보다 더 아팠다. 눈물이 찔끔 났다. 화살에 맞을 때도 눈물은 안 났는데 뺄 때는 눈물도 버틸 수 없었다.

에이슈라는 화살을 뽑아내고는 뭔가를 꺼내 그 자리에 뿌렸다. 그 순간이었다. 그렇게 극심했던 아픔이 현저히 줄어들었다. 마치 마취라도 한 것처럼 그렇게 스르르 고통이 사라졌다.

촤르륵!

태수는 조금 살 것 같아 쇠사슬을 풀어 반지를 에이슈라에게 넘겼다.

"그거 무슨 약인데 이렇게 효과가 좋냐?"

"이거 포션. 상처난 곳에 바르는 약. 금방 치료가 되지."

"아아! 그래?"

태수는 비틀거리며 일어났다. 이 세계에 온 뒤로 처음으로 피를 본 날이다. 은근히 열이 받았다. 하지만 그전에 자신이 왜 화살에 맞았는지 아는 것이 먼저다.

"내가 화살에 왜 맞았지?"

에이슈라에게 물었다.

"그럼, 화살이 그렇게 쏟아지는데 맞는 게 당연하지."

에이슈라는 그런 질문을 하는 태수가 더 이상해 보였다. 그런 상황에서 화살에 맞지 않는 것이 더 이상한 일이었다.

결국 태수는 혼자 생각을 했다. 그리고 곧 해답을 찾았다. 생각지도 못했던 중력의 약점이 거기에 있었다.

현재 중력은 태수의 몸에서 70센티까지 영향을 미친다. 그것은 머리 위로도 70센티는 중력의 영향을 받는다는 얘기다. 그런데 태수는 그것을 몰랐다. 전혀 그런 생각 자체를 하지 않은 것이다. 그저 옆으로 누가 다가올 것만을 걱정했을 뿐이다.

그런데 화살이 쏟아지는 속에서 하필 정확히 머리 위의 중력이 미치는 범위 안으로 들어온 화살이 있었다. 그 화살은 중력이 없다면 그냥 뒤로 날아가 버릴 화살이었다.

그런데 빌어먹을 놈의 중력이 그 화살을 당겼다. 그것도 쏟아진 것보다 더 세차게. 화살은 아래로 내리꽂혔고, 그 기세에 태수의 튼튼한 몸에도 박히고 말았다.

아무리 태수의 몸이 튼튼해도 기본적으로 금속 촉을 달고 있는 화살은 흉기다. 또한 같은 중력의 영향을 받는 중이었다. 같은 중력 안에서는 풀에도 베어지고, 종이에도 베어지는 것이 인간의 피부다. 하물며 밀도는 낮아도 철로 된 것인데 오죽하겠는가.

"이런 젠장!"

태수는 또 한 번 자신에게 갑옷이 얼마나 필요한지 깨닫게 되었다. 그뿐만이 아니었다. 갑옷과 더불어 이젠 투구도 준비해야 한다. 만약 어깨에 박힌 화살이 머리에 와서 맞았다면 죽을 수도 있었다.

부르르!

자신이 죽었을 수도 있다는 것을 깨닫자 저도 모르게 몸이 부르르 떨렸다. 이 세상을 만만히 보고, 대충만 해도 원하는 것을 얻을 수 있겠다는 오만과 자만심이 사라지는 순간이었다.

이날의 공성전은 태수의 부상으로 키노 백작 병력의 사기만 올려주고 끝났다. 왜 그런지 오니토 백작은 태수가 마냥 무적은 아니라는 것을 깨닫고 조금은 안도하는 것 같았다.

어쩌면 나중에 적이 될 수도 있다고 여기는 것일까? 아무튼 필요 이상으로 강하면 주변에 저도 모르는 적이 생기는 법이다.

태수는 아직 그런 것까지는 모르고 있었다.

Chapter 7
제기랄의 전투 전문 용병단

태수는 자고 일어나니 어깨의 상처가 깨끗하게 아물어 있다는 것을 알았다. 다치기 전과 별로 다르지 않은 컨디션이 되었다.

"이제부터 잘 해줘야지."

에이슈라에게 더 잘해줘야겠다는 생각이 들었다.

"이번 일 끝나면 원하는 대로 용병단에도 들어가 주지, 까짓것."

원래 태수는 자신이 용병단을 만들고 에이슈라와 그 동료들을 끌어들일 생각이었다. 하지만 에이슈라에게 신세를 졌다는 생각에 그런 계획은 포기했다.

대신 에이슈라를 단장으로 하는 용병단을 만들어 키우기로 마음먹었다. 어차피 단장을 누가하든 용병단은 태수의 뜻대로 움직일 것이다. 돈이 되는 쪽으로만 움직일 테니까.

태수는 걱정스러워하는 오니토 백작을 만났다.

"제가 맡긴 갑옷 수선을 좀 해야겠습니다. 그리고 좋은 투구 하나 얻을 수 있을까요?"

"갑옷이야 안 그래도 지난밤에 고쳐 놓으라고 했네. 우그러진 것을 펴는 정도지만 일단 입을 수는 있을 것 같더군. 그리고 투구도 네오지온 것이 있네. 그의 말에 묶여 있었는데 자네는 못 본 모양이군. 갑옷과 한 세트라네."

"오, 그래요?"

또 필요하게 되니 이렇게 척 투구도 등장한다. 정말 마음에 드는 하루의 시작이다.

"그런데 다친 곳은 이제 괜찮나?"

"네. 에이슈라가 포션인지 뭔지를 뿌렸더니 아물어 버렸습니다."

"아, 포션. 그거 상당히 비싼 건데 마침 잘됐구먼."

"비싼가요?"

"말해 무엇 하나. 그것을 가지고 있으면 목숨이 또 하나 있는 것과 같은데."

사실 포션은 그 정도는 아니었다. 상처에는 대단한 위력을 가지지만 병든 것에는 아무런 효과가 없다. 그래도 다치는 일이 많은 용병이나 기사들의 경우엔 없어서 못 구하는 약이 틀림없었다.

'혹시 모르니 그 포션이라는 것도 몇 개 구해놔야지.'

태수는 오랜만에 돈을 좀 쓸 결심을 했다. 천지가 개벽할 일이다.

태어나서 처음으로 갑옷이라는 것을 입어보았다. 마법 물품이라서 그런 것인지, 아니면 태수가 원래 힘에 세서 그런 것인지 몰라도 생긴 것보다 가볍다. 단지 투구가 조금 문제였다. 태수의 머리가 네오지온보다 컸는지 조금 압박이 가해져 온다.

사실 학창 시절 태수의 별명은 태두 혹은 카프 박사였다. 군에 가서도 작업모의 사이즈는 가장 큰 것으로 했었다.

그런데 여기서도 그런 것은 변함이 없는 것 같다. 아무래도 투구는 나중에 따로 맞는 것을 구해야 할 것 같았다. 아니면 늘리든가.

"맞아, 늘리면 되지?"

태수는 억지로 썼었던 투구를 벗겨 투구 뒤쪽을 잡고 힘을 조금 썼다. 강제로 이음새를 벌리고 있었다. 결국 그렇게 틈을 조금 벌리고 다시 머리에 쓰니 한결 편했다. 머리 위쪽을 지키면 되는 것이니 이렇게 틈을 만들어도 별 상관 없다고 생각한 것이다.

태수는 모든 준비를 마치고 다시 키노 성과 마주하고 섰다.

"내가 밤새도록 생각해 보니 말이야. 굳이 성벽을 허물 필요가 없겠더라고. 어쨌든 성문을 열면 되는 것이잖아. 그렇지?"

태수는 혼자 얘기하고 혼자 묻고 하다가 다시 천천히 성을 향해 다가갔다.

스렁!

칼을 빼 들었다. 그런데 가만히 보니 지금까지 가지고 있던 노파가 준 칼이 아니다. 네오지온의 칼이었다.

"그래비티 해제. 내 모든 것을 다 보여주게 됐지만 죽을 뻔했었는데, 이것저것 따질 필요가 없지."

태수는 갑자기 달리기 시작했다. 천천히 걷던 태수가 갑자기 뛰기 시작하니 성벽 위에선 난리가 났다.

"쏴라!"

휘휘휙!

기사의 명령에 활을 들고 있던 병사들이 본능적으로 활을 당겼다. 화살은 어제처럼 비처럼 쏟아졌지만, 이미 그 자리에 태수는 없었다. 태수는 바람처럼 달려 나갔다. 그리고 성벽에 거의 다가가서 힘차게 땅을 굴렀다.

"하압!"

기합을 주었다. 자신이 이렇게 뛰어올랐을 때 얼마나 높이 뛸 수 있는지 몰라 최선을 다했다.

파앗!

태수의 몸은 하늘을 향해 솟아올랐다. 성벽을 발 아래로 두고도 한참을 더 솟아올랐던 것이다.

"으아악!"

태수는 곧 너무 높이 뛰었다는 것을 깨달았다. 아래를 힐끔 내려다보는데 너무 높았다. 곧 그의 몸은 아래로 떨어지기 시작했다. 저도 모르게 눈을 감고 말았다. 그의 입에서 비명이 새어나왔다. 쪽팔리지만 정말 무서웠다.

"으아악! 컥컥!"

비명은 목이 쉬도록 계속되었다. 그런데 생각해 보니 너무 오래 비명을 질렀다. 눈을 살짝 떠보니 이게 웬일인가. 아직도 그의 몸은 아래로 떨어지고 있었다. 단지 그 속도가 생각보다 늦을 뿐이었다.

태수는 또 하나를 알았다. 자신의 몸이 일단 허공에 뜨면 움직임이 느려진다는 것을.

"쏴, 쏴라."

그리고 그렇게 움직임이 느려진 상태에서는 참으로 화살 맞기 좋은 표적이 된다는 것도.

"그래비티 활성."

그대로 화살에 맞으면 위험했다. 갑옷을 입고 투구를 썼지만 얼굴 같은 곳은 가리지 않았었다. 이번엔 위만 신경 썼기 때문이다. 그러니 얼굴에 화살이라도 맞으면 끝이다. 자신이 아직 허공에 떠 있는 것이 문제가 아니었다.

"아아악!"

갑자기 몸이 덜컥 가라앉으면서 심장이 멎는 줄 알았다. 꼭 자이로드롭을 탔을 때처럼 그런 느낌이었다.

의외로 그런 놀이 시설을 무서워하는 남자들이 많다. 태수도 그런 남자들 중 하나였다. 고소공포증은 없는데 놀이 시설에만 타면 무서웠다.

어쨌든 그런 기분을 느낀 태수는 또 비명을 질렀다. 오늘 여러모로 얼굴이 많이 팔리는 태수였다.

쿠당!

발이 땅에 닿으면서 나뒹굴었다. 그래도 보고 듣고 배운 것은 있어서 이럴 때는 굴러야 다리 관절에 부담이 가지 않는다는 것은 안다.

"휴우!"

일단 땅에 내려서니 안심이 된다. 역시 땅이 좋다. 발을 뭔가가 받치고 있는 것이 마음을 든든하게 해준다.

태수의 활약은 이제부터 시작이었다.

고개를 들어 성문이 있는 쪽을 살펴보았다.

입이 떡 벌어진다. 성문이 뚫리는 것을 막기 위해 문 뒤에 쌓아놓은 물건들이 산처럼 보인다.

"잡아라! 아니, 죽여라."

기사들이 고함을 지르며 달려들었다. 태수는 두리번거렸

다. 떨어질 때 쥐고 있던 칼을 놓쳤다. 네오지온은 태수에게 당할 때도 칼은 놓치지 않았는데, 태수는 악력이 모자란지 칼을 놓쳤던 것이다.

그런데 칼을 찾아 주울 틈도 없이 기사 한명이 태수의 정면에서 칼을 휘둘러 왔다.

"아앗!"

중력 갑옷이 있었지만, 맨 주먹에 눈앞으로 날카로운 칼이 휘둘러져 오는 것을 보는 공포도 있었다. 태수는 얼떨결에 왼팔을 들어 칼을 막았다. 쇠사슬을 믿었기 때문은 아니었다. 그저 본능적인 행동이었다. 그런데 이상한 일이 발생했다.

"커억!"

우지직!

태수의 왼팔을 잘라 버리려던 기사가 신음을 토하며 무릎을 꿇었다. 그러고는 태수의 발 앞에 머리를 조아리더니, 투구와 머리통이 그냥 납작하게 눌린 듯이 오그라들었다. 피가 태수의 발 앞을 붉게 물들여 갔다.

일순 정적이 감돌았다. 팔을 내민 것만으로 기사가 경배를 하고는 머리가 터져 죽은 것이다. 병사들의 사고가 정지했다. 마치 호랑이를 만난 토끼처럼 그들은 몸이 굳어버렸다.

"이야압!"

그래도 역시 기사들은 달랐다. 동료의 죽음에 분노한 기사들은 앞뒤 가리지 않고 달려들었다.

태수는 교통정리하는 순경처럼 기사들을 향해 팔을 마구 저었다. 그러면서 잃어버렸던 자신의 칼을 찾았다.

칼을 발견하고 주우러 가는 동안, 그가 걸음을 옮긴 뒤로는 경배하듯 머리를 조아린 일곱 기사의 죽음이 있었다. 서서히 핏물이 스며들어 검붉게 변하는 대지가 마치 악에 오염된 지옥처럼 느껴졌다.

"아아악!"

마음 약한 누군가가 들고 있던 무기를 던져 버리고 도망쳤다. 이런 공포는 파급 효과가 크다. 하나가 무너지면 다 무너지게 되어 있다. 더 이상 기사들도 두려워 덤비지 못하고 있으니, 도망치는 병사들을 말릴 사람도 없었다.

태수는 칼을 주워 칼집에 넣었다. 더 이상 덤비는 자들도 없는데 칼을 빼 들고 있을 필요가 없었다. 의외로 아직 중력은 대단한 효과를 발휘하고 있었다. 더 강해졌기에 일단 걸리면 기사들처럼 강한 자들도 이렇게 죽는 것밖에 도리가 없었다.

태수는 성문을 가로막은 물건들을 하나씩 집어던졌다. 이제 정말 영지전은 끝이었다. 공성전에서 공격하는 쪽이, 한 사람도 죽지 않고 이기기는 아마 역사상 처음일 것이다.

물건들을 다 치우고 태수는 3겹으로 되어 있는 덧문을 열었다. 그리고 마지막으로 해자를 가로지르는 다리문을 내렸다.

"돌격!"

다리가 서서히 내려가는 것을 신호로, 오니토 백작은 명령을 내렸다. 달려가면서 보니 어쩐 일인지 성벽 위에도 적의 모습은 하나도 보이지 않았다.

성안으로 기세 좋게 들어와서 보니 보이는 것은 기사들 몇 명의 시체와 혼자뿐인 태수다. 그 외에는 아무것도 보이지 않았다.

"이게 어찌된 건가?"

"내성으로 가보세요. 병사들은 모두 도망치고 키노 백작은 거기에 있을 겁니다. 그래도 남은 기사들과 마법사도 있을 테니까 조심하세요."

"자네는?"

"저는 좀 쉬었다 가지요."

"그래? 알겠네."

오니토 백작도 태수에게 더 바랄 것이 없었다. 이 정도도 넘치게 해준 것이었다.

백작은 기사들을 이끌고 내성 쪽으로 달렸다. 이제 이 모든 것이 자신의 것이라 생각하니 그 기쁨이 한없이 솟아올랐다.

백작이 가고난 뒤, 태수는 죽은 기사들의 시신을 보았다. 어쩌다 보니 그렇게 죽이게 됐지만, 살인은 아무리 생각해도 기분이 좋지 않다. 레오파드와 상행을 다녀올 때 죽였던 산적들을 보는 것과는 또 다르다. 산적들은 이유야 어떻든 스스로

원해서 산적이 된 자들이었다.

하지만 기사들은 단지 키노 백작의 욕심 때문에 이렇게 죽었다. 물론 기사들 중에도 욕심이 있는 사람이 있었겠지만 어쨌든 이번 영지전은 키노 백작이 그 원인이었다.

그런 생각을 하다 보니 키노 백작의 상판대기를 한번 보고 싶었다.

'도대체 어떻게 생겨먹은 놈이야? 얼굴이나 한번 보자.'

태수는 내성 쪽으로 천천히 걸어갔다. 가다가 보니 전쟁이란 역시 생각보다 더럽다. 한 일도 별로 없던 용병들이 저마다 사람들이 사는 집으로 들어가 돈 될 것을 차지하느라 난리다.

"멈춰!"

태수는 크게 소리를 질렀다. 하지만 멈추는 놈은 하나도 없다. 이럴 땐 말이 통하지 않는다는 것이 답답하다.

그동안은 아쉬운 것이 별로 없었기에 그렇게 간절하지 않았는데, 아무래도 이곳 말을 배우는데 신경을 좀 써야 할 것 같다. 선천적 언어 습득 능력 부재로 인해 자신은 별로 없지만.

사실 이곳은 태수의 입장에서는 외계였다. 이곳 사람들은 외계인인 것이다. 이곳 사람들의 언어는 태수가 지구에서 듣던 외국어와는 또 다르다. 그래도 외국어는 사전이라도 있고, 양쪽 말이 다 통하는 사람에게서 배울 수 있지만, 여기엔 그런 것도 없었다.

또 태수는 외계의 언어를 배울 필요성을 느끼지 못했었다. 어차피 지구로 돌아가면 그만이었다. 그리고 레오파드처럼 눈치와 행동으로 때려 맞춰도 크게 아쉬운 것이 없었다.

거기다 이제는 신기한 반지로 인해 비록 한 사람과의 대화지만 의사소통를 할 수도 있다.

물론 대화를 한다고 말을 알아듣는 것은 아니다. 그냥 귀에는 이상한 소리가 죽 나열되는 것으로 들린다. 그러면 머릿속으로 그것이 무슨 뜻인지 떠오른다. 말을 해석하여 머릿속에서 알려주는 것이다.

애초에 그리폰 나이트의 반지는 이곳 인간과 그리폰이라는 괴 생명체의 의사소통을 위한 도구다. 그리폰은 인간의 언어를 당연히 모른다. 그런데 반지를 낀 기사와는 말이 통한다. 인간의 말을 모르는 그리폰도 기사가 하는 말이 무슨 내용인지 그냥 머릿속으로 떠오르는 것이다.

그리고 그리폰의 말을 모르는 기사도 그냥 울부짖는 것 같은 그리폰의 소리를 듣고 무엇을 원하는지 아는 것이다. 머릿속에 그냥 떠오르니까.

지금 태수의 입장이 그리폰과 똑같다. 말은 한마디도 배울 수 없지만 반지로 의사소통은 가능한 그런 지경인 것이다.

어쨌든 아무리 이긴 자의 특권이라지만 같은 용병으로서 오니토 백작의 병사들 보기가 부끄럽다. 병사들은 앞으로 같

은 영지민이 될 것이기에 약탈을 하는 행위는 전혀 하지 않았
다.

내성의 상황도 거의 다 끝나 있었다. 키노 백작은 비록 욕
심쟁이였지만 그래도 귀족이기에 묶거나 강제로 억압을 하지
는 않았다.

기사들도 무장이 해제되었을 뿐이다. 그런데 유일하게 묶
여 있는 사람이 있다. 입고 있는 옷을 보니 바로 마법사였다.
태수에게 두 벌의 옷을 손해 보게 만든 장본인이었다.

먼저 키노 백작을 보았다. 의외로 잘 생겼다. 나이만 조금
적었으면 아직도 충분히 바람을 피울 수 있는 정도의 모습이
다. 그렇게 욕심이 많은 사람으로 보이지는 않는다. 하긴 사
람의 마음은 알 수 없다.

다음에 마법사를 보았다. 중년의 마법사다. 마법을 익히는
것이 고생이었는지 고생한 티가 팍팍 풍긴다. 생긴 것도 미남
이 아니다. 보게 되면 죽여 버리려고 했었는데, 못생겼다는
것 때문에 참아주기로 했다. 묘한 곳에서 동병상련의 아픔을
느끼는 태수다.

태수가 왜 애인이 없었겠는가. 다 이유가 있는 것이다.

태수는 중력을 해제하고 키노 백작에게 다가가 그의 몸을
뒤졌다. 키노 백작이 뭐라고 외쳤지만, 무시하고 품에 들은
모든 것을 다 꺼냈다.

“귀족 모독으로 고발을 한다고 하네.”

오니토 백작이 해석을 해준다.

'귀족 모독? 확 죽여 버릴까 보다. 하여튼 잘생긴 것들은 싸가지도 없어.'

태수는 키노 백작을 한번 노려보고는 챙긴 물건들을 들고 내성 건물로 들어갔다. 이제 창고와 보물 창고를 뒤져야 한다. 금이나 오리하르콘을 찾는 것이 목표였다.

*   *   *

백작 정도의 귀족은 어느 정도의 부자인 것일까? 지금 태수가 보는 것을 보면 알 수 있다.

창고가 모두 2개. 하나에는 식량이 썩어갈 정도로 쌓였고, 하나에는 각종 무기들과 갑옷, 방패 같은 것들이 태수를 곤란하게 만들 정도로 쌓였다.

"이걸 왜 이렇게 썩힌 거야? 진작 기사들 나눠주지."

족히 기사들 수백 명은 무장시킬 수 있는 양이었다.

"그나저나 이걸 어떻게 가지고 가지?"

그것이 곤란했던 것이다.

태수는 창고의 문을 잠그고 보물 창고를 찾았다. 그런데 생각해 보니 그런 보물 창고가 어디에 있는 지 알 수가 없다. 영주의 침실이나 집무실에 있을 테지만, 은밀히 보관되어 있을 것이 분명하니 찾기가 어려웠다.

"마법사라면 좀 쉽게 찾을 수 있지 않을까? 키노 백작에겐 물어봤자 또 귀족 모독이니 어쩌고 할 것이 분명하고 말이야."

태수는 다시 밖으로 나갔다. 그러고는 오니토 백작에게 다가갔다.

"마법사는 어떻게 처리하실 겁니까?"

"일단 회유를 해보고 말을 듣지 않으면 죽이던가 해야지."

"그럼 마법사를 제게 주십시오."

"응? 마법사는 왜?"

"데리고 가서 보물 창고나 비밀금고 좀 찾게 하려고요."

"그런가? 하긴 숨겨진 것을 찾는 데에는 마법사들이 아주 유용하지. 데리고 가게. 혹시 말을 듣지 않거나 도망치려하면 죽여 버리게. 괜히 놓치면 번거로우니까."

"그러지요."

태수는 마법사를 묶은 줄을 풀고 쇠사슬을 풀러 반지를 마법사의 손에 쥐어주었다.

"도움이 필요하다. 키노 백작의 보물창고와 비밀금고를 찾는데 도움을 주면 틀림없이 너를 살려주도록 하겠다."

"정말인가?"

이렇게 대답하는 마법사는 반지를 아주 유심히 바라보고 있다. 마법사이기에 그 반지가 뭔지 금방 안 것이 분명했다.

"이 반지는?"

마법사는 그렇게 물었지만 태수는 이미 앞서 건물로 들어가고 있었다. 마법사는 어쨌든 살려주겠다는 태수를 믿고 뒤를 따라 들어갔다. 이미 두 번의 마법을 우습게 버텨낸 것을 보았고, 또 네오지온의 마법 갑옷을 입고 있는 것을 보았기에 섣부른 행동은 하지 않았다.

마법사의 도움으로 비밀금고를 찾았다. 그 안에는 금화뿐 아니라 금괴도 조금 있었다. 금괴 하나가 금화 200개 정도의 가치가 있다고 한다.

그리고 침실에서 키노 백작의 보물 창고도 찾았다. 완전히 밀실처럼 꾸며진 그곳에는 또 하나의 마법 갑옷 세트가 있었고, 각종 보석과 액세서리가 있었다.

마법사가 하는 말로는 그 마법 갑옷 세트 한 벌이 최소 금화 10만개의 가치가 있다고 한다. 액세서리까지 치면 진짜 대박중의 대박을 터뜨린 것이다.

"심봤다, 대박이다. 엄마, 나 복권 맞았어. 로또는 저리가라야."

태수는 이런 소리를 지르며 방방 뛰었다. 앞으로 석 달 열흘은 굶어도 배부를 것 같았다.

"좋았어. 이젠 영지전 전문 용병이 되는 거야."

철거 전문 용병은 여기에 비하면 새발의 피였다. 물론 수익면에서다.

태수는 우선 주머니에 넣을 수 있는 것들은 모두 주머니에 넣었다. 부피가 큰 것은 별수 없이 오니토 백작의 도움을 받아야 했다.

"백작님, 밖의 창고에 있는 것은 백작님이 구입하시면 안 됩니까?"

"어떤 것 말인가?"

"에 또, 식량이요."

"그런 것이라면 내가 사지. 안 그래도 영지전으로 망친 농지가 많아서 걱정이었는데 말이야. 고맙네."

오니토 백작은 사람을 기분 좋게 만드는 재주가 있다.

창고의 무기와 갑옷도 팔려고 했지만, 용병단의 규모를 키우면 그것들은 다 쓸모가 있을 것 같았다. 결국 힘들더라도 수레를 구해 싣고 가기로 했다.

에이슈라를 불러 자신의 뜻을 전했다. 에이슈라와 그 일행들은 대대적인 환영의 인사를 했다. 태수의 싸우는 모습을 보았으니, 그런 환대도 이해가 간다.

에이슈라는 더했다. 자신이 계속 용병단의 단장으로 있을 수 있게 되었기 때문이다. 사실 이 부분은 태수의 실수였다. 용병단의 이름을 걸고 의뢰를 받으면 그 의뢰비의 30%를 용병단 단장이 가지고 나머지를 단원들이 나누게 되어 있었다. 특별히 조건을 걸지 않는 이상 이것은 불문율이다.

대신 용병단의 단장은 단원들이 충분한 돈벌이가 되도록 좋은 일거리를 잡아야 한다. 이 사실을 알면 태수는 에이슈라의 목을 조를지도 모른다. '여기 매니저 한 놈이 또 있네' 이러면서 말이다.

에이슈라는 태수가 자신의 것이라며 보여주는 엄청난 물품의 양에 기겁을 할 뻔했다. 사실 에이슈라 일행도 다른 용병들과 마찬가지로 약탈에 참가했었다. 다행스럽게도 태수의 눈에 뜨이지 않았던 것뿐이다.

그런데 그렇게 약탈을 해서 챙긴 것 전부를 합쳐도 지금 태수가 열어젖힌 창고에 들어있는 갑옷 하나의 가치도 되지 않는다.

이제 그들은 알았다. 태수가 돈벌이에 탁월한 재주가 있다는 것을. 따라만 다녀도 떡고물이 뚝뚝 떨어진다는 사실을.

오니토 백작이 수레와 사람들을 보내주었다. 무기와 갑옷들을 꺼내 수레에 실었다. 백작의 집사가 또 뭔가를 가지고 왔다. 지난번처럼 상자였는데, 지난번 것보다 더 컸다.

"뭐야? 곡식이 그렇게 비싼 것이었어?"

태수는 좋다고 상자를 받았는데 막상 상자를 여니 금화는 별로 들어있지 않았다.

"뭐야, 이거?"

집사가 땀을 흘리며 얘기한다.

"여기서 찾으신 황금을 넣어서 가야 할 테니, 큰 상자를 보내라고 하셨습니다."

"아, 그렇지. 고마워요."

태수는 고마울 땐 고마워할 줄 아는 사내다. 미소는 별로 아름답지 않지만.

상자를 들고 올라가서 금화와 금괴를 상자에 챙겨 넣었다. 그렇게 모두 챙겨 넣었는데 그 뒤로 무슨 문이 또 하나 있는 것이 아닌가.

"여긴 또 뭐야?"

태수는 그 문을 강제로 열었다. 아무리 봐도 키노 백작의 소지품 중에는 그 문을 여는데 필요한 열쇠는 보이지 않았다. 어쩌면 마법으로 열고 닫는 것일 수도 있었지만, 과도한 힘 앞에서는 그런 문도 별 소용 없었다.

"에게!"

뭔가 소중한 것이 들었을 줄 알았더니 그냥 가죽 몇 장이다. 꺼내서 살펴보는데 지도처럼 뭔가가 그려져 있다. 다 꺼내니 합치면 하나의 지도가 되는 것이었다.

"이건 무슨 지도지?"

글 같은 것이 써져 있기는 한데 이곳 문자를 모르니 알아낼 수는 없다.

"백작에게 보여주면 알겠지."

어쩌면 굉장한 보물 지도일 수도 있지만, 태수는 가지고 있어봐야 해결할 방도도 없는 물건엔 집착하지 않는다.

만약 보물 지도라 해도 오니토 백작과 같이 찾아서 반씩 나누면 그것이 더 이익이다. 그냥 지도를 가지고 있으면 의미없는 지도일 뿐이니까.

상자를 들고 내려와서 수레에 실었다. 나머지 공간에 갑옷과 무기들을 실으니 키스상단의 상행 때보다 수레가 더 많다. 물건들도 그때보다 비싼 무기와 갑옷이니, 이것만으로도 키스상단의 1년 수익을 훌쩍 넘어가는 만큼 벌었다. 레오파드가 배 좀 아프겠다.

포장을 잘하여 베르미어로 돌아갈 준비를 했다. 오니토 성에 들리지 않고 곧장 출발할 생각이었다. 그래도 백작을 한번 보고 가려는데 마침 백작이 찾아왔다.

백작은 용병들에게 지급할 돈을 가지고 온 것이다. 정말 계산도 깨끗하다. 미루는 법도 없다. 먼저 사주었던 말도 그냥 주고 만다. 뒷말이 나올 여지를 전혀 남기지 않았다.

"이제 헤어져야겠군. 한동안은 영지를 돌보느라 정신이 없을 듯하네. 하지만 베르미어에 내 저택이 있지 않은가. 나중에 또 볼일이 있을 거네. 우리의 인연은 여기서 끝이 아니야."

오니토 백작의 말은 뭔가를 암시하고 있는 듯하다. 하지만 태수에게는 나중에 또 일거리를 갖고 찾겠다는 것으로만 들렸다.

"알겠습니다."

"아 참, 이것 받게."

백작은 태수에게 또 하나의 작은 상자를 내밀었다. 이번 상자는 전체가 금으로 되어 있는 상자였다. 비록 작지만 값진 보물이었다.

태수가 놀라서 바라보니 백작이 미소를 짓는다.

"그 안에 남작 작위를 내렸다는 증명서와 신분 증명용 반지가 있네. 반지에는 내가 임의로 정한 문장이 새겨져 있지. 앞으로는 제기랄 지라르 남작일세. 지라르 남작."

"제 이름은 박태수라니까요?"

"알고 있네, 빡떼쓰. 하지만 그 이름은 별로 좋지 않는 것 같아서 그냥 용병으로 등록했다는 이름으로 해버렸네. 괜찮지?"

이제 정말로 제기랄 지라르 남작이 되었다. 완전히 공식적으로. 정말 귀족이 된 것이다.

'그나저나, 왜 태수라는 이름은 부르는 놈들마다 다 틀리는 거야? 제기랄은 다 비슷하게 발음하면서. 젠장!'

태수는 별수 없이 제기랄을 떨쳐 내지 못할 운명인 것 같다.

"아 참, 저도 보여드릴 것이 있습니다."

태수는 그 몇 장으로 나눠진 지도를 꺼내어 백작에게 넘겼다. 백작이 뭔가 하고 그것들을 펼치더니 잠시 놀라는 표정이 되었다.

"이건 내 영지의 지도인데, 여기 표시는 뭐지? 여기에 뭔가가 있나?"

"백작님 영지 지도라고요?"

"그러네. 그런데 이곳에 뭐가 있기에 이런 표시를 했는지 모르겠군. 근처에 광산이 있기는 하지만 지도의 표시는 그곳이 아닌데 말이야."

"어쩌면 그 지도가 키노 백작이 백작님의 영지를 욕심냈던 이유일지도 모르겠군요. 그렇게 깊숙한 곳에 숨겨둔 것을 보면 말이죠."

오랜만에 예리한 태수의 분석이다. 백작은 고개를 끄덕이며 되물었다.

"깊숙한 곳?"

"네. 금고 뒤에 또 비밀 문이 있더군요. 거기서 찾았습니다."

"그렇다면 정말 이 지도에 뭔가 있는지도 모르겠군. 어쩌면 고대 유적이나 마법사의 던전 같은 것의 표시일수도 있고 말이야."

"한 번 가볼까?"

"한 번 가볼까요?"

둘은 동시에 이렇게 입을 열었다. 그러고는 서로 바라보며 웃었다.

"하지만 지금은 아니네."

"왜요?"

“눈이 너무 많아.”

백작의 말은 용병들을 얘기하는 것이었다. 또 아직 키노 백작의 처리도 완벽하지 않았다.

“키노 백작이 마법사를 데리고 있었던 이유도 이것 때문이었나 보군. 아, 그런데 그 마법사는 어디에 있지?”

문득 백작이 물었다.

“보냈는데요?”

태수는 비밀 창고를 찾은 뒤 약속대로 마법사를 놔주었다. 마법사는 뒤도 돌아보지 않고 도망쳤었다.

“이런 큰일이군. 그 마법사는 이 지도에 대해 알고 있을지도 모르는데.”

마법사가 지도의 정체에 대해 알고 있다면 오니토 백작이나 태수가 무엇을 얻었는지 소문이 날 수도 있었다. 그러면 그 소문을 듣고 어중이떠중이가 찾아올 것이다.

태수는 진저리를 쳤다. 이미 좀도둑들에게 그런 고통을 맛보지 않았던가. 이번엔 훨씬 규모가 크니 평안하게 살기는 다 틀렸을지 모른다.

“어쩔 수 없이 소문이 나기 전에 먼저 가서 확인을 해봐야겠군.”

“제 생각도 그렇습니다.”

“그럼 용병들이 다 떠나고, 내일 찾아가 보세.”

“알겠습니다.”

오니토 백작도 뭐가 있든 혼자 먹을 생각을 하지 않았고, 태수도 마찬가지였다. 둘은 정말 꿍짝이 잘 맞는다.

태수는 에이슈라에게 오니토 성에 들렀다가 베르미어로 갈 것이라고 알려주었다. 수레는 오니토 성으로 이동했다. 안전한 내성으로 이동시켜 보관을 하고는 일행은 백작이 주관한 만찬에 참가했다.

"그런데 백작님께서는 가족이 없습니까? 그러고 보니 키노 백작도 가족들이 없는 것 같네요? 여기 귀족들은 다 그렇게 외롭게 삽니까?"

"허허! 내 가족들은 다 수도에서 산다네. 키노 백작의 가족들도 마찬가지지. 대부분 영지를 가진 귀족들의 가족은 수도에서 사는 것이 보통이라네. 그래야 귀족들이 함부로 반역을 꿈꾸지 않거든. 일종의 인질이지."

"아! 그렇군요."

민감한 문제였다. 완벽한 안전장치이기도 했다. 반역을 하려면 먼저 자신이 가족들을 버려야 한다. 그 고통을 감수해야 반역을 할 수 있는 것이다.

만찬이 끝나고 모두 잠을 자러 방으로 들어갔다. 태수만 혼자 내성의 마당 한쪽을 찾아가서 한참 동안 칼을 휘둘렀다.

아직 더욱 강해진 중력을 극복하지 못했다. 언제 극복이 될지도 의문이지만, 또다시 강해질 중력 때문에 두렵기도 했다. 그렇게 밤이 지나고 다시 날이 밝았다.

　　　　　*　　　　　*　　　　　*

　오니토 백작의 기사 10명과 태수를 비롯한 에이슈라의 일행 5명, 거기에 오니토 백작까지 16명은 식사를 마치자마자 지도에 표시된 곳을 찾아갔다.

　멀리 광산의 모습이 보인다. 무엇을 캐는 광산인지는 알 수 없었다.

　"여기 광산은 은을 캐는 곳이네. 운이 좋아서인지 내 영지에는 은광 두 개와 철광 하나, 그리고 주석 광산이 하나가 있네. 한편으론 운이 없는지 금광은 없더군."

　묻지 않아도 백작은 다 알아서 설명을 해준다.

　그 은광을 지나 산으로 한참을 더 들어갔다. 지도에 표시된 곳은 커다란 바위가 자리하고 있었다.

　"여기 사람들이 다녀간 흔적이 많군요."

　"키노 백작이 보냈던 사람들의 흔적이겠지. 우리 영지민들은 여기까지 들어올 이유가 없네."

　"엇! 여기 땅을 판 흔적이 있습니다."

　기사 한 명이 호들갑스럽게 외쳤다. 일행은 모두 그곳으로 갔다. 하지만 태수는 다른 것을 보고 있었다.

　"이거 어쩐지 조금 움직인 것 같은데?"

　태수가 보는 것은 바위였다. 거대한 바위가 어쩐지 움직인 것 같았다. 그리고 사람들의 발자국은 바위를 밀기 위해서 생긴 흔적 같았다.

태수는 아직 중력을 해제하지 않았다. 그 상태로 바위로 다가갔다. 역시 거대한 덕분인지 바위는 한층 강해진 중력에서도 움직이지 않았다.

"영차!"

태수는 혼자 바위를 슬쩍 밀었다.

스르륵!

조금씩 바위가 움직였다. 아니 밑으로 박히고 있었다.

"역시 그냥은 안 되는군."

태수는 그렇게 말하고는 중력을 해제했다. 순간 한층 강해진 태수는 스륵 힘을 주어 바위를 밀어보았다. 단단하게 땅에 박혀 있던 바위는 힘차게 움직였다.

"돌 굴러가요."

하필이면 일행이 땅이 파인 흔적을 살펴보는 곳으로 바위는 굴렀다. 태수의 말을 알아들을 수 있는 오니토 백작이 고개를 돌리고는 기겁을 했다.

"피해!"

백작이 외치는 바람에 그들은 목숨을 구했다. 그래도 기사와 용병들이라 민첩하게 몸을 피할 수 있었다.

그들이 사납게 태수를 노려보는데 정작 태수는 다른 곳을 보고 있었다. 그 앞에 동굴 하나가 입을 떡 벌리고 있는 것이다.

우선 기사 한 명이 나무에 불을 붙이고는 안으로 들어갔다. 기사는 금방 튀어나왔다. 그런데 표정이 조금 놀란 표정이다.

"배, 백작님!"

"왜?"

"금광입니다. 안쪽에 금빛이 보입니다."

"금광? 다른 것은 없고? 무슨 던전이나 고대의 흔적 같은 것은?"

금광이라는데도 오니토 백작은 엉뚱한 얘기를 한다. 하긴 금광보다는 던전이나 유적이 더 큰 것을 얻을 수도 있다.

"그런 것은 없고 그냥 금광일 뿐입니다. 그런데 대단합니다. 금의 함유량이 상당히 높은 거 같습니다. 온통 번쩍번쩍합니다."

금광이라고 해도 금 성분의 함유량에 따라 가치가 달라진다. 그런데 기사의 말대로라면 상당한 가치가 있는 것 같다.

"축하합니다, 백작님! 소원하셨던 대로 금광을 얻으셨군요."

기사들이 앞 다투어 백작에게 축하를 한다. 오니토 백작은 입이 찢어질 지경이다. 안 그래도 감당할 수 없이 벌어들이고 있는 판에 금광까지 생긴 것이다.

"제기랄, 여기 금광이라네. 자네도 축하하네."

백작은 태수에게 축하한다고 얘기했다. 태수도 금광이라

는 소리에 얼굴에서 웃음이 떠나지 않는다.

"내려가서 계약을 하세. 이 금광의 발견은 자네의 덕이니까 지분을 나눠야지."

"좋습니다."

태수는 완전 기쁘다. 이제 그냥 가만히 있어도 금이 굴러들어올 길이 생겼다.

"언제부터 금을 캘 수 있을까요?"

"못해도 한 1년은 걸리지 않을까? 국왕께 보고도 해야겠고, 시설도 하고, 경비도 필요하고, 어쨌든 모든 준비를 다 하자면 1년 정도는 지나야 본격적인 수익이 생길 것이네. 광산이 그냥 땅만 파면 되는 곳이 아니거든."

이번엔 조금 실망스럽다. 1년이나 걸리다니.

하지만 그래도 그게 어딘가. 이젠 키노 백작이 사랑스러워진다. 옆에 있으면 껴안아주기라도 할 텐데.

씨앗을 뿌린 놈이 곡식을 거두는 법이다. 태수는 기껏 밀어버린 바위를 다시 굴려 올라와야 했다. 괜히 기분 좋게 굴렸다가 생고생은 혼자 다한다. 다른 사람들은 금광 구경을 하며 땀을 뻘뻘 흘리는 태수를 즐거운 눈으로 바라보았다.

겨우 바위를 올려놔서 구멍을 다시 막았다. 아직 다른 사람들은 몰라야 하는 곳이다.

내려오자마자 백작은 수도로 전령을 보냈다. 금광의 발견은 숨긴다고 해결되는 것이 아니다. 차라리 국왕에게 사실을 밝히고 떳떳하게 개발을 하는 것이 낫다.

전령 편에 국왕에게 보내는 서신에는 키노 백작이 왜 영지전을 걸었는지에 대한 내용도 있었다. 금광을 노렸다는 얘기였다. 어쩌면 키노 백작은 국왕을 속인 죄로 작위를 강등당하거나, 귀족 지위를 박탈당할지도 모른다.

그런데 태수가 미처 몰랐던 내용이 그 서신엔 있었다. 오니토 백작은 태수에게 귀족의 작위를 주었다는 내용을 그곳에 써서 보냈다. 태수가 네오지온을 어떻게 이겼는지에 대한 소식도 함께였다. 이로 인해 왕과 수도 귀족들의 주목을 받게 되는 태수다.

하지만 이것은 나쁜 얘기가 아니었다. 질 것이 확실시 되던 오니토 백작이 영지전에서 승리했다. 그 이유가 잘난 용병 한 명 때문이었다. 이런 소문은 귀족가로 급속히 빠르게 전해질 것이다.

태수는 베르미어로 돌아왔다. 이미 태수의 소식은 베르미어에 전부 알려져 있었다. 마스터 급의 기사를 때려잡은 얘기와 날아올라 성벽을 넘은 얘기는 이제 차라리 전설이고 신화였다.

태수가 수레를 몰아간 곳은 키스상단이었다. 레오파드에게 부탁할 것이 있었다.

키스상단의 뒷마당. 태수는 레오파드를 불러냈다. 그의 뒤로는 수레들이 죽 늘어서 있다.

 저주용병
귀환기

좌르륵.

쇠사슬이 풀리고 태수는 레오파드와 대화를 나누었다. 이제 옛날처럼 서로의 행동을 읽고 서로 고민하는 재미는 없다.

"이겼다는 얘기는 들었다. 많이 벌었다며? 축하한다."

"아, 고마워. 그런데 부탁이 있어."

"부탁? 무슨 부탁?"

"이 수레의 물건들 좀 보관해 줄 수 있어?"

레오파드가 수레를 보았다. 포장이 되어 있어서 내용물은 보이지 않는다.

"뭔데?"

"무기와 갑옷."

레오파드가 잠깐 놀랐다. 순간 돈이 된다는 생각을 했다. 이놈은 아직 버릇을 못 고쳤다.

"팔 거야?"

"응."

"우리가 살까?"

레오파드는 욕심을 냈다. 원래 무기와 갑옷은 기본적으로 비싼 물건이다. 태수에게서 조금 싸게 사서 다른 도시에 비싸게 팔 생각을 했다.

"아니, 이건 우리 용병단에 가입하는 용병들에게 싸게 팔 거야."

"용병단 만들려고?"

“응. 벌써 만들었어. 아 참, 이거 봐.”

태수는 남작 문장이 새겨진 반지를 내밀었다. 레오파드는 별로 놀라지 않았다. 이미 귀족이었던 것으로 알고 있었기 때문이다.

“귀족 문장이네.”

“응”

이렇게 무미건조할 줄이야. 둘 사이는 오히려 말이 통하지 않을 때보다 서먹서먹했다.

“보관료는?”

“응? 보관료?”

“내가 아무리 상단주지만 내 맘대로 창고를 대여해 줄 수는 없어. 다른 사람들이 그렇게 되도록 두지도 않고. 그러니 물건을 맡기려면 보관료를 내야 해.”

“어, 얼마나?”

설마 잠깐 물건을 맡기는데 돈을 달라고 할 줄 몰랐다.

“양을 보니 창고 하나는 꽉 찰 것 같은데, 음…… 하루에 금화 한 개.”

“헉!”

하루에 금화 한 개. 결코 작은 돈이 아니다.

“원래 가격이 그래?”

“왜 비싸? 그럼, 좋아. 친구로서 딱 잘라서 반값에 해줄게. 더 이상은 안 돼.”

 저주용병
귀환기

“좋아.”

반값이라는 말에 태수는 허락을 했다. 그렇게 태수와 레오파드는 창고 임대 계약을 했다.

“아, 그리고 써드 숲 말이야. 지금 네가 사는 곳.”

“왜?”

“그거 여기 영주에게 임대한 거거든. 돈을 어느 정도 벌었으면 그냥 사버리지 그래.”

“살 수도 있나?”

살 수 있다면 사는 것이 좋다. 대나무를 이용한 사업도 생각만 하면 가능하니까. 그리고 자신의 진짜 보금자리가 있다는 것과 얹혀산다는 것은 기분부터 다른 법이다.

“영주에게 얘기만 잘하면.”

“알았어. 한번 알아볼게.”

이런 것은 옛날 같았으면 레오파드가 알아서 해줬을 것이다. 그런데 이젠 알려만 주고 끝이다. 더 이상 레오파드는 친절하지 않았다. 친구인 것은 변함이 없지만 더 가까워지는 것은 불가능할 것 같다.

말을 통할 수 있게 되었다는 것이 이렇게 씁쓸한 결과를 낳게 할 수도 있었다.

Chapter 8
용병이 돈 버는 법

태수는 은행에 가서 금화들을 맡기고 왔다.

이제 태수의 재산은 금화 25780개와 금괴 24개가 되었다. 금화로 다 계산하면 3만 개가 넘는다. 거기에 최소가 금화 10만개라는 마법 갑옷 두 벌이 있었다.

엄청나게 많이 벌긴 했다. 단 본인이 그렇게 생각하지 않는 것이 문제다.

은행을 나온 후에 용병 조합으로 갔다. 카세스는 이젠 태수가 어떤 짓을 해도 놀라지 않는다. 지난번의 일로 이미 개망신을 당했지만 더 망가져서야 위신이 서지 않는다.

"어서 오게, 무슨 일로?"

카세스는 이제 함부로 입을 놀리지도 않는다. 태수가 못 알아듣는 것을 알지만 그래도 스스로 조심하고 삼간다.

"에이슈라가 용병단 등록을 했나요?"

"그래. 그런데 자네도 거기에 가입했다고?"

"네. 왜요? 이상한가요?"

"왜 그런 짓을 하지? 자네 실력이면 용병단에 가입하는 것보다 훨씬 많이 벌 텐데?"

"네? 용병단이 돈을 더 벌지 않고요?"

"생각해 보게. 용병단은 단장이 30%를 먹지 않나. 나머지 70%로 단원들이 나누는데 돈이 생각만큼 벌릴 것 같은가?"

오오, 드디어 카세스가 태수가 모르던 금단의 불문율을 얘기해 버렸다. 태수의 볼살이 푸들푸들 떨린다.

'어쩐지 에이슈라 이 녀석이 너무 좋아하더라니.'

태수가 벌떡 일어났다. 이건 말이 되지 않았다. 등급도 S급으로 제일 높은데 30%를 에이슈라가 먹는 것에 절대 동의할 수 없었다.

"분배 문제를 잘 상의해 보게. 원래 다른 곳에서는 등급이 높은 사람이 단장을 하는 법인데 자네는 참 특이하군."

태수는 금방이라도 달려가서 에이슈라에게 따지고 싶었다. 왜 그런 것이 있다는 것을 얘기해 주지 않았냐고.

하지만 이제 와서 그 문제를 걸고 넘어가기도 좀 그랬다.

왠지 스스로가 좀생이가 된 것 같기도 하고, 또 에이슈라가
포션으로 상처를 치료해 준 인연도 있었기에 참기로 했다.

"그래. 에이슈라가 어떻게 나오는지 보자. 등급을 무시하
고 제 욕심만 차리면 그때 가서 헤어져도 되니까. 양심을 믿
어보도록 하자."

그냥 이렇게 나중을 기약했다. 1년만 버티면 오니토 영지
의 금광에서도 돈이 들어올 것이니 차이가 별로 없다면 굳이
따질 생각도 없었다.

"개인적으로 활동하는 용병들 중에 쓸 만한 사람들을 좀
추천해 주세요."

"용병단에 받으려고?"

"네. 이왕이면 좋은 사람으로 받아야지요. 등급은 상관없
어요."

"그럼 차라리 내가 쓸 만한 사람들에게 권유를 해주지. 대
신 용병단의 본부는 여기 베르미어인거야. 나중에 규모가 커
졌다고 수도로 가버리면 안 돼. 알았지?"

"그러세요."

태수는 선선히 응했다. 어차피 써드 숲을 사서 여기서 살
생각이었다. 당연히 용병단도 여기서 떠나지 않을 터였다.

카세스가 신경을 써준 바람에 용병단의 수는 급속히 불었
다. 그리고 엘름왕국에 뜻밖의 바람이 불었다. 오니토 백작의

영지전 승리 이후에 갑자기 영지전 열풍이 분 것이다.

S급 용병 한 명이 승패를 바꿨다는 것 때문에 갑자기 용병들의 일거리도 많아졌다. 여기저기서 영지전이 일어나니 용병들도 많이 필요해졌다.

에이슈라 용병단도 몇 번의 영지전에 출전했다. 다행히 모두 승리했다. 용병단에 대한 소문도 널리 퍼졌다. 네오지온의 명성이 썩 훌륭했었는지, 그를 이긴 태수의 명성을 듣고 일부러 찾아오는 용병들도 있을 정도였다.

그렇게 용병단은 점차 커졌다. 그런데 그와 더불어 태수의 불만도 점차 커져 갔다. 에이슈라는 욕심을 부려 30%의 불문율을 깰 생각을 하지 않는 것이다. 이제는 흡사 자기가 잘나서 용병단이 이렇게 커진 것으로 생각하고 있었다.

돈은 사람을 바꿔 놓는다. 태수는 돈을 모으는 이유가 집에 돌아가기 위해서다.

하지만 에이슈라는 아니었다. 에이슈라의 목표는 귀족이 되었을 때 폼 나게 살기 위해서 돈을 모은다. 그러다 보니 아직 귀족은 아니지만, 돈을 쓰는 씀씀이가 헤프다. 있으니 쓰는 것이다.

그래서 요즘 용병단의 물도 흐려져 간다. 에이슈라가 쓰는 돈을 보고 용병단에 들어오는 자들도 늘었다. 그들은 에이슈라에게 아부하고 에이슈라가 돈을 쓸 때 항상 옆에 있다.

이미 거프와 자니, 그리고 프로피나도 에이슈라의 옆을 떠났다. 그들은 오히려 지금 태수를 더 따른다. 용병단 창립 멤버 중에 에이슈라를 뺀 나머지는 언제 용병단을 탈퇴할지의 결정만 남았다.

용병단이 베르미어로 돌아왔다. 태수는 이제 완전히 자신의 것이 된 써드 숲으로 돌아왔다.

"피곤해."

정신없이 영지전을 쫓아다니다 보니 벌써 1년이 훌쩍 지났다.

에이슈라 용병단은 영지전 전문 용병단으로 이름이 알려졌다. 그런데 사실 태수는 별로 실속이 없었다.

S급이기에 분배를 할 때 그래도 많이 받고는 있었지만, 오니토 백작 때와 같은 횡재는 더 이상 불가능했다. 그래도 상단을 따라다니는 것보다는 낫기에 그냥 참고 있는 것이다.

그에 비해 에이슈라는 단장이라는 이유만으로 지금은 태수에 버금가는 거부가 되었다.

가만 보면 에이슈라는 운이 좋다. 태수를 만난 것도 그렇지만 전투 중일 때도 이상하게 그가 있는 곳으로는 적의 공격이 집중되지 않는다. 용병단이 항상 이기는 것은 그의 운 때문이라는 얘기도 있을 정도였다. 정작 큰일은 태수가 거의 혼자 다 하는데도 말이다.

"벌써 1년이네. 어? 가만 1년? 그럼 금광에서 수입이 들어올 때가 됐네? 어쩌면 벌써 들어왔을 수도 있겠구나. 날이 밝으면 은행에 먼저 들러봐야지. 이번엔 좀 오래 쉬어야겠다.”

태수는 다음 영지전엔 참가하지 않기로 했다. 이 세계로 와서 2년이 넘었다. 아직 목표로 했던 돈을 모으지는 못했지만 이젠 조금 쉬어도 될 때가 되었다.

“피곤해.”

태수는 또다시 피곤을 입에 담았다. 진짜 피곤하지 않으면 이렇게 여러 번 얘기하지 않는다. 육체적인 피로는 물론 아니다. 정신적인 피로 때문이다. 태수는 그렇게 금방 잠이 들었다.

＊　　　＊　　　＊

태수는 일어나서 씻고 식사를 한 다음에 은행에 갔다. 오니토 백작에게서 보내온 돈을 확인하니 지난 2달 동안 무려 금화 2천 개가 늘어났다.

“초기인데 금화 2천 개면 광산이 활성화되면 더 많겠지?”

오니토 백작이 그랬었다. 광산은 초기보다 시간이 지날수록 수익이 더 난다고. 금맥을 따라 굴이 늘어날수록 채굴량도 늘어난다고 했었다. 갑자기 가슴이 따뜻해진다.

은행을 나와 잡화점에 가서 대나무 지붕을 보수할 천을 샀다. 누워서 하늘을 보니 지붕을 만든 천이 낡아서 별이 보였다. 천을 사서 지붕을 보수하고 영지 사냥터로 가서 먹을 것

 저주용병
귀환기

들을 잡아왔다.

태수는 아직 영지 사냥터에서의 사냥은 불법이라는 것을 모른다. 아직 운 좋게 들키지 않았다.

칼을 빼 들고 운동을 하고 우물에서 물을 길어 올린 다음에 목욕을 했다. 가죽을 벗겨 고기를 먹고, 가죽은 대나무를 잘라 끼워 걸어 말렸다.

얼마 후에 또다시 영지전에 참가한다는 에이슈라의 연락이 있었다. 태수는 참가하지 않겠다는 대답을 하고 그냥 집에 남았다. 에이슈라는 태수가 없어도 자신이 있는지 더 권하지 않고 그대로 출전했다.

몇 달 후에 에이슈라와 용병단은 돌아왔다. 그런데 결과는 참패. 도망쳐 왔던 것이다.

상대 진영에 S급 용병들이 포진된 두 개의 용병단이 참가해 있었다고 한다. 월등한 실력 앞에서는 에이슈라의 운도 별 소용이 없었다.

어이없게 태수 때문에 졌다는 소문이 돈다. 사람이 이렇게 변할 수도 있는 것일까? 에이슈라는 영지전에 참가하지 않은 태수에게 패전의 책임을 전가했다. 가만히 보니 상당히 웃긴 놈이다. 갈수록 멋대로다.

용병단에서 탈퇴하는 용병들이 늘었다. 날이 갈수록 줄어든다. 많은 수의 용병들이 지난번 영지전에서 죽었으니 어쩔 수 없을 것이다. 누군들 한꺼번에 그렇게 많은 용병들이 죽었는데, 더 있고 싶겠는가.

그리고 얼마 후에 태수는 또 한 번의 도약을 맞이했다. 여기서 도약은 중력의 도약이다. 이번엔 정확히 얼마만인지 모르겠다.

어쨌든 이제 중력이 미치는 범위는 50센티가 약간 넘는다. 그리고 자유 시간은 4시간 반. 한 번의 도약 때마다 자유 시간은 30분씩 줄어든다. 그것을 이번에 확인했다.

이대로 가면 앞으로 네 번의 도약이 더 있으면 중력 범위는 제로가 되고 시간은 2시간 반으로 줄어든다. 그 시간이면 밥 먹는 것으로도 빡빡한 시간이다. 어떻게 하든 그전에 오리하르콘을 다 구해야 하는데 걱정이다.

그리고 어느덧 태수가 자신의 의도와 달리 벌거벗고 탈영한 지 3년이 흘렀다.

＊　　＊　　＊

툭, 툭.

단잠을 자는데 누군가가 자꾸 건드린다.

"아음! 누구냐?"

잠결에 태수는 인상을 썼다.

태수는 어제 아름다운 베르네스와 결혼을 했다. 베르네스는 돌로네 백작의 둘째 딸이다. 첫눈에 그녀를 보는 순간 태수는 사랑에 빠졌다. 그래서 집에 돌아갈 생각도 못하고 여기서 결혼을 하고 말았다.

결혼식 날 밤은 행복한 첫날밤이 되었다. 하루에 그녀와 지낼 수 있었던 시간은 겨우 4시간 반이 전부였지만, 최선을 다해 사랑해 주었다.

그런 후에 일부러 통짜 바위를 잘라 지은 정자에 나와 잠이 들었다. 밤을 전부 베르네스와 보내지는 못했지만 태수는 단잠에 빠졌다. 그런데 자꾸 누가 툭툭 건드린다.

"누구냐니까?"

신경질을 내며 벌떡 일어나는데 잠결이라 그런지 주변이 이상하다.

"어라? 정자는 어디 갔지?"

태수가 두리번거리는데 주변에 많이 보던 인간들이 보인다. 예전에 같이 활동하던 용병 녀석들이다.

"너희들 뭐야?"

왜 갑자기 여기에 모여 있는지 물어 보려는데 뭔가가 날아와 몸 위에 떨어진다.

툭!

작은 돌이다. 누가 자꾸 돌을 던져 잠을 깨운 것이다. 그러고 보니 입고 있는 옷도 갑옷이다.

'첫날밤의 예복은 어디 갔지? 이걸 언제 또 입었지?

그런 생각을 하며 고개를 돌리는데, 자신의 몸에 돌을 던지고 있는 거프가 보인다.

"헉!"

태수는 깜짝 놀랐다. 그가 기억하는 거프는 2년 전에 죽은 자였다.

이렇게 살아 있으면 안 되는 것이다.

"뭐, 뭐야?"

태수가 살짝 놀랐다. 그러다가 문득 또 기억을 해냈다. 자신이 지금 전쟁에 참가하기 위해 어딘가로 가고 있다는 것을…….

"이런 제길 그럼 꿈이었나?"

갑자기 허탈해졌다.

전쟁에 참가해 공을 세우고 그 공을 인정받아 국왕이 하사하는 영지와 국왕의 남작 작위를 새로 받았다.

그리고 사랑스런 베르네스를 만나 결혼을 했는데, 그 모든 것이 꿈이었다니……. 차라리 꿈속에서 살았으면 싶다.

괜히 돌을 던져 자신의 단꿈을 깨운 거프가 원망스럽다.

태수는 눈을 비비고 목의 근육을 풀며 일어났다. 그러고 보니 확실히 기억이 난다. 엘름왕국의 북동쪽에 위치한 유안왕국에서 도발을 해온 것이다.

이번 전쟁은 엘름왕국이 틈을 보였기 때문에 발생했다. 잦은 영지전으로 귀족들은 병력과 기사들을 허비했다. 근 2년 동안 영지전이 끊이지 않았고, 엘름의 군사력은 상당히 줄어

들었다.

국가 간의 전쟁이 일어나면 귀족들은 자신들이 기른 군사력을 모아 전쟁에 참가하는 법이다. 그런데 엘름의 귀족들이 보유한 군사력은 예전의 60% 정도밖에 되지 않았다. 영지전으로 나머지를 잃은 것이다.

호시탐탐 노리던 유안왕국은 영지전이 줄어들 때쯤에 엘름왕국에 선전포고를 했다. 엘름왕국은 발칵 뒤집혔다. 귀족들은 그제야 자신들이 스스로 화를 자초했음을 알았다.

국왕도 뇌물을 받아먹는 재미에 너무 많은 영지전을 허락했다는 사실을 깨달았다. 이미 때는 늦었지만.

그때 어떤 귀족이 국왕에게 방법을 제시했다.

"용병들에게 대가를 주고 전쟁에 참가시키면 됩니다. 비록 우리의 군사력은 줄었지만, 대신에 전쟁 경험이 많은 용병들은 더 많아졌습니다. 그들에게 적당한 대가를 주고 전쟁에 참여시키면 됩니다. 더불어 S급 용병인 제기랄 지라르 남작을 참가시킬 수만 있다면 승리하는 것도 불가능하지는 않습니다."

국왕은 언젠가 들었던 제기랄의 이름을 기억해 냈다. 물론 이 귀족은 오니토 백작이다. 그가 아니면 태수를 이렇게 강력하게 추천할 귀족이 없다.

"하지만 용병들이 과연 전쟁에 참가할까? 그들은 이 전쟁이 위험하다는 것을 알 텐데?"

“한 가지 조치만 취하면 됩니다.”

“무슨 조치?”

“은행을 동결시키는 겁니다. 전쟁 자금을 위해 일시적으로 은행에서 돈을 지불할 수 없다고 알리고, 나라가 망하면 그 돈은 영원히 찾을 수 없을 것이라고 하십시오. 용병들의 전 재산이 걸린 일인데 어떻게 참가를 하지 않겠습니까? 특히 돈이 많은 고위급 용병들은 절대 참가하지 않을 수 없을 겁니다.”

“오호! 하지만 그건 상단들 때문에 불가능한데?”

“용병들이 참가를 결정하면 그땐 풀어줘도 됩니다.”

용병들은 일단 계약하면 끝이다. 치사하지만 엘름 국왕은 그런 방법을 그대로 사용했다.

나라가 망하면 은행에 맡긴 돈을 그냥 날린다는 소리에 태수도 울며 겨자 먹기로 전쟁 참가 의뢰를 수락했다. 어떻게 번 돈인데 그냥 날린단 말인가.

그렇게 지금 태수와 용병들은 계약을 마치고 유안왕국과의 국경으로 가는 중이다. 슬레이산의 기슭에 만들어진 길을 따라가다가 점심을 먹고 쉬는 중이었다.

태수는 그 틈에 그늘을 찾아 누웠고, 깜박 잠이 든 이후에 꿈을 꿨다. 전쟁에 참가해 공을 세우고 정식으로 국왕의 귀족이 되고, 여자를 얻고 결혼을 하는 아주 좋은 꿈을.

“정말 꿈이구나. 하긴 꿈이 아니면 내가 어떻게 여자를 만

 저주용병
귀환기

나 사랑을 할까? 이 저주받은 몸뚱이로. 제기랄!"

손만 대면 무엇이든 망가뜨리는 육체다. 연약한 여자와 사랑을 나눌 수 있을 리 없다. 그런데 꿈이 너무 생생했다. 전쟁에 참가하고 2년 동안의 기간이 그 꿈에 고스란히 담겨 있었다.

"그러고 보니 꿈의 시작도 여기서부터인 것 같았는데……."

정말 신기하게도 잠을 청하고, 그 잠에서 깨어나 다시 이동을 하던 것부터 꿈을 꾸었었다. 2년 동안의 꿈을.

좌르륵.

태수는 반지를 끌러 거프에게 던져 주었다. 거프가 반지를 잡았다.

"내가 얼마 동안 잔거냐?"

"15분 정도?"

"허!"

2년이 생생한데 겨우 15분이 지났단다.

확실히 이상한 일이었다. 겨우 15분 동안 일어난 불가사의함이다.

"이동하자."

현재 용병들을 인솔하는 것은 사실 태수였다. 용병들 간에는 실력이 모든 것을 말해준다. 베르미어에서 출발하는 용병들이기에 에이슈라도 여기에 속해 있다.

"그러고 보니 에이슈라는 더 큰 공을 세워 백작이 됐었지?

젠장, 진짜 개꿈이었네.”

태수는 기분이 나빴다. 아무리 꿈이라도 에이슈라 같은 이중인격자 같은 놈이 백작이라는 고위 귀족이 되다니 말이다.

이미 태수와 에이슈라간의 골은 너무 깊어졌다. 에이슈라의 일방적인 원망이라고 해야 할까? 에이슈라와 그에게 빌붙어 살고 있는 저질 용병들의 태수 씹기는 태수에게 살인 충동을 불러일으킬 정도였다.

용병들은 태수가 이동을 시작하자 다시 우르르 일어나 이동을 했다. 대부분의 용병들이 말을 타고 있었기에 계속 걸어가는 태수의 속도에 굉장히 따분해하고 있었다.

한 시간 정도 걷던 태수는 문득 이상하게 꼬인 나무를 발견했다.

‘어, 저거? 꿈에서 봤던 건데? 그리고 이쯤에서 뭔지 모르는 괴성이 들리고……’

크어어엉!

잠시 태수는 멍하니 정신을 차리지 못했다. 꿈에서 이미 겪은 일이 차례로 벌어지고 있었다.

“트롤이다, 트롤 울음이다.”

용병들이 당장이라도 뛰쳐나가고 싶어 한다. 트롤은 상급 몬스터지만 아주 강한 것도 아니고, 그 피가 정말 돈이 되는 최고의 몬스터였다.

용병들이 트롤을 잡고 싶다는 뜻을 태수에게 팍팍 쏘아 보냈다.

'그러고 보니 여기서 저 에이슈라 놈이 저쪽으로 달려간 뒤로 총을 손에 넣고 전쟁에 공을 세웠었지?'

꿈의 내용은 그랬었다.

'참, 나도 미쳤지. 갑자기 총은 무슨? 하하!'

그렇게 속으로 웃던 태수는 그래도 불안해졌다. 꿈이 맞아 가고 있지 않은가. 에이슈라가 달려간 저쪽 방향에 뭔가가 있는 것은 분명했다. 어쩌면 자신처럼 또 한 명의 지구인이 넘어왔을 수도.

"헉! 망구!"

그러고 보니 이곳 슬레이산에 망구가 있다. 망구라면 무슨 짓을 했을지 모른다. 지금까지 자신을 괴롭혔던 것을 보면, 지구까지 10년이 걸린다고 했던 말도 거짓일 수 있었다.

태수는 꿈에서와는 다르게 자기가 에이슈라가 갔던 쪽으로 가기로 했다. 그는 반지를 잡고 따라오던 거프에게 말했다.

"난 저쪽으로 갈 테니까 나머지 용병들을 데리고 트롤을 잡으러 가봐. 조심하고."

"알았어."

거프도 용병이다. 트롤의 울음소리를 들었으니 기대를 하지 않을 리 없다.

태수는 반지를 회수하고 에이슈라가 트롤 수색을 갔던 곳으로 달렸다. 더딘 걸음이 귀찮아서 아까운 자유 시간도 포기하고 중력을 해제한 다음 빠르게 주변을 살피며 달려갔다. 그렇게 한참을 달려 올라가다 문득 뭔가를 발견했다.

할망구의 집.

한글로 이런 글이 새겨진 커다란 나무.
"여기였구나?"
태수는 3년 만에 자신을 이 신세로 만든 할망구의 집에 다시 돌아온 것이다. 이 저주 받을 곳에.

*　　　　*　　　　*

지구에는 미국이라는 미친 나라가 있다. 국민들에게 허가만 받으면 총기를 소유하게 해서, 가끔 한 번씩 대량 살상의 비극이 일어나도록 하는 나라다.
텍사스에서 대규모 농장을 운영하시는 부모님을 둔 앤디다윈(Andy-Darwin)은 대학을 졸업하고 미 해군에 자원 입대했다. 어렸을 때부터 유난히 총을 좋아했던 그는 군인을 자신의 천직으로 생각했던 것이다.
목장을 하는 사람들에겐 커다란 문제가 하나 있다. 퓨마나 늑대에 의해 소들이 습격을 당하는 것이다. 앤디의 목장도 그랬다. 그러니 어쩔 수 없이 소를 지키기 위해 총을 잡을 수밖에 없었다. 앤디도 고등학교 때부터 총을 만졌다.

그가 선택한 총은 코리아라는 나라에서 만든 K2라는 소총인데, 역시 코리아에서 만든 실탄을 사용하면 유효 사거리가 무려 600미터에 이르는 아주 좋은 놈이다.

더구나 그 나라의 군대에서 사용한다고 하니 성능에도 믿음이 갔다. 단지 미국에 수입된 것은 자동 연발은 불가능하게 만든 총으로 단발과 3점사만이 가능하다.

사실 저격용 총이 아닌 다음에야 유효 사거리 500미터도 넘어가는 총이 흔치 않다. 더구나 이것은 개머리판이 접히기도 한다. 소총의 길이가 줄어들어 가지고 다니기도 편하다.

하지만 불만도 있었다. 3킬로그램이 넘어가는 무게가 그것이었다. 건장하지만 아직 고등학생인 앤디는 총의 무게를 줄이고 싶었다.

그래서 알게 된 총포상의 주인은 앤디에게 총기 튜닝의 세계를 알려주었다. 입맛에 맞게 총을 개선할 수 있는 것을 알게 된 앤디는 어릴 때부터 한 푼, 두 푼씩 모았던 용돈을 모두 소비하여 먼저 개머리판을 바꾸었다.

그랬더니 무게가 2킬로그램 대로 줄어들었다. 한결 가벼워진 것이다. 그렇다고 총기의 성능에 문제가 생기지는 않았다.

앤디는 더 욕심을 냈다. 돈을 좀 잘 벌고 있는 친척들을 찾아다니며 돈을 얻어낸 그는 이번엔 망원 조준경을 달고, 나중엔 소음기까지 달았다. 어떻게 하다 보니 총의 모양은 점차 변했지만 그래도 좋았다.

그러던 앤디는 씰(SEAL)에 지원을 했다. 씰은 대테러 해군 특공대였다. 그가 씰에 지원한 이유는 다른 것이 아니었다. 자신이 예전부터 가지고 있던 총을 사용하고 싶어서였다. 튜닝(Tuning)한 K2 말이다.

일반 해군은 그런 총을 사용할 수 없지만, 특수 부대에서는 자신의 입맛에 맞는 총을 사용할 수 있었다.

물론 총은 민간용으로 된 예전의 것은 아니었지만 개머리판과 렌즈와 소음기 등은 그대로 가져와서 달았다. 불만이라면 실탄이 코리아에서 만든 것이 아니라 미국에서 만든 것을 사용해서 유효사거리가 460미터로 확 줄었다는 것이다.

어쨌든 씰에 뽑힌 앤디는 처절할 정도로 지겨운 훈련을 받고 드디어 임무를 받았다. 레바논의 반군이 코리아에서 파견된 평화유지군을 대상으로 한 테러를 준비 중이라는 정보를 미군이 입수했던 것이다.

앤디는 자신의 총을 생산한 코리아의 군인들과 만나게 될지도 모른다는 생각에 이번 임무를 자청했다. 그는 코리아의 군인들이 가지고 있는 총과 자신이 튜닝한 총을 비교해 보고 싶었다. 실은 자랑하고 싶었다는 말이다.

레바논에 도착한 씰 팀은 이슬람 반군의 근거지로 생각되는 섬에 잠수함을 통해 접근한다. 어둠 속에 보트를 내리고 노를 저어 섬으로 무사히 진입했다. 섬의 백사장 한 쪽에 보트를 숨기고 작전대로 은밀한 침투를 시작했다.

앤디는 섬의 북사면 해변의 감시초를 무력화하는 임무를 맡았다. 그곳을 통해 팀이 빠져나갈 것이기에, 그전에 감시 초소를 무력화하는 것은 대단히 중요한 임무였다.

앤디는 드디어 자신의 총을 실전에서 사용할 기회를 얻었다. 망원 조준경과 소음기는 폼으로 단 것이 아니다.

폭!

소음기의 성능은 의심할 바가 없었다. 망원 조준경도 제 기능을 그대로 발휘했다.

그렇게 감시 초소의 반군을 하나씩 제거하던 앤디는 드디어 모든 감시 초소를 무력화시켰다. 이제 팀이 무사히 임무를 마치고 이곳으로 돌아오기를 기다리면 된다. 그리고 임무 성공에 대한 휴가를 받으면 레바논에 파견된 코리아의 부대를 방문할 생각이다.

그때였다. 흐뭇한 생각을 하던 앤디는 섬의 모래톱에서 뭔가 반짝하는 것을 발견했다. 유리 같은 것이 불빛을 받으면 반짝이는 법이지만 이곳은 불빛이라곤 없었다. 그렇다면 자체적으로 빛을 내는 물체거나 혹은 생물일 수 있는 것이다.

"지뢰인가?"

만약 지뢰라면 문제가 된다. 팀이 빠져나가는데 장애물이 생긴 것이다.

앤디는 조심스럽게 살며시 기어가서 반짝이는 것을 보았

다. 모래에 묻혀 있는 그것은 동물은 아닌 것이 분명했다. 정말 지뢰인가 싶어 살짝 손가락으로 근처의 모래를 건드렸더니 밝은 부분이 조금 더 드러났다.

앤디의 눈이 동그래졌다. 그가 알고 있는 지뢰의 모습도 전혀 아니었다. 노랗게 빛나는 그것은 황금처럼 보였던 것이다. 아니, 완전한 황금이었다. 금괴치고는 조금 컸지만 어쨌든 금괴가 분명했다.

앤디는 혹시 몰라 금괴 아래로 손을 살며시 넣어보았다. 그 밑에 지뢰가 있을 수도 있다. 금괴를 치우는 순간 폭발하는 지뢰가.

"휴유!"

안도의 한숨이 나왔다. 다행히 아무것도 없었다. 그렇다면 이것은 누군가가 잃어버린 금괴일 가능성이 컸다. 앤디는 금괴가 이런 곳에 있을 이유가 없다는 것을 깨닫지 못했다.

앤디는 얼른 그것을 집어 들었다. 묵직했다. 금이니까 무겁다는 생각을 했다. 금빛이 번쩍이기에 얼른 품에 넣었다. 그의 가슴 맨살과 금괴에 새겨진 문양이 맞닿았다.

우우우웅!

갑자기 품안에서 금괴가 떨기 시작했다. 깜짝 놀란 앤디는 얼른 가슴을 열어 금괴를 꺼냈다. 저절로 움직이다니, 신형 폭탄이 아닌가 의심이 되었다.

"내가 미쳤지."

 저주용병 귀환기

의심스러운 것을 덜컥 품에 넣은 것을 후회했다.

순간.

화아악.

수만 개의 전구가 켜진 듯 어둠 속에서 엄청난 빛이 번뜩였다. 그 빛은 비록 아주 잠깐 반짝했을 뿐이지만, 작전 중인 씰 팀에겐 치명적인 빛이었다.

게다가 빛이 사라진 후 그곳엔 앤디만 혼자 덜렁 남아 있었다.

금괴도 없고, 다른 아무것도 없었다. 총도, 예비 탄약도, 수통도, 미 해군에서 지급한 기본 장비들도 하나도 남지 않았다. 앤디의 속옷까지 몽땅.

그 자리엔 벌거벗겨진 불쌍한 앤디만 혼자 차가운 밤공기에 노출된 채 바들바들 떨고 있었다.

앤디는 그렇게 작전을 망치고, 포로가 되고, 벌거벗은 채 방송에 노출되었다. 앤디를 잡은 이슬람 반군에게 대가를 주고 풀려나긴 했지만 결국 미국의 망신이라는 이름으로 불명예제대를 하고 말았다. 불쌍한 놈!

＊　　　＊　　　＊

이린스 렌자느 미디아라 백작 부인, 즉 노파는 오늘도 습관처럼 마법진이 있는 방을 둘러보았다. 지난밤에 꾼 꿈의 내용이 심상치 않아서 오늘은 뭔가 일이 있을 것 같았다.

"어라, 저게 뭐지?"

드디어 뭔가가 또다시 텔레포트 되어왔다. 그것을 안 노파는 얼른 다가가 보았다.

"이번엔 마나가 있는 생물이려나?"

이런 기대를 안고.

그런데 이상했다. 아무리 봐도 생물 같지가 않다. 또한 온통 시커멓다. 얼룩덜룩하고 시커먼 것 여러 가지가 마법진 위에 너부러져 있었다.

노파는 가장 커다란 것부터 살펴보았다. 그것은 완전히 검은 색은 아니었다. 이상한 문양이 얼룩덜룩했다.

"이거 옷이잖아?"

아무리 봐도 그랬다. 상의와 하의로 나누어진 그것은 옷이 틀림없었다. 노파는 급기야 검은 물건들도 하나씩 집어 들어 살펴보았다.

"난 생명체가 오게 했었는데 왜 이런 물건이 왔지?"

노파는 곰곰이 생각해 보았다. 문득 태수가 떠올랐다. 물체가 오게 만들었던 곳은 태수가 살던 지구라는 곳뿐이었다.

"히히히! 그 웃기는 녀석이 얘기한 지구라는 곳에만 물체가 오게 했는데…… 혹시 의외로 지구가 10년이 걸리는 곳이 아니라 3년 정도의 거리에 있는 건가?"

노파는 이제야 제대로 알았다. 정확한 예측이었다.

"호오! 그렇다면 여기에 무슨 에어컨인지 비행기인지가 있
는 건가? 그런데 아무리 봐도 사람을 태우고 하늘을 날기엔
너무 작은 것들인 걸!"

노파는 그런 말을 중얼거리며 수통도 만져 보고, 바지의 허
리띠와 군화도 만져 보았다.

"확실히 이 물건들엔 마나의 흔적이 전혀 없군. 마나가 존
재 하지 않는 세계가 진짜 있었어. 가만 그런데 그 녀석이 이
곳을 벗어난 지 얼추 3년이 다 된 건가?"

노파는 날짜를 계산해 보았다. 확실히 태수가 이곳을 떠난
지 3년이 다 됐고, 지구라는 곳도 3년이 채 안 되는 아주 가까
운 곳에 있는 것이 분명했다.

"그럼 그 녀석, 이제 목걸이의 마력으로 자신의 앞날을 보
게 되는 날도 멀지 않았군. 히히히! 과연 어떤 선택을 할까?
집으로 돌아갈 돈은 잘 모으고 있으려나?"

아, 그랬다. 목걸이에는 중력뿐 아니라 착용자를 위한 AS개
념의 예지몽 한 방이 기다리고 있었다. 그 꿈을 꾼 뒤에 어떻
게 사느냐는 전적으로 그 사람의 몫. 좋으면 그냥 그대로 살
면 되고, 나쁘면 기억나는 대로 자신의 앞날을 살짝 바꿀 수도
있다.

"하여튼 드래곤이라는 놈들이 만든 것들 중엔 이상한 게
너무 많아."

그렇게 따지면 중력 목걸이를 살짝 변형시킨 노파도 만만

치 않았다.

어쨌든 중얼거리던 노파는 드디어 앤디가 제 멋대로 튜닝을 했던 K2 소총을 집어 들었다.

"이건 뭐지? 묵직한 걸?"

지구의 중력을 받고 만들어진 물체와 이곳의 물체는 밀도가 다르기에 무겁기도 훨씬 무겁다. 총을 들고 이리저리 둘러보던 노파는 망원 조준경을 들여다보았다.

"엇! 뭐야? 벽이 왜 이렇게 가까워?"

눈을 떼니 동굴은 변화가 없다. 망원 조준경으로 들여다봐야 벽이 가까워져 보이는 것이다.

노파는 그것이 신기해서 계속 망원 조준경에 눈을 대고 사방을 둘러보았다. 그러다가 이번엔 총의 끝에 있는 총구에 눈을 가져갔다. 그곳으로 보면 또 뭔가 신기한 현상이 있을 줄 알았는데 그런 것은 없었다.

"이게 도대체 뭐지? 날이 없는 것을 보면 칼도 아닌 것 같고, 아! 망치인가? 뒤가 묵직하고 손잡이가 길쭉한 걸 보면 그런 것 같기도 하고……."

노파는 총열과 소음기를 잡고 거꾸로 총을 들어 올려 보았다. 팔이 부들부들 떨릴 정도로 무거웠다.

그렇게 들어 올리고 보니 정말 망치 같은 무기인 것 같았다. 이 무게로 내려치면 웬만한 것은 그냥 뭉개질 것이 틀림없었다. 정확한 이름은 알 수 없지만 둔기가 분명했다.

노파는 그 위력이 어느 정도인지 알아보기 위해 총을 거꾸로 들고 동굴 바닥을 내려쳐 보았다. 무게 때문인지 들어 올리는 것은 힘들었지만 내려오는 것은 순식간이었다.

쿵!

노파의 손이 떨렸다. 충격이 대단했다. 그 진동에 노파는 손아귀에 힘이 빠졌다.

"어이쿠!"

노파는 총을 놓치지 않기 위해 얼른 오른손으로 총의 중간을 잡았다. 그런데 그녀의 엄지손가락이 어딘가에 걸렸다. 작은 구멍 안에 뾰족하게 튀어나온 것이 있었다. 그것은 엄지손가락의 힘에 조금씩 뒤로 물러났다.

탕!

천지를 뒤흔드는 소리와 함께 노파는 뒤로 날아갔다. 그녀의 가슴이 피투성이가 되었다. 정신이 혼미해졌다. 치유마법을 외우고 싶었지만, 이미 그녀의 영혼은 그녀의 몸을 떠나고 있었다.

그리고 암흑이 찾아왔다. 그녀에게도, 그녀의 던전에도…….

*　　　　*　　　　*

태수가 할망구의 집이라고 적어놓은 나무 앞에 도착한 것은 이렇게 노파가 목숨을 잃은 지 며칠이 지난 뒤였다.

태수는 확인하고 싶었다. 꿈에 보았던 총이 과연 현실에서도 존재하는 것인지. 만약 총이 정말 존재한다면, 그 꿈은 정말 자신의 미래를 보여주는 꿈인 것이다.

노파의 동굴을 찾는 것은 쉬웠다. 보이는 것은 그냥 단단한 바위로 된 작은 절벽. 태수는 혹시나 싶어 천천히 팔을 내밀었다. 역시 팔이 쑥 들어간다.

태수는 조심스럽게 안으로 들어갔다. 노파가 보고 다시 쫓아낼지도 모른다. 그런데 인기척이 없다. 노파나 하다못해 노파의 애완 고양이의 모습도 보이지 않는다.

노파에겐 애완 고양이가 있었다. 노파 혼자 사는 것은 정말 쓸쓸했을 것이다. 그래서 키우고 있던 새끼 고양이가 있었다. 지금은 다 자라 커졌겠지만.

안으로 점점 더 들어갔다. 그런데 노파의 방에도, 마법 실험실에도, 마법으로 꾸며놓은 커다란 욕실과 아무짝에 쓸모없는 부엌에도 노파는 보이지 않았다.

"어디 갔나?"

마지막으로 남은 곳은 태수 자신이 왔던 마법진이 그려진 방이다. 태수는 슬며시 문을 열었다. 그 순간 진하게 풍겨오는 화약 냄새. 실로 오랜만에 맡아보는 그리운 냄새가 진하게 풍겼다.

"흠! 이 냄새 오랜만인 걸!"

태수는 그렇게 중얼거리며 안으로 들어갔다. 꿈은 점점 현실이 되고 있었다. 그렇지 않고서야 화약 냄새가 말이 되는가.

"앗! 망구!"

태수는 깜짝 놀랐다. 노파가 동굴 벽 아래에 쓰러져 있는 것을 발견했다. 얼른 달려가 보았다. 노파가 죽으면 이젠 정말 집에 가는 것은 끝이다.

"아, 안 돼. 이럴 수는 없어. 눈을 떠봐. 어서, 어서 눈을 뜨란 말이야!"

태수는 이미 죽은 지 오래인 노파의 작은 몸뚱이를 잡고 오열했다. 노파의 죽음도 슬픈 일이었지만 희망이 사라진 자신의 신세가 서러웠기 때문이다.

"이런 바보 같으니라고. 하필이면 왜 총을 불러온 거야? 그냥 나처럼 사람이나 불러왔으면 이런 일도 없을 것 아냐."

태수는 넋을 잃고 몇 시간을 그렇게 앉아 있었다. 의욕을 잃은 삶은 이렇게 무기력하다.

"야옹!"

태수가 제 정신을 차린 것은 불시에 들려온 고양이의 울음소리 때문이었다. 어디 갔다가 왔는지 노파의 애완 고양이가 노파의 곁에 다가와 노파를 발로 긁고 있었다. 배고프다고 먹을 것을 달라는 행동이었다.

울컥!

태수는 고양이에게 화가 났다.

‘망구는 죽었는데 이놈은 그것도 모르고…….’

하지만 고양이가 무슨 죄가 있겠는가. 태수는 문득 자신도 배가 고파온다는 것을 깨닫고는 트롤을 잡으러 보냈던 용병들이 생각났다.

‘기다리고 있겠군. 그런데 돈은 벌어서 뭐하나? 집에 갈 수도 없는 걸.’

태수는 그런 생각을 하다가 이제 이 세계에 완전히 적응해 살아야 하는 자신을 상상해 보았다. 그랬더니 문득 한 가지가 떠오른다.

‘베르네스.’

그렇다. 꿈에서 자신과 결혼했던 아름다운 그녀, 베르네스. 꿈에서처럼 그녀와 결혼한다면 비록 집에는 갈 수 없지만 그것도 행복한 삶은 아닌가 하는 생각을 했다.

“내가 이러고 있을 때가 아니야.”

베르네스를 만나 결혼을 하려면 전쟁에서 공을 세우고, 국왕이 내려주는 작위와 영지를 받은 다음에 베르네스의 환심을 사고, 돌로네 백작에게 청혼을 넣어야 한다. 그래야 결혼을 할 수 있다.

태수는 얼른 일어났다. 그냥 밖으로 나가려다가 총을 보았다.

“아차, 그러고 보니 그 마법주머니도 있었지.”

태수는 노파의 허리춤에서 두 개의 주머니를 발견하고 끌

 저주용병
귀환기

러 냈다. 도둑질을 하는 것 같은 부끄러움이 느껴졌고, 노파에게 미안했지만 이런 좋은 기회를 그냥 버리는 것도 바보 같은 짓이다.

주머니를 끄르고 보니 사용 방법을 모른다.

"망구는 어떻게 사용했지?"

노파가 무슨 주문을 외우는 것 같지는 않았었다. 그런데도 주머니에서 물건은 계속 나왔다.

"혹시 그냥 의념이라든가, 텔레파시?"

태수는 혹시나 싶어 빈 공간으로 가서 주머니를 거꾸로 들고 생각했다.

'몽땅 다 나와.'

순간 주머니의 주둥이에서 생전 처음 보는 물건들이 쏟아지기 시작했다. 먹을 것, 입을 것, 돈과 액세서리, 정체를 알 수 없는 온갖 풀들과 병들, 그리고 각종 무기와 갑옷들까지, 작은 주머니에는 별의별 것이 다 들어 있었다.

다행히도 태수가 그 물건들에 깔려 죽기 전에 주머니는 비었는지 멈추었다.

"허억! 주, 죽는 줄 알았다."

태수는 목까지 차오른 물건들을 보며 또다시 생각했다.

'다 들어가.'

그러자 순식간에 물건들은 모두 주머니 안으로 들어가고 말았다.

“후아! 이거 정말 좋다. 최고의 보물이다.”

이것만 있으면 은행에 돈을 맡길 필요도 없었다. 국왕이 돈을 지급하지 않는다고 협박하는 것을 걱정할 필요도 없다.

태수는 그 주머니를 갑옷 안으로 집어넣었다. 괜히 노파처럼 허리에 차고 다니다간 잃어버릴지도 모른다.

태수는 다른 손에 들려 있던 다른 주머니에도 무엇이 들었는지 궁금했다. 하지만 시간이 너무 오래 지났다. 태수는 그것도 품에 넣고, 마지막으로 총을 주우려 했다. 그런데 총이 보이지 않았다.

“총도 주머니에 들어간 건가?”

그럴 가능성이 컸다. 다 들어가라고 했으니까.

“어라? 그러고 보니······.”

고양이와 노파의 시신도 보이지 않았다.

순간 소름이 쫙 돋았다. 노파의 시신을 가슴에 품고 다닐 뻔 하지 않았는가.

태수는 다시 주머니를 꺼내 입구를 벌리고 이번엔 소리 내어 말해보았다. 비록 말은 다르지만, 어차피 뜻은 같을 것이니 소리를 내나 안 내나 같은 결과가 나올 것이라고 여겨졌다.

“시체 나와라.”

후드드득!

그런데 주머니에 웬 시체가 이리 많은 건가? 노파 뿐 아니라 다른 시체들까지 쏟아졌다.

"끔찍한 할망구, 지금까지 허리에 시체를 매달고 살아왔던 거야?"

그러고 보니 그 시체들 중엔 동물들의 것도 있고, 먹을 것들도 있었다. 육포처럼 얇게 저며 놓은 고기들도 쏟아져 나왔던 것이다. 따지고 보면 이것들도 모두 시체는 시체다.

"그럼, 옛날에 내가 먹었던 것도 이 시체들과 같이 있던 고기였잖아. 우엑!"

3년 전에 여기서 먹었던 그 푸석푸석했던 고기들이 떠올랐다. 창자를 뒤집어서 지금이라도 몽땅 꺼내고 싶었다.

"고양이 나와라."

이번엔 고양이가 주머니에서 나왔다. 다행히 죽지 않았다. 주머니 안에 들어가도 죽지 않는다는 것을 알았다. 배가 고팠던 고양이는 나오자마자 고기 냄새를 맡고는 달려들어 마구 먹었다.

"총 나와라."

태수는 이번에 주머니의 입구에 손을 대고 총을 원해보았다. 그러자 과연 손에 뭔가가 잡힌다. 그대로 당겨보니 진짜 총이었다.

"이상하게 생겼는 걸!"

군에 있을 때 사용했던 것과 비슷하게 생기긴 했는데 어딘가 달랐다.

"하긴 지구에 총이 한 두 종류냐? 그래도 망원 조준경에 소음기까지 달렸네? 좋은 총인가 보다."

태수는 총에 만족했다. 그것이 K2일 것이라고는 생각지도 않았다.

다시 총을 주머니에 넣고, 주머니도 다시 품에 넣었다. 태수는 다시 동굴을 나오며 방마다 들러 발견하는 것들이 있으면 주머니에 넣었다. 그리고 드디어 다시 동굴 밖으로 나왔다. 아직 어둠은 몰려오지 않았다. 태수는 올라왔던 방향으로 달려 내려갔다.

"호호호!"

꿈이 미래를 보여줬다는 것을 확인했다. 에이슈라를 백작으로 만들어주었던 총도 발견했다.

노파는 비록 죽었지만 노파의 방을 뒤지며 물건을 챙기다가 마법의 책으로 보이는 것들도 발견했다. 그 책이 진짜 마법 책이라면 다른 마법사를 통해 지구로 돌아갈 수도 있을 것이다. 즉, 희망은 아직 완전히 사라지지 않았다.

"호호호!"

기쁨에 찬 음침한 웃음소리가 달려가는 태수의 입에서 계속 흘러나왔다.

*　　　*　　　*

용병들은 트롤을 잡기 위해 흩어졌던 바로 그 자리에서 태수를 기다리고 있었다. 다행히 잡은 트롤의 피를 받아 나누고, 팔아먹을 수 있는 것을 해체하느라 태수가 늦게 나타난 것에 대해서 이상하게 여기는 자들은 없었다.

가만히 보니 에이슈라도 트롤을 잡는데 일조를 했는지, 자신의 몫을 챙기느라 여념이 없었다. 그는 모를 것이다. 원래 자신이 차지해야 하는 것을 태수가 가로채고 말았다는 것을.

"호호호!"

거프가 다가왔다. 태수는 반지를 넘기고 히죽 웃었다. 거프를 보니 꿈의 내용이 떠오른다.

원래 거프는 에이슈라가 총을 가져와서 만지작거리다가 저도 모르게 방아쇠를 당기는 바람에 오발탄에 맞아 죽는다. 그것이 원래 예정되어 있는 거프의 죽음이었다.

'호호! 나는 너의 생명의 은인이야, 거프.'

태수는 거프를 보며 혼자 미친놈처럼 속으로 웃었다. 그런데 문득 떠오르는 또 하나의 생각.

'이놈이 깨우지만 않았다면 더 먼 미래까지 볼 수 있었잖아?'

태수는 거프를 노려보았다. 거프는 그 시선을 무시하고 오히려 따진다.

"왜 이렇게 늦었습니까?"

'그래, 이제 와서 그것을 따지면 뭐하겠니. 속만 쓰리지.'

태수는 관대하게 거프를 용서했다.

"고양이가 한 마리 있기에 그놈을 좀 잡다가."

태수가 변명을 한다고 얘기하는데 거프가 태수의 뒤를 보며 말한다.

"저놈이요?"

"엉?"

태수가 돌아보니 그곳에 노파의 고양이가 서서 빤히 태수를 바라보고 있었다.

'뭐냐? 너. 먹이 줬다고 쫓아온 거냐?

태수는 고양이를 보며 한숨을 쉬었다. 하긴 이제 아무도 없는 그곳에서 혼자 살기 어려웠을 것이다. 하지만 태수에게 애완동물이 가당키나 한가. 곁에 왔다간 꼼짝 못하고 죽을 것이다.

"가."

태수가 발을 구르며 손으로 쫓아내려 하는데, 고양이는 가만히 앉아 태수의 하는 짓을 보며 하품을 한다. 태수의 말을 씹는다.

"네 맘대로 해라."

태수는 포기했다. 노파가 길러서 그런지 고양이도 건방지다. 말도 뒈지게 안 들어 처먹는다.

"벌써 친해졌나 보군요. 어쩌죠? 이번 사냥에 대장 몫은 없는데?"

거프도 잘 알고 있다. 에이슈라만큼 태수도 돈에 욕심이 많다는 것을. 트롤을 잡아 생기는 돈도 만만치 않다.

"괜찮아. 내가 그런 푼돈에 연연할 사람인가? 하하하!"

호탕하게 웃어 주었다. 물론 태수는 그런 푼돈에 연연할 사람이다. 하지만 노파에게서 얻은 마법주머니 두 개를 생각하면 트롤을 잡아 생기는 돈쯤이야 정말 푼돈에 불과했다. 노파가 오리하르콘 판 10개를 구하고 남겼던 전 재산이 그 안에 있으니까.

거프는 저놈이 뭘 잘못 먹었나 하는 표정으로 돌아갔다.

'새 생명이니까, 열심히 살아라! 거프. 흐흐!'

거프의 뒷모습을 보며 이상한 미소를 짓는 태수였다.

용병들의 작업이 모두 끝나고 드디어 다시 출발을 할 시간이 되었다. 사실 아직 국경까지는 멀었는데 너무 지체한 경향이 있다. 태수의 걸음을 따라가다 보니 그렇게 된 것이다.

"안 되겠다. 거프, 네가 인솔해서 먼저 가라."

출발한 지 하루도 지나지 않아 태수는 거프에게 그렇게 지시했다. 너무 늦었다간 국경 요새 도시인 캐스믹 성이 함락될 수도 있었다. 태수와 용병들은 캐스믹 성에서 크라이스 칼머니 후작의 지휘를 받도록 되어 있었다.

크라이스 칼머니 후작은 네오지온이 속한 무슨 기사단인가의 단장으로 네오지온처럼 마스터 급의 기사가 아니고 완전히 마스터라 불리는 존재였다.

네오지온은 그 푸른빛을 가끔 흘리는 수준이었다면, 칼머니 후작은 푸른빛이 감싸고 있는 칼을 하루 종일 휘두른다고 한다. 물론 믿거나 말거나지만.

"알겠습니다. 그런데 늦으면 안 됩니다."

"내가 먼저 갈지도 몰라."

"내기할까요?"

"좋을 대로."

태수의 말을 들은 거프는 싱긋 웃으며 용병들에게 크게 외친다.

"누가 먼저 도착하는지 내기를 하잡니다. 지는 쪽이 금화 하나 주는 겁니다. 여러분 달립시다."

제 맘대로 내기의 판돈을 정하고는 말을 달려갔다.

두두두두두!

그동안 답답하게 냄새나는 태수의 엉덩이만 뒤쫓던 말들이 오랜만에 시원하게 달려 나갔다. 그 모습이 경쾌하게 보였다.

"나도 조금 서둘러 볼까?"

태수가 이렇게 혼자 가기로 마음먹은 것은 총을 시험해 보기 위해서다. 영점은 잡아야 총을 사용할 수 있지 않은가. 물론 태수는 총을 주 무기로 사용할 생각은 없다. 중요한 순간에 한 방. 태수가 총에게 원하는 것은 바로 그것이었다.

꿈에서 에이슈라는 유안왕국과의 마지막 전투에서 실탄을

 저주용병 귀환기

모두 허비하며 적의 사령관을 잡았다. 그 공으로 백작이 된다. 하지만 영점을 잡으면 멀리서 단 한 방으로 적의 사령관을 잡을 수 있다. 망원 조준경과 소음기까지 있으니 저격에 안성맞춤인 총이었다.

태수는 길을 가다가 작은 숲을 발견했다. 옆으로는 작은 개울도 흐른다.

"여기서 영점을 잡자. 지구에서 온 다른 것은 무엇이 있는지 알아보고."

태수는 마법주머니에서 총을 꺼냈다. 먼저 탄창을 분해했다.

"이거 M16탄창 아닌가?"

병기계였던 태수가 못 알아볼 리 없었다. 30발짜리 탄창 두 개를 거꾸로 붙여 테이프를 감아 결합한 모양이었다. 운이 좋은 것인지 탄창 하나에는 실탄이 가득했고, 결합되어 있던 탄창에도 실탄이 7발 들어 있었다.

"그나저나 이걸 여기로 날려 보낸 사람은 어떻게 됐을까? 군인이라면 큰일인데. 총 잃어버리고 제대로 군 생활이나 하려나?"

쓸데없는 걱정을 한다. 아무렴 말년 탈영병인 자신보다 못할까.

그러던 태수는 그 총의 개머리판이 접히는 것을 발견했다. 이렇게 개머리판이 접히는 것이 몇 개 있었지만 유난히 눈에

익은 총 모양으로 인해 드디어 태수는 총이 K2인 것을 알게
되었다.

"뭐야? 어떤 빌어먹을 놈이 개머리판을 이따위로 달아놨
어?"

원래의 묵직한 개머리판은 총을 쐈을 때 안정감을 준다. 그
런데 지금의 개머리판은 별로 신용이 가지 않는다. 그래도 어
쨌든 자신이 사용했던 총이라는 점에선 일단 안심이 된다. 다
른 것은 몰라도 병기계 출신으로 K2에 대해선 빠삭한 태수였
다.

태수는 지구에서 온 물건을 다 꺼냈다.

마법주머니는 요술 램프 같다. 주문을 하면 뭐든지 다 들어
준다. 어떻게 말을 해야 지구에서 온 것만 꺼낼 수 있을 까 고
민하던 태수는 결국 간단한 방법을 사용하기로 했다. 그래서
이렇게 말했다.

"지구에서 온 물건 나와라."

안되면 물건을 다시 다 쏟고 골라내기로 작정했었다. 다행
히 마법주머니는 태수의 생각을 잘 들어주었다. 마법주머니
는 단어에 반응하는 것이 아니고, 의념에 반응한다. 그것을
또 한 번 확인했다. 이젠 마법주머니 사용에 자신이 생긴다.

"이건 군복이네."

태수는 미 해군 씰의 복장을 그저 군복이라고만 인식했다.
언제 봤어야 알지.

“맞으려나?”

그러면서 들고 펼치는데 안에서 군용 팬티와 러닝셔츠가 굴러 떨어진다.

“앗! 이게 웬 떡이냐?”

사실 태수는 지금 노팬티다. 이곳 남자들에겐 팬티의 개념이 없다. 그냥 맨 몸에 바지를 입으면 끝이다. 여자들에 대해서는 보지 못해서 모른다.

거기에 여기의 옷감은 조금 껄끄럽다. 부드럽지 않아서 그냥 입고만 있어도 여기저기 쓸린다. 그러고 보면 그런 바지를 입고 말을 타고 다니는 인간들은 참 대단한 거다.

물론 태수처럼 튼튼한 육체를 가진 사람과는 해당이 안 된다. 옷감이 쓸리면 옷감이 뚫어지고 만다.

문제는 바로 이것이었다. 태수의 바지가 너무 빨리 해진다. 심심하면 민망한 곳에 구멍이 난다. 신경 쓰지 않으면 밖으로 덜렁거리며 다닐 수도 있다.

그런데 지구의 팬티를 발견했다. 면 100%의 순면 팬티다. 부드러워 쓸리지 않으며, 겉의 바지가 낡아 뚫어져도 그것이 덜렁거리며 밖으로 튀어나올 염려가 없다. 태수는 총을 발견한 것보다 더 기뻤다.

거기다 러닝셔츠까지 있다. 러닝셔츠를 굳이 입을 필요는 없다. 보관했다가 팬티까지 낡아 떨어지면 팬티를 대충 만들어 입을 수 있다. 예비용인 것이다.

태수는 팬티를 잘 챙겨놓고 다른 것을 보았다.

"앗 X밴드."

고맙게도 탄띠에 멜빵이 달려 있었다.

"수류탄이라도 몇 개 달려 있다면 더 좋았을 텐데."

인간의 욕심은 끝이 없다. 총만 보고 환호했던 태수도 그 범주에서 벗어나지 못했다. 수류탄까지 욕심을 내다니.

태수는 갑옷 위에 X밴드를 착용하려다가 말았다. 탄띠가 채워지지 않는다. 갑옷의 허리가 그만큼 굵다는 말이다.

탄띠의 탄입대 속에 20발짜리 탄창이 들어 있었다.

"흐흐흐!"

실탄이 꽉 찬 탄창 5개. 무려 100발의 실탄이다.

"제길 좀 더 많이 가지고 다닐 것이지."

태수는 괜히 지구의 앤디에게 투덜거리며, 혹시 다른 탄창은 없는지 찾아보았다. 불행히도 탄창은 더 이상 나오지 않았다. 그래서 실탄은 모두 137발. 럭키세븐이 붙었으니 행운이라고 말한다면 그놈의 대가리를 부숴버릴 것이다.

망원 조준경으로 영점을 잡아본 적이 없어서 모르지만, 결코 쉽지 않을 것이다. 영점을 잡는데도 몇 발을 소비할지 알 수 없다. 어쩌면 영점을 잡다가 실탄을 전부 다 날릴 수도 있다.

태수가 팬티와 더불어 가장 좋아한 것은 양말과 군화였다.

 저주용병
귀환기

다행히 사이즈가 차이가 나지 않아 신는데 별 어려움은 없을 것 같았다.

군화의 안쪽에 영어로 Andy가 새겨져 있다.

"앤디? 혹시 신화의 그 앤디?"

이런 쓸데없는 헛소리를 나불거렸다.

거기다가 총에 끼울 수 있는 대검도 있었다. 시퍼렇게 날이 서 있는 대검. 실탄이 다 떨어져도 총을 사용할 수 있게 해줄 것이다. 사실 이곳 금속에 비해 몇 배의 밀도를 지닌 대검이기에 단단하고 강한 것으로 따지면 거의 보검 수준일 것이다.

"그런데 방탄모가 없네. 다 있는데 그건 왜 없지?"

미 해군 네이비 씰이라는 것들이 워낙 개념이 없는 것들이라 제멋대로 복장을 착용하기 때문이었다. 모든 것은 다 람보나 코만도 같은 영화가 망친 것이다. 제 놈들은 총 맞아도 안죽는 줄 안다. 미친놈들!

어쨌든 거의 모든 것을 살펴보았다. 그 외에 무슨 격발 장치 같은 것이 있는데, 그것에 반응하는 것이 없으니 별 소용없다. 지뢰 제거기도 있었는데 지뢰가 없는 세상이니 역시 소용없는 물건이다.

태수는 표적지를 만들었다. 표적지에 표시를 해서 조준점을 만들고 심호흡을 하곤 총을 쏠 자리로 돌아왔다. 다시 탄창을 삽입하고 조정간을 단발로 놓았다.

탕!

조준을 하고 쏘았다. 조준경을 통한 것이기에 일단은 정조준이었다고 자신한다. 조정간을 안전에 놓고 표적으로 가보았다.

"젠장! 큰일났구먼."

맞은 자국이 없다. 원래의 총 주인과 태수의 체구와 자세 등으로 인해 조준점이 다르다는 결론이다. 이래서는 정말 상상했던 것처럼 실탄을 다 날릴 수도 있다.

"실탄 많이 날리게 생겼군. 어떻게든 표적지에 한 발만 박히면 영점은 금방 잡을 수 있는데 말이야. 그렇다고 중대 저격병 출신인 내가 여기서 포기할 순 없지."

중대 저격병은 농담이다. 단지 총을 좀 잘 쏜다는 것뿐이다. 중대에서 사격을 하면 그래도 90%이상 맞히는 편이었다. 그 정도면 명사수지 뭐.

자리로 돌아왔다. 탄피가 보인다. 습관적으로 줍다가 멈칫했다. 여기선 탄피가 소용없다. 실탄 떨어지면 끝이다. 그런데도 절로 손이 간다. 확실히 대한민국의 군사교육은 무섭다. 3년이나 지났는데도 자동적으로 탄피만 보면 긴장이 되다니.

태수는 그래도 탄피를 주웠다.

"이걸로 목걸이나 만들지 뭐."

먼저 전역하던 고참들은 K2 탄피로 목걸이를 만들고, 50탄피로 반지를 만들어 가지고 나가곤 했다. 태수는 이제 와서 그런 고참들을 흉내내 보려 한다. 불쌍한 놈.

이번엔 표적지의 맨 아래를 노리고 쐈다. 역시 꽝이다. 맨 위를 노리고 쐈다. 이번에도 역시 꽝. 다시 맨 오른쪽 끝을 노렸다.

"야호!"

표적지의 끝에 자국이 있다. 간신히 걸치고 지나간 흔적이다. 그것도 표적지의 맨 위 왼쪽의 구석 부근이다. 가늠자와 가늠쇠를 왕창 움직여 맞춰야 한다.

"이 정도면 몇 클릭을 돌려야 할까?"

지구에서처럼 정확하게 만든 표적지가 아니라서 대충 눈으로 보고 판단해야 한다.

결국 태수가 영점을 완벽하게 잡았다고 생각했을 때는 무려 16발의 피 같은 실탄을 날린 후였다. 영점을 잡았다고 생각한 뒤에도 시험 사격을 많이 했다. 20발 정도를 조준경의 위치를 움직이며 확인을 해야 했다.

그나마 다행이었다. 생각보단 적은 수의 실탄을 소비했다. 그래서 이제 남은 실탄은 101발이다.

태수는 영점을 잡기 위해 벗었던 갑옷을 마법주머니에 넣었다. 개울에서 빨래를 했다. 팬티와 양말, 러닝셔츠를 빨았다. 그냥 입기에는 아무래도 찜찜하지.

그래 놓고 이날은 그곳에서 밤을 보냈다. 먹을 것이 없어 슬레이산에 올라가 사냥을 해서 배를 채웠다. 앞서간 용병들을 쫓아가려면 고생 좀 하겠지만, 그래도 자유 시간 좀 손해 보면 금방이니 별 문제는 없을 것이다.

날이 밝아 잠이 깬 태수는 드디어 팬티를 입었다. 비누로 빤 것이 아니라서 조금 찜찜하긴 했지만, 그래도 이게 어딘가.

"설마 원래 주인이 사면발이나 요충 같은 것은 없었겠지?"

러닝셔츠는 주머니에 넣고, 양말을 신었다. 옷도 이참에 해군 씰 복으로 갈아입으려다 너무 튀는 것 같아서 그만두었다.

군화를 신고 X밴드를 한 탄띠를 착용했다. 탄띠에서 탄입대는 제거했다. 이젠 필요없는 물건이다.

대신 양쪽 허리에 노파에게서 받은 칼과 네오지온에게서 습득한 칼을 달았다. 폼은 별로다. 탄띠는 이곳의 옷과 어울리지도 않았다. 거기다 움직일 때마다 덜렁거려서 오히려 불편했다.

태수는 그냥 칼은 떼어내고 대검을 허리 뒤에 달았다. 이것이 훨씬 보기에 좋다. 칼의 모양부터 날렵하다.

네오지온의 칼은 마법주머니에 넣고 노파가 준 칼은 손에 들었다. 이제야 그래도 조금 폼이 난다. 여전히 탄띠는 이상하지만.

총에는 30발 탄창 2개에 실탄을 꽉 채워 놓았다. 그리고 남는 41발의 실탄은 20발 탄창 2개에 넣어 마법주머니에 넣었다. 마지막 1발의 실탄은 부적처럼 가지고 다니기로 했다.

중력을 해제하고 달렸다. 다행히 길은 한동안 외길이라서 헤맬 필요도 없었다. 겨우 하루 차이였다. 그 정도는 이틀 정도면 충분히 따라잡을 수 있다. 물론 자유 시간을 다 날려야 하겠지만.

그다음 날 저녁, 태수는 야영을 준비하는 용병들을 보았다. 합류를 할까 했지만 그러면 또 용병들은 태수의 엉덩이만 보고 따라와야 한다. 그냥 지나쳐서 가려고 마음먹고 멀리 돌아서 그들이 있는 곳을 지나쳐 갔다.

*   *   *

캐스믹 성은 유안왕국에서 엘름왕국으로 들어오는 두 개의 큰 길 중에 한 곳을 가로 막고 있는 성이다. 또 하나의 성은 드레브 성인데, 캐스믹 성에서 말을 달려 열흘은 가야 한다.

유안왕국에서 선전포고를 하고는 정작 아직까지 군대를 보이지 않고 있었다. 그 덕분에 엘름왕국에서는 두 성에 병력을 분산 배치해야 했다. 어디로 올지 모르기 때문에.

나중에 유안왕국이 하나의 성을 노리고 오면 최소 열흘 정도는 절반의 병력으로 견뎌야 한다. 그래야 엘름왕국의 국토가 전장으로 변하는 비극을 막을 수 있다. 유안왕국도 머리를 꽤 쓴다.

캐스믹 성에 도착한 태수는 용병패는 꺼내지 않고 반지를 보이고 성안으로 들어갔다. 그런데 거기서 뜻밖에도 오니토 백작을 또 만났다. 그리고 더욱 뜻밖에도 네오지온도 그곳에 있었다. 오니토 백작과 네오지온이 같이 있는 모습을 보니 많이 어색하다.

"어서 오게. 생각보다 일찍 왔군."

"그렇게 됐습니다."

태수가 백작에게 인사를 하고 고개를 들었다. 네오지온이 먼저 태수에게 고개를 숙여 인사를 한다. 태수도 역시 고개를 숙여 인사를 했다. 네오지온으로서는 감사의 인사였다. 죽여도 되는 것을 살려주었으니 고마운 것이다.

칼과 갑옷이 아깝긴 했지만 따지고 보면 그건 승자의 전리품이다. 당연한 권리를 행사한 것을 두고 원망할 수는 없다.

"그런데 아직 싸움이 시작되지 않았군요."

"유안의 속셈을 모르겠어. 선전포고 하자마자 공격을 시작했다면 그들이 유리했을 텐데. 여기도 벌써 뚫렸을지도 모르고 말이야."

"혹시 용병들이 가세한 것 때문에 망설이는 게 아닐까요?"

"그건 아니야. 그전에 기회가 있었어. 무슨 속셈이 있긴 한데 그걸 모르겠단 말이야."

오니토 백작이 고민하는 표정을 지었다.

"아 참, 그런데 여긴 웬일이십니까? 직접 참가하실 필요는 없다고 들었는데요?"

"참모로 지원했네. 사실 자네를 이곳으로 오게 한 것도 나였다네."

"예?"

"은행 동결 말이야. 국왕폐하께 내가 얘기해서 그렇게 된 것이란 말이네. 자네에겐 미안하지만."

"아닙니다. 미안하지 않으셔도 됩니다. 어차피 기회가 있으면 참가하려고 했었으니까요."

태수는 이미 이 전쟁의 결과를 알고 있다. 이기지 못했다면 어떻게 국왕이 직접 내려주는 작위를 받았겠는가. 그래서 마음이 한결 가볍다.

'가만, 그런데 유안왕국의 공격이 왜 이렇게 늦었더라?'

자신과 직접 관계가 있었던 것이 아니라서 생각지 못했었다. 그런데 이제 의문을 가지니 얼핏 떠오른다.

전쟁은 유안왕국과 엘름왕국의 1대1의 전쟁이 아니었었다. 병력들이 유안왕국과의 국경에 몰려 있는 사이에, 반대편의 루터왕국에서도 전쟁을 선포한다.

엘름과 루터는 이웃이며 동맹 관계에 있었기에, 그렇게 뒤통수를 맞으리라곤 생각도 못한 엘름왕국이다.

만약 에이슈라가 총으로 유안의 사령관을 죽여, 유안과의 전쟁을 일찍 종결짓지 못했다면 엘름왕국은 루터의 공격에 망했을지도 모른다.

에이슈라가 백작이라는 고위 귀족이 되는 진정한 이유도 여기에 있었다. 죽인 것은 사령관 한 명이었지만, 유안 군은 지리멸렬했다. 적 사령관의 비중이 적에겐 그렇게 컸었다.

그로 인해 나라를 지킬 수 있었던 것이다.

"흐흐! 이번엔 그 역할을 내가 해주지."

태수는 에이슈라가 했던 일을 자신이 하려고 한다. 이것이 에이슈라의 운명을 빼앗는 행위라는 생각은 없었다.

미래를 알게 되었는데 이용하지 않는 것은 바보다. 미래를 알게 된 것 자체가 자신의 운명인 것이다. 그로 인해 타인이 불행해진다고 신경 쓸 필요는 없다. 어찌되었던 변한 것이 새로운 그의 운명일 뿐이니까.

캐스믹 성에 모이기로 한 용병들과 귀족이 이끈 병력이 다 모였다. 그렇게 해서 모인 인원이 12만 명. 드레브성에 모인 인원까지 합하면 무려 25만 명이다.

영지전으로 많이 죽었는데도 이 정도라니 기가 막히다. 전체 인구도 500만이 되지 않는 주제에 왜 이렇게 싸울 수 있는 사람은 많은지 모르겠다.

그런데 드디어 모습을 드러낸 유안은 더 기가 막히다. 물

론 미리 전쟁 준비를 했다고는 하지만, 아무리 그래도 그렇
지 40만은 좀 너무 심하다. 유안도 인구는 엘름과 비슷한 수
준이었다.

그에 비하면 나중에 쳐들어올 루터왕국은 작은 나라다. 인
구가 300만 명 정도다. 그런데 20만 명의 군사를 이끌고 뒤를
친다. 이미 유안왕국과 그렇게 하기로 다 계획이 세워져 있을
것이다.

"루터왕국은 어떤가요?"

태수는 은근히 오니토 백작에게 물어보았다.

"응? 뭐가 말인가?"

"루터가 우리의 뒤를 공격하진 않을까요?"

"설마, 그들과 우리 엘름은 대대로 동맹관계였다네. 우리
가 유안과 싸우면 그들이 돕고, 루터가 프립톤왕국의 침입을
받으면 우리가 돕곤 했지. 이번에도 저들은 우리를 돕기 위해
20만의 병력을 보내주기로 약속했네. 그러고 보니 루터왕국
의 군사력도 많이 좋아졌군. 20만 명이나 지원을 보낼 정도면
말이야."

오니토 백작의 얘기로 확신할 수 있었다. 루터의 지원군이
곧 침략군이 될 것임을.

"루터가 배신을 하면요?"

"응? 으음…… 그, 그건 엘름왕국의 끝이라고 봐야지. 만약
정말로 그런 일이 발생하면 말이야."

오니토 백작도 그제야 뭔가 이상한 생각을 했을 것이다.

"뭔가 알고 있는 것이 있나?"

오니토 백작이 수상한 눈으로 바라본다.

'이크! 너무 자세히 말했나?'

태수는 너무 많이 밝히는 것은 좋지 않다고 보았다. 어쩌면 첩자일지 모른다고 의심을 받을 수 있었다.

"아닙니다. 단지 유안왕국이 일부러 시간을 끄는 것 같아서 말이죠. 불길한 예감도 들고. 왕국의 거의 전 병력이 이리로 몰렸으니, 왕국 내부에는 병력이 얼마 없지 않습니까?"

"얼마 없는 것이 아니라 수도를 빼면 거의 없지. 전쟁에 참가하지 않은 용병들 정도하고 말이야. 자네 말을 듣고 보니, 정말 그럴 수도 있다는 불길한 생각이 드는군."

"뭐, 미리 대비하면 그것도 좋지 않겠습니까?"

"그렇군. 폐하께서 지원군을 직접 맞이한다고 했는데, 우선 그것부터 말려야겠군."

'어라? 지금의 국왕이 루터 군을 맞기로 했었다고?'

문득 생각해 보니 꿈에서 태수에게 작위를 내려주던 국왕은 그리 나이가 많지 않았었다. 결국 전쟁이 끝난 후에 새로운 왕이 등극했다는 얘기다. 지금의 국왕은 루터 군에 잡히거나 살해당할 가능성이 컸다.

그런데 지금 태수가 주절주절 떠드는 바람에 어쩌면 지금의 국왕이 무사하게 될지 모른다. 또 다른 사람들의 운명이

 저주용병
귀환기

바뀌고 있는 것이다.

'다 제 복이지 뭐. 알게 뭐야.'

만약 운명의 신이 있다면 기껏 엮어 놓은 운명의 실을 다 헝클어 놓은 태수에게 복수한다고 뛰어올지도 모른다. 정말 있다면…….

*　　　　*　　　　*

태수는 베르미어의 용병들과 같이 있었다. 그래도 다른 곳보다는 그들과 있을 때가 맘이 편하다. 태수가 어떤 사람인지 그들은 다 알기 때문이다.

베르미어의 용병들은 태수가 자리를 잡은 곳 근처에 인의 장막을 만들고 생활한다. 이미 오래전부터 태수는 베르미어 용병들의 자존심이었다. 태수가 있기에 다른 지역 용병들에게 꿀리지 않는다.

다른 지역에서 온 용병들과 기사들은 저주에 걸렸다는 태수에게 호기심이 생기는지 기웃거렸다.

'싸울 준비는 않고 뭐하는 짓들인지. 쯧쯧!'

태수는 그런 얼빠진 작자들을 보며 혀를 찼다.

"여기가 제기랄이라는 용병이 있는 곳인가?"

그때 또 누군가가 찾아왔다. 태수가 보니 노인네다. 죽은 노파 때문인지 늙은 사람들을 보면 만만히 보이지 않는다. 그런데 주위가 조용해졌다. 누군지 몰라도 대단한 사람인 것 같다.

태수는 비스듬히 누워 있던 자세를 바로 했다. 하지만 일어나지는 않았다. 괜히 혼자 쫄 필요는 없었다. 일어나는 것은 정체를 안 다음에도 늦지 않다.

거프가 그 사람에게 다가가 몇 마디 말을 하고는 태수에게 왔다.

"사령관님이시라는데요?"

"엉? 사령관?"

태수는 벌떡 일어났다.

"네. 칼머니 후작님이시랍니다."

후작이란다. 이건 절대 누워서 맞을 사람이 아니다.

오니토 백작의 말에 의하면 네오지온을 이겼다는 말에 한 번 싸워보고 싶다는 말을 했다는, 검에 살고 검에 죽는 늙은이다. 게다가 이 전쟁의 책임을 맡은 사령관이다. 알고 지내면 그만큼 유리하다.

태수는 일어나 후작에게 다가갔다.

거프가 쇠사슬에 달린 반지를 가지고 후작에게 가서 내밀었다. 그런데 후작은 손을 저었다.

"괜찮네. 오니토 백작이 빌려주더군."

후작의 말에 인상을 조금 썼다. 역시 이렇게 후작이 찾아오는 것에는 오니토 백작의 수작이 있었다.

 저주용병
귀환기

"그런데 대단하군. 용병들이 마치 왕처럼 모시는군, 그래. 아 참, 나 칼머니 후작이네."

"전 박태수라고 합니다."

"알고 있네. 본명이 빠께쓰라고. 그 이름은 너무 어려우니 그냥 다른 사람들처럼 제기랄로 부르겠네."

칼머니 후작은 그렇게 말하며 태수를 유심히 바라보았다. 태수는 더 이상 이름에 대해서는 할 말이 없다. 빠께스라니……. 확 물이나 받아 뿌려 버릴까 보다.

"그런데 몸을 봐서는 그렇게 빠를 것 같지 않고, 힘도 강할 것 같지 않은데, 어떻게 네오지온을 이겼나?"

역시 그것이 궁금해서 온 것이었다.

"네오지온에게 듣지 못했습니까?"

"그 녀석은 자기도 잘 모르겠다고 하더군. 분명 자신의 검이 자네를 두 조각으로 쪼갤 순간이었는데, 정신을 잃었다고 말이야."

네오지온은 그 순간을 기억하지 못하고 있는 모양이다.

"오니토 백작님께서는 그 순간을 보셨으니 아실 텐데요? 말씀을 듣지 못하셨나요?"

"보긴 본 것 같다는데, 뭐가 뭔지 모른다더군. 눈 깜박하는 사이에 네오지온이 하늘을 날고 있었다고만 하더군. 그래서 난 자네를 마법사로 여기고 있다네. 그것도 아주 고위 마법사. 그것이 아니면 네오지온이 진 상황이 이해가 가지 않거든."

"제가 마법사요? 하하! 진짜 저도 제가 마법사였으면 좋겠습니다."

태수가 마법을 배울 수만 있다면 집에 갈 걱정을 할 필요가 없다. 그러나 마나가 감히 파고들 수 없는 이 단단한 육체 때문에 불가능하다.

"확실히 마법사가 아닌 것은 알겠네. 그렇다고 마나를 다룰 줄 아는 검사도 아니야. 나 정도면 다른 사람의 마나 정도는 느낌으로 알 수 있다네. 그런데 자네에게는 마나가 느껴지지 않아. 그럼 도대체 어떻게 네오지온에게 이긴 거지?"

"뭐, 그냥 제가 조금 빠르다는 것뿐입니다."

태수는 그것까지 숨길 생각은 없었다. 태수는 그냥 빠르다. 이 행성의 중력을 무시할 수 있기 때문이다. 기압도 무시한다. 어차피 기압도 중력에 의해 결정되는 압력이기에, 중력을 무시하는 이상 기압도 태수에게 간섭할 수 없다. 목걸이가 방해만 하지 않는다면 무한 자유로울 수 있었을 태수였다.

"빠르다? 단지 그것만인가? 그럼, 내가 그것을 확인할 수 있나?"

"예?"

이건 또 무슨 소리인가? 한번 싸워 보겠다는 건가? 아니면 그냥 빠른 동작을 보여 달라는 것인가?

"솔직히 말하면 나도 네오지온을 단 한수에 그렇게 정신을

 저주용병
귀환기

잃도록 만들 자신은 없네. 그런데 그렇게 한 인물이 나타났지. 난 알고 싶다네. 단지 빠를 뿐이라는 자네의 실력을.”

칼머니 후작은 엘름왕국 공식 최고수였다. 그런 그도 말로만 듣고는 태수의 실력과 정체를 알 수 없었다.

“그래비티 해제, 보여드리죠. 제가 어느 정도 빠를 수 있는지를.”

태수는 중력을 해제했다. 그리고 그는 칼머니 후작의 등 뒤에서 말을 끝마치고 있었다. 그러나 태수도 예상치 못한 것이 있었다. 그 사이에 칼머니 후작의 칼이 태수의 움직임에 맞춰 태수와 자신의 사이에서 반격을 노리고 있었다. 마스터란 전혀 무시할 수 없는 존재였다.

“그렇군. 자네는 이제 보니 마검사였던 모양이군. 그런데 마나는 어떻게 된 거지?”

“마검사요?”

태수에게는 전혀 뜻밖의 얘기였다.

“그러네. 자네가 쓴 마법이 스피드 업 계열의 마법인가?”

스피드 업 계열의 마법은 말 그대로 대상의 스피드를 올려주는 마법이다. 대표적으로는 헤이스트라는 것이 있는데, 그 후유증이 커서 그리 많이 사용하지 않는다.

칼머니는 태수의 움직임을 그렇게밖에 생각할 수 없었다. 자신이 비록 칼을 꺼내 방어를 준비했지만 한발 늦었다는 것을 알고 있었다.

태수가 마음먹고 움직이면 방어를 하기 전에 당할 수도 있었다는 얘기였다. 그저 순수한 인간의 몸으로 그렇게 움직일 수 있다고는 인정할 수 없었다.

"아무렇게나 생각하십시오."

태수는 마법을 모른다. 스피드 업 계열의 마법이 있다는 것도 모르고 있었다.

"자네의 실력이면 굳이 용병으로 지내지 않아도 될 것을 왜 용병이나 하고 있나?"

듣는 용병들 열 받는 얘기였지만 최강자라고 알려진 칼머니 후작의 앞에서 따지거나 욕을 할 배짱이 있는 용병들은 없었다. 단 한 명을 빼고는.

"용병이 어때서요? 자유롭고, 돈 잘 벌고, 마음에 안 드는 일은 하지 않아도 되고, 뭐가 부족하죠?"

옆에서 듣던 용병들의 속을 후련하게 만드는 말이었다. 바로 그것 때문에 용병을 하는 것이니까. 물론 돈을 잘 번다는 것은 얼마나 일을 하느냐에 따르는 것이지만.

불행하게도 태수의 이 말을 알아들은 용병들은 없었다. 그래서 태수의 인기가 급등하는 일은 발생하지 않았다.

"혹시 기사가 되고 싶지는 않나? 원한다면 내 기사단에 넣어주겠네."

"기사가 지금의 저보다 돈을 더 벌 수 있다면 기사가 되는 것도 좋겠지요."

"기사도 돈을 많이 번다네. 나라에서 주는 돈이 적지 않지. 품위 유지비라는 것이 있거든. 작위를 받아 영지를 가지게 되면 아주 많이 벌수도 있네. 몇몇 기사들은 영지가 있음에도 계속 기사단에 남아 있기도 하지. 자네가 과연 얼마나 벌었는지는 모르겠지만……."

태수는 길게 늘어지려는 칼머니 후작의 말을 잘랐다.

"무슨 기사 예찬을 하시는 것 같군요. 저 솔직하게 말해서 지난 3년 동안 은행에 맡긴 돈만 11만 골드입니다. 그 외에 보석 같은 것들까지 번 것을 모두 합하면 30만 골드 정도 됩니다. 기사로 그 정도 벌 수 있습니까?"

이 모든 것이 용병으로 번 것은 아니었다. 오니토 백작이 금광의 수익 배당으로 보내온 돈과 써드 숲에 숨겨놓은 마법 갑옷과 보석들을 합친 금액이었다. 노파의 주머니에 들어 있는 것은 아직 정확히 얼마인지 몰라 계산에 넣지 않았다.

"정말 놀랍군. 그럼 1년에 10만 골드란 말인가? 용병으로 그만큼 번 것은 정말 놀랍다고 할 수 있네. 그런데 아는가? 보통 백작 정도의 영지에선 그만큼의 돈은 기본적으로 벌 수 있네. 내 영지에선 일 년에 세금으로만 20만 골드를 거둬들이네."

어째 얘기를 하다 보니 둘 다 돈 자랑이다.

후작의 하는 말은 태수도 익히 알고 있는 얘기였다. 영지, 없는 것 보다는 있는 것이 더 좋다는 것도 안다. 영지는 영지대로 있고, 용병으로 거기에 더해 돈을 벌 수 있으면 그것만큼 좋은 일은 없을 것이다.

"하지만 영지에서 거둬들인 돈의 대부분은 다시 영지를 위해 써야 하죠. 하지만 전 저 혼자 먹고 입는 것을 빼면 돈을 쓸 필요가 없습니다."

"음……."

칼머니 후작이 밀렸다. 돈을 쓰는 것에서는 귀족들이 결코 아낀다고 할 수 없었다.

"자네, 이번 전쟁에서 뭘 하고 싶나?"

하는 수없이 후작은 다른 얘기를 꺼냈다. 그리고 바로 이 얘기가 정말 하고 싶었던 얘기였을 것이다.

"제가 필요한 일에 불러주십시오. 저는 그저 하라는 일만 하겠습니다."

태수의 겸손이 아니다. 오니토 백작의 영지전에서 보지 않았는가. 태수는 이 세계의 전쟁 방식에 익숙하지 않다. 괜히 의견을 냈다간 무시당하거나 비웃음을 받지 않으면 다행이다. 그래서 그냥 주어진 일에만 충실하기로 마음먹었다. 그것이 마음이 편하다.

"어려운 일이라도?"

"네."

태수의 시원스런 말에 칼머니 후작은 살짝 미소를 지었다. 그러고는 마치 기다리고 있었다는 듯 얘기를 꺼냈다.

"그럼, 정찰 좀 다녀오겠는가?"

"정찰이요?"

"그렇네. 적들이 이곳 캐스믹 성과 드레브 성 중에 어디를
공격할 것인지 빨리 알면 좋지 않은가. 내가 실력 좋은 기사
한 명을 붙여 줄 테니, 수고 좀 해 주게."

정찰, 번거로운 일이다. 아차하면 적진에 고립될 수도 있
고, 더 아차하면 재수없게 죽는 수도 있다. 태수야 어떤 상황
에서도 빠져나올 자신이 있다지만 같이 가는 기사는 그렇지
않은 것이 문제다.

하지만 이미 무슨 일이든 하겠다고 해놓고는 거절할 수도
없다. 부탁인 것 같지만 지금은 전시이기에, 이것은 명령이었
다.

"좋습니다. 기사를 보내주시면 곧바로 정찰을 하도록 하지
요."

"그럴 줄 알았네. 기사라면 이미 와 있으니 준비되는 대로
떠나면 되네."

"네? 어디?"

그러면서 고개를 돌리는데 조금 멀리 떨어진 곳에 네오지
온이 보인다.

"설마?"

"네오지온을 자유기사로 풀어주었다네. 저 녀석 자네에게
이기기 전에는 기사단에 돌아오지 않을 각오더군. 앞으로 잘

부려보게. 실력은 있으니 번거롭진 않을 거네.”

“하하! 이것 참.”

태수는 목이 아파온다. 신경이 쓰인다. 자다가 목이 잘리는 것은 아닌지 걱정스럽다.

‘몇 놈 더 데려가야겠군.’

태수는 혼자 정찰가는 것을 포기했다. 자신의 목을 지키려면 믿을 수 있는 동료가 필요했다.

후작은 네오지온에게 몇 마디하고는 돌아갔다. 그리고 네오지온이 다가왔다. 거프는 자신의 손에 있던 반지를 네오지온에게 넘겼다.

“잘 부탁합니다, 네오지온입니다.”

네오지온은 영지전에서와는 또 달랐다. 조금은 철이 들었다고 할까? 아니면 기사가 최고라고 하던 자부심이 깨지면서 정신을 차렸다고 할까? 어쨌든 최소한 건방져 보이지 않는다.

그러고 보니 오니토 백작과 지난번에 만났을 때도 네오지온이 먼저 고개를 숙여 인사했었다.

“반가워. 예전에 내가 심하게 했던 건 용서해 주고.”

비굴. 태수의 습성이 또 나왔다. 그저 은원은 확실히 정리하는 것이 장수의 지름길이다.

“아닙니다. 그때 제 목숨을 살려주신 것을 잊지 않고 있습니다. 고맙습니다. 다음엔 제가 한 번은 꼭 살려드리겠습니다."

이게 원한을 잊었다는 소리인지, 아니면 잊지 않았다는 소리인지 알아들을 수가 없다. 언젠가는 죽기 직전까지 패주겠다는 말로도 들린다. 다행이라면 그저 죽이지는 않겠다는 소리이니 목이 조금은 안심이 된다.

"아, 그래. 기대할게. 그나저나 정찰 준비는 됐다냐?"

"식량만 수령하면 곧바로 출발할 수 있습니다."

"그럼 기다릴 테니까 다녀와."

네오지온이 식량을 수령하러 간 뒤에 태수도 먹을 것을 준비했다. 마법주머니에도 많은 식량을 챙기고, 따로 전시용으로 한 보따리 묶었다.

"거프, 자니와 프로피나에게도 정찰 준비하라고 해."

"수당은요?"

"응?"

"정찰 같은 특수 임무에는 특별 수당이 붙게 되어 있는데요?"

"뭐? 정말이야?"

"네."

"잠깐 기다려. 내가 다녀올게."

태수는 몰랐던 계약 조건이었다. 태수는 은행의 돈만 지키면 된다고 생각했기에 신경도 쓰지 않았다.

태수는 마침 칼머니 후작과 오니토 백작이 같이 있는 곳으

로 가서, 계약 내용을 상기시키고 특수 임무에 따른 특별 수
당을 챙겼다. 다른 사람들의 몫까지 챙긴 태수는 칼머니 후작
에게 이렇게 말하고 돌아왔다.

"용병들은 이렇게 돈을 법니다. 성공하면 성공 수당을 받
으러 또 오겠습니다."

"아니, 성공 수당이 또 있나?"

"당연하지요."

태수는 인사를 하고는 물러났다.

"허허허!"

호탕하게 웃는 오니토 백작의 웃음소리가 들린다. 오니토
백작은 칼머니 후작의 방금 전과 같은 멍청한 표정을 처음 보
았다. 아마 국왕도 한 번도 보지 못했던 모습일 것이다.

"그래서 방금 전의 제기랄 남작이 그런 얘기를 했단 말입
니까?"

후작은 오니토 백작의 웃음소리를 못들은 척하고 하던 얘
기를 마저 했다.

"그렇습니다. 그래서 폐하께 루터왕국을 조심해야 한다고
서신을 올렸는데, 과연 폐하께서 그 내용을 참고하실지
는……."

둘은 루터왕국이 유안왕국과 비밀리에 손을 잡고 배신을
했을 경우를 얘기하고 있었다. 태수가 얘기했던 내용이었다.

"으음!"

오니토 백작의 얘기를 들은 후작은 고민에 빠졌다. 워낙 믿고 있던 루터왕국이었지만 만약이라는 것은 있는 법이다. 정말 그들이 유안왕국과 손을 잡았다면, 이 전쟁은 힘들어질 것이 틀림없었다.

"제기랄 남작은 뭐라고 합니까?"

"글쎄요. 뭔가 생각한 것이 있기는 한 모양인데, 더 이상은 얘기를 하지 않습니다. 하긴, 일어나지도 않은 일을 떠벌릴 수는 없지요."

"그럼, 이렇게 합시다."

칼머니 후작은 어쩔 수 없다는 듯이 입을 열었다.

"어떻게?"

"미드 왕자님을 이곳으로 모시는 겁니다."

"네? 여기는 전쟁터입니다. 이 위험한 곳에 보내시겠습니까?"

"오시게 해야지요. 마침 미드 왕자님께서 검에 조금 조예가 있으시니, 이번 전쟁에 참가하고 싶어 할지 모릅니다. 본인이 가겠다고 하면 폐하께서도 허락을 하시겠지요."

둘은 국왕의 유고를 대비해서 다음 왕위를 이을 왕자를 이곳에 부르기로 했다. 여기서 왕자를 보호하면서 루터왕국의 진실을 보자는 것이었다.

"전혀 그렇게 안 보이는데 제기랄 남작이 생각이 깊군요."

후작이 이렇게 말했다.

"글쎄, 그렇지 뭡니까? 허허허!"

오니토 백작도 후작과 마찬가지로 태수가 명석해 보이지 않았었기 때문에 그냥 웃음으로 때울 수밖에 없었다.

'생각이 깊기는 젠장! 미래를 알고 있었으니까 그렇지.'

태수가 둘의 얘기를 들었다면 이렇게 소리쳤을지도 모른다.

*   *   *

정찰에서 가장 중요한 것은 두말할 필요 없이 정보 수집이다. 사실 태수에게 이번 정찰은 그저 요식행위이다. 이미 태수는 유안 군이 어디로 올지 알고 있기 때문이다. 2년간의 미래, 그것을 혼자 알고 있다는 즐거움이 새삼 태수를 기쁘게 한다.

"어디로 갑니까?"

태수의 뒤에서 반지를 잡고 따라오던 거프가 물었다. 유독 거프가 이렇게 태수를 따라다니며 말도 하고, 잠도 깨우고 했던 것은 자니와 프로피나가 얘기를 할 때마다 반지를 잡아야 하는 것을 귀찮아하기 때문이었다.

한 마디로 거프는 둘의 압력에 할 수 없이 지금처럼 태수의 꼬리를 잡고 다니는 신세가 된 것이었다.

"유안의 병력들이 모여 있는 곳."

"네? 그냥 적당한 곳에서 기다리는 것이 아니고요?"

"그냥 기다리면 그건 매복이지. 우린 정찰을 하러 가는 거다. 정찰이면 적진에도 들어가고 그러는 거야."

태수는 맘 편하게 지껄인다. 하지만 다른 사람들은 깜짝 놀란다.

"정말 유안까지 들어갈 겁니까?"

"왜? 그럼 안 되나? 정보를 수집하려면 그 수밖에 없잖아."

"하지만 그랬다가 걸리면요?"

"안 걸리면 돼."

"그게 맘대로 됩니까?"

"걱정 마라. 내가 알아서 할 테니까."

"아니, 말도 못 알아듣는 분이 뭘 알아서 해요?"

거프가 펄쩍 뛰었다.

"다 방법이 있다니까? 왜 내 말을 그렇게 못 믿어?"

"믿을 수 있게 해야 믿죠. 무작정 적진으로 들어간다는데 어떻게 믿어요?"

"그럼 너희들은 적당한 곳에서 기다리면 되잖아. 왜 그렇게 난리야?"

태수가 오히려 큰소리를 친다.

"그, 그래도 됩니까?"

"당연하지! 설마 내가 너희들을 죽을 곳에 데리고 가겠냐?"

태수의 호통과 억지와 박력에 밀려 일행은 결국 유안왕국

군이 집결한 언저리까지 다가갔다.

"여기서부터는 나 혼자 갈 테니까, 잘 지키고 있어. 혹시 유안에서 보내는 정찰병들도 있을 수 있으니까 조심하고."

태수는 그렇게 말하고 몸을 움직였다.

"역시 혼자 움직이는 것이 편해."

거프, 자니, 프로피나를 대동한 이유가 이것이었다. 네오지온을 묶어놓는 것. 둘이 왔었다면 이렇게 떨어뜨릴 수 없었을 것이다.

태수는 유안 군 가까이 다가가서 총을 꺼내 망원 조준경을 통해 내부를 샅샅이 살폈다. 그가 믿은 것은 이것이었다. 굳이 가까이 다가가지 않아도 살펴보는 것은 별로 어렵지 않았다.

태수는 몇 시간을 그렇게 유심히 보다가 기억을 떠올려 보았다. 본격적인 전쟁이 시작된 것은 지금부터 대략 보름 정도가 지났을 때였다. 루터 군이 국경을 통과하고 난 뒤에 유안 군은 캐스믹 성으로 공격을 시작했었다.

"대충 한 며칠 놀다가 보면 어떤 조짐이 있겠군."

태수는 일행에게 돌아갔다.

"뭐하는 거야?"

태수가 가서 보니 가관이었다. 정찰을 나왔다는 것들이 완전히 야영 준비를 했다. 불을 피우고 누가 가져왔는지 냄비에선 음식이 끓고 있었다. 정찰과 평상시의 행동과의 차이점이 뭔지 모르겠다.

태수는 반지를 거프에게 넘기고 다시 물었다.

"뭐하는 거냐고?"

"저녁은 먹고 자야할 것 아닙니까?"

"지금 우리가 놀러 나왔냐? 정찰 나온 거잖아. 그러면 적들에게 들키지 않게 잘 숨어 있어야지. 불빛하고 음식 냄새 때문에 적들에게 들키면 어쩌려고 그래?"

"에이, 설마요? 여기서 거기가 거리가 얼만데 들켜요?"

"아까 '적진에 어떻게 들어가요?' 하고 물었던 게 정말 너냐?"

기가 찬다. 거리가 좀 먼 것은 인정하지만 밝을 때의 연기와 밤의 불빛이 얼마나 멀리까지 퍼지는지 모르기에 하는 짓이었다.

뭐, 굳이 태수도 잘난 체 할 필요는 없기에, 될 대로 되라라는 식으로 그들이 하는 대로 대충 먹을 것 먹고, 커다란 나무 아래로 가서 자리 잡고 누웠다.

태수의 의도대로 한 5일 정도 그렇게 보내고 있는데, 유안 군의 변화가 감지되었다. 태수가 기다리던 그 순간이었다. 유안 군이 이동을 시작하려는 것이다. 이제 캐스믹 성으로 달려가 적이 온다고 알려주면 된다.

태수가 일행이 있는 곳으로 거의 돌아갔을 때, 무슨 일인지 네오지온과 나머지 일행이 태수가 있는 곳으로 다가오고 있었다.

"왜?"

태수가 무슨 일인가 싶어 먼저 물었다. 반지도 없이 묻고는 아차 싶어서 반지를 꺼내 거프에게 내밀었다.

"적이 캐스믹 성으로 공격을 간다고 합니다."

'어라? 어떻게 알았지?

태수가 지난 5일간 고생을 하며 알아낸 순간이었다. 그런데 마냥 놀던 일행이 알고 있는 것이다. 의아한 생각이 들지 않을 수 없다.

"어떻게 알았지?"

"적의 정찰병을 잡았습니다. 확실히 마스터 급 기사는 다르더군요. 순식간에 다 죽이고 딱 한 놈만 남겨 두더군요. 그 놈이 불었습니다. 오늘 출발해서 캐스믹 성 앞에 진영을 구축한다고 말이죠."

거프가 네오지온을 가리키며 말한다. 결론은 태수만 헛고생을 했다는 얘기였다. 왔다 갔다 하며 고생은 혼자하고 공은 엉뚱한 네오지온이 챙겼다.

"나도 방금 적이 이동하려는 것을 보고 성으로 돌아가려고 했었다."

태수가 이렇게 말했지만 거프의 눈초리가 전혀 믿지 않는 눈초리다.

정찰은 어쨌든 성공이다. 원하는 정보를 얻었다. 태수와

 저주용병
귀환기

일행은 바삐 캐스믹 성으로 돌아갔다.

칼머니 후작도 서둘러 드레브 성으로 전령을 보냈다. 드레브 성의 병력이 캐스믹 성으로 오려면 열흘이 걸린다. 후작은 오니토 백작과 병력들을 이끌고 온 귀족들을 불러 모았다.

드디어 진짜 전쟁은 시작되려 하고 있었다.

『저주용병귀환기』 2권에 계속.